U0069659

全真與新幻

葉維廉和杜國清之美感詩學

朱天 著

推薦文

詩學理論的迷人就在於詩是如此繁複與美好，評論家可以從文學、美學、哲學甚至文化研究中，抽絲剝繭，為讀者揭開文字的紗幕，為詩人探照出，詩，可以邁向更深刻的各種可能。朱天的《真全與新幻》一書選擇了在詩壇與漢學界的兩位權威學者葉維廉、杜國清，他們詩核心的看法有著根本的差異，在「如物之真」與「想像之新」之間辯證，看似理論的梳理，其實朱天帶領讀者回溯了華文文學研究中幾個基礎而又重大的問題，包含詩的本體論、現代主義美學、現實主義美學、中西比較詩學等。作者能夠舉重若輕，從兩位大師深奧與繁複的理論框架中，找出最具差異性的觀念，形成對照，頗有張愛玲所謂「青蔥與桃紅」對立的張力，充分彰顯出詩學理論書寫的美感與趣味，展現出作者視野的遼闊，理路的清晰，絕對是華文文學評論界值得期待的新秀。

須文蔚
國立東華大學華文文學系教授

同於美國大學執教的詩人兼詩論家的葉維廉和杜國清，不論其創作或詩學理論，均各具代表性。兩人各自所提出的「美感詩學」，自成體系。朱天的論文針對葉、杜二氏的「美感詩學」理論，分別從詩之核心、組成、功能、創作四方面，循序漸進，層層推衍他們的論點，在整理、歸納與檢視兩人詩之美感的論述中，並為他們建構其「美感詩學」；也在建構其詩學理論的同時，指出二氏詩學的異同所在。最終，更提出自己的主張：葉、杜二氏的「美感詩學」不啻為一種「人學」，洵為的論。

陳俊榮
國立臺北教育大學語文與創作系副教授

朱天從美感經驗與詩學關係的探討，對照分析了葉維廉與杜國清的詩學理論。就論文本身而言，作者對論文結構的安排、關鍵詞的概念界定及其方法論，都有明確的解說。作者的論述以反省批評的方式，解讀了兩位詩人學者的學、思過程對他們各自審美價值觀的影響，既說明了兩位先生的詩學理論特質，也指出他們在「詩」面前有所不見之處。這顯現了作者在論述中具有清楚的批評意識。這部論文雖以葉、杜二氏詩學理論之研究為主，其分析結果的確可以在問題意識的建構上，給臺灣現代詩論的研究提供一份有價值的參考。尤其是作者從美感經驗、詩的組成與詩的功能三方面來建構詩的本體論述，從而使創作論得到一個論述的依據。雖然此書不是全面探索詩論，但見微亦足以知著。作者深具研究潛力，這是一部頗具深意與創意的論文，在一個深受西方詩論影響所籠罩的時代，此論文在臺灣現代詩論的研究上的確可以給我們帶來一些省思。

林盛彬
淡江大學西班牙語文學系副教授

詩索之路

詩是宇宙之花，也是宇宙之謎，即使有千萬人給出答案，年輕學人朱天站在地球上，仍舊要仰天追問：何謂詩？如何詩？詩對他而言，不只是名詞，更是動詞，是生命實踐自身之特殊形式。

雖然詩的混沌與曖昧看似難解，一般人都只願直接讀詩或藉導讀進入詩國，少有願碰理論者。但朱天執拗不服氣，鑽研詩理既久，若有所得，乃透過對前輩詩人葉維廉與杜國清的詩學理論予以研析比對，企圖凌空撥雲，振翅撩霧，將繁複難讀的理論化繁為簡、剝繭抽絲，以簡明易讀的語言、清晰易解的邏輯，反覆辯證，提綱挈領地釐清二人理路的相近與相異。「真全」與「新幻」看似簡易數字，卻如「乾」與「坤」或「陰」與「陽」的對比，其可能的相互變化和俯覽的領域寬闊無垠，為往後的詩學提出了可能的思索之徑。

此書即他鑽研詩學，踩踏出的一條詩索大路，它將也會成為所有愛詩人一輩子上天下地反覆翻尋之「詩的奧秘之道」。朱天以

「真」與「新」，為此奧秘之道做了命名，也規劃出了一幅如何前進的簡明地圖。

白靈

《真全與新幻》序

《現代文學》雜誌，多年以來最受矚目始終是它在現代小說上的貢獻；它不但匯聚了當時甚具才情而且敢於實驗創新的一群青年小說家來共襄盛舉；而且發揮重大影響的，每期譯介評述的西洋現代文學大師，也幾乎都是小說家。究其原因，一方面是創辦該刊的「南北社」同仁，受夏濟安先生影響，如白先勇、王文興，陳若曦、歐陽子等人，大多以小說為其主要創作的文類，小說於是成了《現文》的重點。另外則是在現代詩的場域，早就有了紀弦的現代派與覃子豪的藍星，以及《創世紀》詩刊等的倡導與園地。詩人對詩社的認同與忠誠度甚高，自然並非一個綜合性的文學雜誌所能影響。

但在創刊之初，《現文》一樣有詩人加入，其中最重要的是高白先勇他們兩班的葉維廉；以及低他們兩班的杜國清。兩人的創作路途頗多曲折。葉維廉在香港時期已熱衷於現代文藝而嶄露頭角；杜國清則受到陳千武啟發，亦早就從事現代詩的創作。葉維廉是《現文》的創社社員；杜國清與王楨和、鄭恆雄則是《現文》

的第二代的編輯。葉維廉同時加入了《創世紀》；杜國清後來亦成為《笠》的創刊社員。兩人早年皆曾翻譯艾略特（T. S. Eliot），後來葉維廉專研龐德(Ezra Pound)；杜國清則步武波特萊爾(Charles Baudelaire)。兩人留美獲博士學位後皆在美任教，皆涉獵研究中國古典詩歌：葉維廉宗仰王維；杜國清偏好李賀、李商隱。最重要的除了兩人皆創作不斷，而有極豐富的詩作傳世外，兩人亦各自發展出能夠兼顧古今中外的重要的詩歌理論。

臺大臺文所成立後，先是邀請杜國清返校客座，接著葉維廉先後以簡靜惠講座與白先勇文學講座之機會返校演講與授課。朱天親炙兩位詩人／理論家之餘，決定以他們的詩歌理論為學位論文的研究題目，在幾經研讀與探討之後，確定以其「美感詩學」為研究要點；而拈出「真全與新幻」來標舉二者的理念核心，自是其辛苦研習的一得之見，對於「詩」的創作者、研究者、與愛好者，當有綱舉目張的澄明釐清之功。忝為論文指導教師，對於本篇論文能夠以專書的形式出版，自是欣喜，聊著數語，因以為序。

柯慶明

於臺大臺文所305室

自序

如果，人生就是一場不斷的前進，那麼立足此刻的我，就像是在一塊名為「文藝」的大陸上，進行一次獨特研究的地理學者：在廣袤無邊的文藝之境，有兩座分別叫做「葉維廉」與「杜國清」的龐大山脈：範圍遼闊，是二者皆有的特色；物產繁多，為兩處共同的優點。於是，我，為了此次獨特的目標，便自行在複雜而多樣的山脈領域裡，以「詩學」為橫寬的疆界，以「美學」為縱高的座標，交叉圈劃出所謂的「以美感為主軸」的「葉氏詩學理論」和「杜氏詩學理論」。

完成之後？我真的因為此次的研究，而解決了先前懸宕心中多時的疑惑：什麼是詩，什麼是詩之所以具有獨特魅力，與散文、與小說不同的地方？還是，透過此種獨特詩論的建構，真能對當代詩學的發展有所助益，對古來同以中文為寫作媒介的古詩傳統有所承揚，對廿世紀以降蓬勃發展的西方文藝思潮中的詩學理論有所回應？退回最基本的層面來看，此次的研究，真能有助於世人理解「葉維廉」和「杜國清」這兩個各自紛繁、各自美麗的獨特存在？

我只知道，當初我仍快樂地遊蕩在文學天地中的詩國一隅時，突然之間被一股朦朧的聲音所召喚、被一種說不清的形象所吸引；於是，我就不假思索地走入了「詩學理論」的甬道——暗中，有光。雖然朦朧，但也提供了足夠的信心，讓我能夠憑此堅持到路的彼端。於是，完成之後，我知道還有許多可能更為龐大、更為精深、更加不知是否有用的研究，等待我去進行；只要這還是一種令我安心的前進，只要這還是一種足以代表人之所以為人的意義的事，那麼我就會持續去做：持續地觀察、想像、思考、創作。

茲為序，記錄起點的不甚圓融，以及，之後無懼失敗的追尋。

目次

第一章　緒論

作為本書之開端，此章的寫作目標，即為替此次研究所預計開展的各式成果，立下穩固的基礎。

因此，本章首先就從事本研究之動機與理由，進行歷時性的妥切說明，以便讓讀者能夠易於進入筆者所建構的理論園地。

之後，將針對全書之關鍵詞彙進行解說，釐清筆者所設定的特殊使用脈絡，並且對兩位研究對象進行相關基本資訊的簡介：包含了葉維廉、杜國清二氏學術背景的共相與別相。

其次，對相關前行研究的理解，亦為本書在正式論述前所必須做好的準備；而在此筆者將分別針對現有關於葉維廉與杜國清的重要研究成果，做出簡短的評析，以利筆者後續對詩學理論的鑽研與立論。

最後，整體的研究進路以及細部的研究策略，則為本章之收束：簡言之，以本體和創作為研究的雙重進路，藉對比法和文本內證的方式進行具體實踐，即為本書最主要的研究方法。

第一節　研究動機自陳

對於現代詩的好奇與疑惑，當為本書最為深沉的寫作動機。在現代文學的三大文類中，散文，是筆者最早進行創作，也是最早了解的文類；而對於小說，筆者則是十分熱衷於閱讀，沉醉在一個又一個既奇幻又真實的世界中。然而，面對詩，筆者剛開始雖然擁有強烈的感受，卻不知從何著手欣賞；到了第二個階段，則是感到詩的妙處不像散文、小說般較易於為人掌握。故此，因為好奇而認識，認識之後而有惑；在閱讀、寫作時，面對詩，筆者越來越覺得應該執筆將心中的一些疑惑做整體的釐清——而在種種與詩相關的困惑中，當屬「詩是什麼」最令筆者感到迷惘、掙扎而又激動——於是便有了想透過文學研究的模式來解決此一疑問的動機。

相對而言，本書之創作近因，則是由於筆者在臺大臺文所就讀期間，同時有幸聆聽到兩位長年旅居海外為文學奮鬥的學者——葉維廉和杜國清的演講及授課，因而對此二人產生了濃厚的興趣：因為筆者發現，葉、杜二氏不但在求學歷程與知識背景方面擁有極大的相似性，且又皆對詩學理論提出了為數眾多的見解——這些詩學理論的建構，對於筆者解決「詩是什麼」的龐大疑惑，實有莫大的助益。因此，對於葉維廉、杜國清詩學理論的研究，便成為筆者探索心中疑惑的一種嘗試。

另外，當前學界對於葉、杜二氏詩學理論的討論不足，則是促使本書得以成形的直接刺激；此處所說的不足，不只是針對研究者而言，就連葉維廉、杜國清本人，其實也尚未對自己的詩學理論提出完備而顯著的體系架構。於是，將葉、杜二氏散述的詩學觀點，進行通盤的詮釋與建構，進而擬構出兩人整全的詩學理論，則為本書之終極期盼。

第二節　研究題目說明

在正式開展筆者自身的描述與詮釋之前，應當就本書所集中討論的關鍵詞彙，針對其意義或使用範疇上的特別之處，作一簡要的說明。其次，筆者將對本書的兩位主角，葉維廉與杜國清，進行大略的介紹：大體而言，主要是集中在爬梳兩人的學術淵源與學習歷程，試圖找出二者在詩學思想背景上的共同交集，以及各自擁有的特殊譜系。

一、關鍵詞彙解說

首先，所謂的「詩」，若以所使用之工具材料來加以定義，則本書所論及的範疇，當為以中文漢字所書寫的詩；至於在時間的跨度上，則兼及傳統的古典詩和民國8年以來的白話詩。而之所以如此設想，是因為當葉、杜二人立論時，其對象雖然大多是現代詩，但也有許多涉及到古典詩領域的看法；故而，筆者對於詩的定義，自然要以較為寬廣的視域來加以界定。[1]

其次是關於「美感」的探討。由於「美感經驗的概念並不是一種明確的概念。」[2]，因此下列各家學者對於美感或美感經驗的看法，其實都是立足於各自殊異的時空環境下，對此議題所提出的一己之見，彼此之間的相似性可謂並不顯著：

> 什麼叫做美感經驗呢？這就是我們在欣賞自然美或藝術美時的心理活動。[3]
>
> 這些境界，或得諸自然，或來自藝術，種類千差萬別，都是「美感經驗」。[4]

1 換言之，筆者認為透過葉維廉與杜國清的見解，應可推導出所謂的詩，不論古今中外等時空因素帶來了怎樣的影響，但應仍有一些不變的特性，是詩之所以為詩的文類基礎。

2 達達基茲（Wladyslaw Tatarkiewicz）著、劉文潭譯：《西方六大美學理念史》（臺北：聯經出版社，1989年10月），頁422。另，本書後續凡重複徵引且不相連貫之資料，皆僅標示作者、書名與頁碼，以利閱讀清爽。

3 朱光潛：《文藝心理學》（臺北：漢京文化事業有限公司，1984年3月），頁5。

4 同前註，頁6。

> 美感經驗是一種極端的聚精會神的心理狀態。[5]
>
> 美感經驗就是形相的直覺。這裏所謂「形相」並非天生自在一成不變的，在那裡讓我們用直覺去領會它，像一塊石頭在地上讓人一伸手即拾起似的。它是觀賞者的性格和情趣的返照。觀賞者的性格和情趣隨人、隨時、隨地而不同，直覺所得的形相也因而千變萬化。……直覺是突然間心裏見到一個形相或意象，其實就是創造，形相便是創造成的藝術。因此，我們說美感經驗是形相的直覺，就無異於說它是藝術的創造。[6]

以上四則是朱光潛的說法：綜合來看，朱光潛認為美感經驗，是人在欣賞藝術或自然時所得到的境界、心理活動或專注的心理狀態，也是人對形象的直覺把握，且與人之性格和情趣所返照、共構出的創造的藝術。然而，同樣是對美感經驗下定義，高友工卻有與之不同的看法：

> 「美感經驗」的表層可以說是「感性」的，這似乎可以從一個簡單的公式裏看出來，即是「美感」是一連串「刺激」激動感

5　同前註，頁14。
6　同前註，頁17。

> 官而引起的「感性感受」（「感覺」）和「感性反應」（「情緒」和「感情」）以及「感性判斷」（「快感」）。[7]
>
> 所以一個「美感經驗」的「感性表層」往往有一個深潛的裏層。而這即是「感性過程」的「知性解釋」。[8]

對高友工而言，所謂的美感經驗似乎可以解釋成一種表裡各異的特殊存在：就表層現象而言，當為外在刺激對感官所產生的感性感受、反應與判斷；而其深層的感性過程，則又蘊含著知性之解釋。

> 美感經驗的概念所包括的經驗，主動性的和被動性的都有，並且兩者都既包含有純理知的因素，又包含有純感情的因素；以感情為本質的美感經驗，不但包含著觀賞的和平靜的狀態，並且也包含著激情的狀態。[9]

至於波蘭哲學家W・Tatarkiewicz 則是由另一種不同的視角提出，所謂的美感經驗當以感情為本質，不但在所包含的經驗中兼及了主

---

7 高友工：《中國美典與文學研究論集》（臺北：國立臺灣大學出版中心，2004年3月），頁32。

8 同前註，頁33。

9 達達基茲（Wladyslaw Tatarkiewicz）著、劉文潭譯：《西方六大美學理念史》，頁424。

動、被動、理性、感情等因素，也涵蓋了觀賞的、平靜的與激情的狀態。另外，在楊辛、甘霖和劉榮凱等人的觀點裡，美感則是被李解為審美主體在進行審美觀照時所得到的綜合性感受：

> 美感，是審美感受的簡稱，它是審美主體在觀照審美對象時，所產生的感受、體驗、認識和評價。[10]

因此，從以上各家所提出的看法中，可知對於「美感」及其相關概念，很難有共通的、一致的見解。不過，本書所使用的「審美感受」、「美感」或「美感經驗」等詞，筆者認為其意義應有相通之處，亦即都指向當人對某一特殊對象進行欣賞、觀照時，所主動得到的兼及知性、感性的體會。另外，當詩和美感的各自定義已獲得澄清之後，還需要補充說明的是，在本書的論述中，詩與美感的關係，應以前者為後者的範疇，後者為前者的核心；也就是說，雖然在葉維廉、杜國清的詩學理論中，美感位居於主要的地位，但仍須將其落實在詩的國度來審視，方能發揮其意義、表現其價值。[11]

---

10 楊辛、甘霖、劉榮凱：《美學原理綱要》（北京：北京大學出版社，1989年11月），頁258。

11 進而言之，本書標題之「真全」與「新幻」二語，則分別代表了筆者心目中，葉維廉和杜國清之詩學理論，所各自開展並以此為焦點的美感特色；詳見本書後續各節。

再者，關於「詩學」的定義，筆者所採取的是較為狹義、嚴謹的討論觀點：

> 作者原來有一個計畫，想依據《文藝心理學》的基本原理另寫一部《詩學》，提示詩的幾個重要論題來作公允的討論，同時對於中國詩作一番學理的研究。[12]
>
> 《詩學》原名《論詩的藝術》，「詩藝」與「詩學」何妨是可以互換的同義詞，則「詩學」未必視為狹義的「詩的理論」，可以是詩人或批評家批評的原則、態度、依據，也可以是他們在詞藻、韻律、詩法、詩體方面的表現。[13]

換言之，本書所涉及的「詩學」，便恰好是陳義芝所認為的狹義見解，僅代表了對詩之重要論題、對「詩的理論」所作出的學理的研究，與朱光潛對「詩學」的解釋：關於詩的重要議題，大致相當。

也就是說，有關「詩」此一文類的基本理論問題，即為本書之研究對象：

12 朱光潛：《詩學》（臺北：書泉出版社，1994年4月），頁16。

13 陳義芝：《聲納：臺灣現代主義詩學流變》（臺北：九歌出版社，2006年3月），頁18。

> 何謂「詩學」？詩學，就是以「詩」為對象，所做的理論性研究的學問。當我們將「詩」做為研究對象時，它可被研究的層面，大致先分為二：第一是將「詩」從具體的歷史時間中脫離出來，當做抽象概念的一種文類。在這層面上，我們所研究的問題，最基本的便是詩的本質與功能，其次則是一般性的創作與批評原理，……以上這種種問題的研究，都屬於並時性的抽象概念的理論研究，……第二是將「詩」置入歷史時間中，對其起源、演變的具體實在現象進行研究。……上述兩種有關「詩」的研究，前者是一種並時性、橫面性的研究，所獲致的是有關詩歌抽象而概括的理論性知識。我們可以稱它為「詩學概論」或「詩論」。而後者則是一種貫時性、縱線性的研究，所獲致的是有關詩歌在創作實踐上具體而實在的經驗性知識。我們可以稱它為「詩史」。這兩種研究，只是側重面的差異，並非彼此全無關係的不同範疇。並且兩者間，必須相互參照，才能獲致更好的研究效果。[14]

詳言之，本書之寫作，基本上也採取了橫向並時的方式，來對詩此一文類做出概括而抽象的研究，而所涉及的詩之基本理論，包含了

14 張夢機、顏崑陽：〈詩學〉，《國學導讀（四）》（邱燮友、周何、田博元編著，臺北：三民書局，2000年10月），頁163。

詩之核心、組成、功能、創作等四項議題——其中「詩之功能」是筆者與張夢機、顏崑陽所共同關注的事項，而筆者所謂的「詩之核心」其所涉及的內容近似於張、顏二氏所謂的「詩的本質」；至於「詩之創作」則與上述所提到的「一般性的創作原理」意涵相通。另外，筆者所特別關注的「詩之組成」，雖然在張夢機、顏崑陽的論述中並未提及，但筆者認為對於詩組成的種種探討，實有助於瞭解詩之文類的整體面貌，因此在本書中亦特闢專章討論。

進而言之，由於筆者自認才學、精力俱相當有限，故而想先就詩學之根本層面進行一次範圍較小且較為深入的研究，以便立穩根基；待踏出詩學研究的第一步之後，才有餘力繼續涉足詩學國度的其他領域——例如批評的原則、讀者的態度、詩與社會，以及詩史等相關議題。如此，方能避免空泛無根之弊。

最後，需要特別提出的是，所謂的葉維廉和杜國清的詩學理論，嚴格來說在某些程度上，可看為經由筆者二度建構後所得到的產物：這是因為，學者、詩人以及詩學觀點的建構者，在葉維廉、杜國清身上，這三者的關係未必等同；故而除了兩人在十分明確的情況下，所提出的詩學觀點可稱為個人的詩論之外，詩學理論的其他向度，不可避免地參雜了筆者一己之偏的想像與推測——但是，雖然在理論探討的過程中遭遇到如此的障礙，筆者並不就此認為自我觀點之不可避免，就會使葉維廉、杜國清在詩學理論方面的突出成就受到消減；換個角度想，若是從筆者的一己觀點出發，而亦能使葉維廉、杜國清詩學理論的優秀之處獲得一定程度的顯現，這不就恰好可以證明兩人的詩論經得起多重闡釋並具備多元意義的獨特價值？

二、研究對象略說

對筆者而言，之所以會將葉維廉與杜國清並置而論，最主要的理由就是，此二人皆可視為在詩學理論方面卓然有成的文學思想家：

> 廣義的批評家應該有三種層次：第一種就是前面所說，評論的文字因為有了創作作品才能存在，……，也因此較順理成章的被歸類為第二流人才。第二種人是從作品中看到幽遠文字世界，進而延展成見解。第三種人則是文學思想家。他有宏遠的文觀或詩觀，獨立於任何個別作品之外。他從博覽的作品中思索文學的本質，及有關文學的美學問題，因此他的思維跨越時空。由於他能觸及文學的本質，他絕不「寄生」於那一個詩人或小說家，這種人絕對是第一流人才。[15]

正因為筆者將葉維廉、杜國清當成詩學思想家來討論，故而此處

15 簡政珍，〈詩是感覺的智慧〉，《詩的瞬間狂喜》（臺北：時報文化，1991年9月），頁7。

對兩位研究對象的說明，主要也就集中在對兩人學術思想背景的介紹——這是在深入了解兩人詩學理論之前所必須的準備工作。

（一）葉、杜二氏之學術思想共相

葉維廉，1937年生於廣東中山。先後畢業於臺大外文系、師大英語研究所，並獲得美國愛荷華大學美學碩士與普林斯頓大學比較文學博士。[16]杜國清，1941年出生於臺中縣豐原市。臺大外文系畢業後，又獲得日本關西學院日本文學碩士與美國史丹福大學中國文學博士。[17]

從以上簡短的介紹中，不難發現兩人在時代與求學過程的相似之處：出生於三、四〇年代，又皆於臺大外文畢業後出國求學，且都在美國完成博士學業：

> 作為畢業紀念出版的《蛙鳴集》是我的第一本詩集，也是我的人生踏上寫詩這一征途的起步。一九六六年離開臺灣，先

16 葉維廉：《三十年詩》（臺北：東大圖書股份有限公司，1987年7月），頁615-618；葉維廉：《從現象到表現》（臺北：東大圖書股份有限公司，1994年6月），頁651。

17 杜國清：《望月》（臺北：爾雅出版社，1978年12月），頁239-242；汪景壽、白舒榮、楊正犁：《尋美的旅人——杜國清論（二）》（臺北：桂冠出版社，1999年3月），頁619-621。

> 到日本留學，一九七〇年轉到美國，一九七四年開始在聖塔芭芭拉加州大學東亞系任教，海外浪跡四十年於今。[18]
> 一九八五年春天，我跟一位友人走過新生南路到臺大，突有所感而寫下一首題為〈春馳〉的詩，我很驚訝這些記憶的湧溢，因為我一九五九年畢業，一九六三年出國留學取得學位在加州大學任教以來，已經回到臺大客座多次，其間也寫過我在臺大四年生活的一些點滴，但這裡的記憶不是一般人可以聯想到的。[19]

再透過上述葉維廉、杜國清的自白，筆者認為從中所能得到與本書研究主題最為相關的生平訊息，便是葉維廉和杜國清的學習歷程恰好都呈現出多元、開放的格局，進而形塑出兼融各家又卓然獨立的學術樣貌；而之所以如此，或可歸之於時勢與個人的共構：

> 時勢造英雄。文學史上任何具有高度價值的現象都不可能離開社會的和文學的「時勢」。杜國清當然也不例外。在他為

18 杜國清：〈青春，夢回臺大〉，柯慶明主編：《臺大八十，我的青春夢》（臺北：臺大出版中心，2008年11月），頁168。

19 葉維廉：〈回憶那些克難而豐滿的日子〉，柯慶明主編：《臺大八十，我的青春夢》，頁88。

> 詩歌嘔心瀝血、慘淡經營的三十年裡，正好面對社會和文學的三個交叉點，即傳統與現代的交叉點、東方和西方的交叉點，以及中國近代史上臺灣與大陸分隔與統合的交叉點。正是這樣的交叉點構成的「時勢」，給杜國清從事創作和研究提供了契機和走向成功的機緣。[20]

雖然此處所引的是對杜國清的評論，但筆者認為拿來做為對葉維廉的說明，亦未嘗不可；只不過，筆者認為對兩人影響至大的「交叉點」，應該同時包含了傳統與現代，東方與西方。換言之，由於處於古今中西之交流劇烈的特殊時刻，由此所孕育出的學術成就，正可對兩人在詩學理論的創建中，造成直接的影響——涵蓋廣泛、觀點獨特的詩學理論，於焉成形：

> 葉維廉對中國傳統美學在詩中的呈現及與西洋現代詩融匯的問題所下功夫甚深，成績亦有目共睹，他的立論結構嚴謹，引證翔實，自成體系，相當宏遠，是典型的學院派評論家……。[21]

---

20 汪景壽、白舒榮、楊正犁：《尋美的旅人——杜國清論（二）》，頁616。
21 孟樊：《當代台灣新詩理論》（臺北：揚智文化事業有限公司，1998年5月），頁44。

> 杜國清詩創作的心路歷程，與他的學術研究過程有若合符節之處。他在臺灣大學時醉心於美國現代主義者艾略特，到日本留學時轉向日本超現實主義者西脇順三郎，並因而追溯法國象徵主義者波特萊爾，到美國後，卻回歸中國古典象徵主義者李賀。[22]

因此，不論是孟樊或李魁賢的論述與剖析，都認為兩人對傳統中國、近代西方等文化傳統，皆有相當的涉獵，且進一步都能夠自立體系、成一家言。進而言之，由孟樊與李魁賢的敘述中，其實也就證明了，筆者將葉維廉與杜國清各自的詩學理論並置比較，並非毫無根據的嘗試。

（二）葉、杜二氏學術思想之差異

以上，是從共相的角度來簡介葉維廉、杜國清在學術思想成就上的表現；而若從個別的面向來看，葉、杜二氏又各自擁有其獨特的學術淵源。就葉維廉來看，其學術思想的主要特色，當為其所秉持之「純粹經驗」美學觀點：

22 孫玉石：〈論杜國清的詩〉，杜國清：《愛染五夢》（臺北：桂冠出版社，1999年3月），頁244。

> 葉維廉從事中西文學、美學研究，其關心、涉獵的範圍廣泛而深入，……他對不同文學學科、不同藝術門類的生發引申，乃是企圖以「純粹經驗美學」為主軸，匯通各種文藝門類，標舉出詩歌創作和評論的審美標準，並進一步援引傳統中國的道家思想，作為「純粹經驗」的理論根據。[23]

在此，筆者引用陳秋宏對於葉維廉美學思想的研究，其目的是為了說明，對於葉氏美學觀點的理解，其中的一種說法即是以「純粹經驗」作為其思想主軸；而所謂的「純粹經驗」，筆者認為即是代表了主體自我在觀感萬物時，所得到的一種具普遍性且不受知性干擾的具體經驗（其詳細意義，見本書對葉維廉詩核心論的闡釋）。但若要繼續探究其思想根源，葉維廉「純粹經驗」的美學思想源流，當為中國傳統的道家思想：

> 葉維廉論述詩人創作所體驗的「純粹經驗」與世界的關係，其實深受道家論述「道」與世界的關係之影響。「道」與世界的關係，有「道生萬物」與「萬物自生」的觀點，葉維廉受郭象「獨化」思想的影響，是傾向於後者的。可以說，建

23 陳秋宏：《道家美學的後現代傳釋——葉維廉美學思想研究》（國立臺灣大學中國文學研究所碩士論文，2006年1月），頁17。

> 立葉維廉道家美學觀點的詩學觀的基礎之一，就是對於郭象「獨化」思想的吸收與應用。[24]

由此可知，道家美學思想實為葉氏詩學觀點的主要淵源；然而，更細密地來看，若根據陳秋宏的論述，在淵遠流長的道家美學思想中，葉維廉的詩學觀點與郭象對《老子》、《莊子》的詮釋是較為相近的：

> 葉維廉發揮「郭象」的論點，主要的脈絡在於第一層意義的「獨化」，也就是重視「造物者無主」、「塊然自生」這一面向，他認為「郭象為老子莊子某些一度被人誤解的名詞重新解釋」，讓「道」與原真世界的關係重新顯現。[25]

而之所以特重郭象的「獨化」思想，或許是因為葉氏想藉此樹立「無我」、「以物觀物」和「心象之真」等在其詩學理論當中的重要概念：

24 同前註，頁61。
25 同前註，頁67。

> 詩人身處於一個「塊然自生」的世界，主體的主觀情見與個人的創作才情，如何用來再現這個「物各自然」的世界？葉氏指出，唯有「無我」才能真正成就大有世界的真貌。……唯有詩人真正體驗到具體世界的大化流行，才能「以物觀物」——以自然之心體驗自然的律動；以「自然之眼」看自然；以自然之筆現自然。能如此，才不會因為理念抽象邏輯的介入而歪曲現象的自然本相。……而由葉氏對郭象「塊然自生」的觀點之引述，可見郭象對其「無言獨化」說的影響。[26]

依照筆者的區分，所謂的「無我」、「以物觀物」主要和詩的創作論相繫；而對於理念抽象邏輯的戒慎，則與葉維廉對詩核心的定義有關。由此可知，經由郭象轉化後的道家思想美學，的確對葉氏之詩學理論發揮了相當大的影響。

如果說在陳秋宏看來，來自郭象詮釋下的道家美學思想，是葉維廉詩學理論的根本主脈的話，相形之下，杜國清的詩學理論如同前述，曾受到艾略特、西脇順三郎、波特萊爾和李賀的多重影響，呈現出較為多元而繁複的思想來源。然而，若是根據孫瑋騂的說

---

26 同前註，頁64。

法，在這四者當中，對杜氏最具影響力的，當為艾略特與波特萊爾；另外，身為杜國清博士班指導教授的劉若愚，亦對杜氏之詩學理論，產生了重要的作用。

> 杜國清於就讀臺大外文階段遇上了影響他一生詩觀的第一位重要作家，艾略特（T.S. Eliot）的出現，使其開始接觸並翻譯西洋文學，亦間接牽引其認識其他影響甚篤的作家的機緣。[27]

對於杜氏來說，艾略特之所以重要，除了是作為引導杜國清通往其他影響自身甚篤之文學思想家的橋樑外，更重要的是，艾略特的見解曾深深地在杜氏之詩學理論上留下烙印：

> 杜國清陸續翻譯了《艾略特文學評論選集》和《詩的效用與批評的效用》兩本論著，以顯現其對艾略特的重視。而在艾略特的文學批評觀點中，〈傳統和個人的才能〉是非常重要的一篇論文，對杜國清來說亦是，不僅影響杜國清創作詩觀的形成，更影響其後的詩論發展。……艾略特認為「詩不是

27 孫瑋騂：《杜國清及其《玉煙集》研究》（國立高雄師範大學國文研究所碩士論文，2008年6月），頁48。

> 情緒的放縱，而是情緒的逃避；詩不是個性的表現，而是個性的逃避」，這種對於作者和作品間情緒表現的觀點，對杜國清來說亦是另一種啟示。艾略特認為只有那些具有個性和情緒的人才明白逃避個性和情緒是什麼意思，杜國清就其所知所感對這句話有特別的體會，認為詩不是感情的流露表現，而是感情的逃避，詩不是在表現個性，而是個性的泯滅，這對一般對於詩是表達情感的說法認知自是有所矛盾。[28]

以上述的具體例證而言，孫瑋騂認為艾略特對杜國清的影響可見於兩人對詩中「情緒」和「個性」的獨特認知。艾略特判定，在詩的領域裡，對於情感與個性，詩人皆要採取一種逃避的態度；而所謂的逃避，若放到杜氏的詩論脈絡來看的話，其實就是指情緒和個性皆需經過篩檢淘汰的工夫，才能將成為詩核心的養分來源之一。如此可知，對於杜國清來說，其詩學理論的確曾受到艾略特不小的影響。

另外，之所以特別強調波特萊爾對杜氏詩學理論的作用，是因影響杜國清相當深遠的西脇順三郎，其本身就是波特萊爾的信徒：

---

28 同前註，頁49。

> 西脇順三郎所堅持的波特萊爾的主要觀點「詩是超自然和反諷」、「詩美感的真髓是哀愁」、「感性和知性的協調」等等信念，都可看出西脇對杜國清的影響所在。[29]

於是我們不難發現，與其說杜氏在日本時期所面對的是西脇順三郎的詩學理論，不如說杜國清所進入的，是來自波特萊爾的象徵詩學體系：

> 杜國清對象徵主義的追求，與其個性有密切關係，……因而其詩中常有波特萊爾式的頹廢虛幻和耽美浪漫，可見波特萊爾所帶來的象徵詩觀，對杜國清創作理念的形成和深化有不可忽視的影響力。[30]

所以「詩之三昧」、「詩是一種想像」、「詩即超自然」與「詩即象徵」等觀念，皆為杜氏採集自波特萊爾的珍貴寶藏，替其詩學理論豐厚了基礎、充實了內涵。

---

29 同前註，頁54。

30 同前註，頁62。

最後，孫瑋騂又特別強調劉若愚對杜國清詩學理論的重要影響——其關鍵在於，如果沒有劉若愚的引導，那麼杜氏或許就不會這麼直接地將傳統中國的詩學養分，納入自身的詩學理論中：

> 因而在劉若愚老師的薰陶指導下，杜國清建立了傳統中國的詩觀，……融古通今地發展出自己的創作理論，亦使自己的作品更加多元而豐富。[31]
>
> 杜國清……，雖然於大學和在日本時皆有旁聽古典文學，然而皆非真正有系統的深入了解中國古典文學理論，是故於史丹佛大學這四年對杜國清來說是很重要的過程。……杜國清並在攻讀博士期間，先後翻譯了《中國詩學》和《中國文學理論》，做為其對中國傳統文學的認識與回歸，亦做為對其師的敬仰和推崇之心意。[32]

從孫瑋騂的描述中可以發現，杜國清之所以會回歸中國古典傳統，會以李賀作為融通西方象徵主義詩學觀點的基點，最主要的關鍵，就是受到劉若愚的指導。換言之，杜氏詩學理論的最終形成，實有賴於種種中國詩學思想所帶來的點睛之功；而劉若愚，就是那運筆

31 同前註，頁63。
32 同前註，頁64。

之人，使杜氏的詩學理論煥發出兼融中西古今的獨特色彩。

總而言之，透過陳秋宏與孫瑋騂的縝密論述，我們可以知道在葉維廉、杜國清豐富的詩學思想當中，除了擁有貫通古今中外的共同表現之外，也各自擁有其獨特的堅持主軸：簡言之，葉維廉將經由郭象詮釋的道家美學，做為其詩論不可或缺的重心；而杜國清主要是由艾略特所代表的現代主義往上逆推，經波特萊爾而至傳統中國的詩學觀點，方才形成其以象徵主義為核心的詩學理論。

第三節　前行研究概述

關於前行研究的梳理，或可分為間接與直接兩方面入手：前者包含了，對現代詩學理論的探索，以及對葉維廉與杜國清二人的相關研究；至於後者，則當指對葉維廉、杜國清詩學理論的專門研究。而之所以需要此種雙重式的回顧，是因為對於筆者來說，前行研究的意義即在於提供可與自身對話的場域——於是，為了使本論文能夠擁有較為開闊的視野，實須不避繁瑣地溫習，前人已踏出的寶貴足跡。

一、間接相關之前行研究簡介

有關現代詩學理論研究的前行開展，若以碩博士論文作為觀察對象，目前共有17本碩論和1本博論。[33]

其中，碩論的部分包括黃郁婷的《現代詩論中「詩語言」的探討》（83），李桂芳的《逆聲與變奏的雙軌——現代詩語言觀的典範化與延變之研究》（87），潘進福的《吳濁流的詩論與詩歌》（87），劉麗敏的《朱光潛詩論研究》（89），王文仁的《光與火——林燿德詩論》（90），陳素蘭的《陳千武與其詩研究》（91），王國安的《李魁賢現代詩及詩論研究》（92），蔡哲仁的《白萩的詩與詩論》（92），王嘉玲的《洛夫詩藝研究》（93），陳怡瑾的《李魁賢的詩與詩論》（94），陳稚柔的《趙天儀現代詩與詩論研究》（94），陳素華的《趙天儀現代詩創作與評論的研究》（94），林毓鈞的《蕭蕭新詩研究》（95），簡惠貞的《余光中文學理論研究》（95），陳朝松的《台灣當代新詩修辭技巧研究》（95），王詠絮的《現代詩人中的仙、聖、鬼——論徐志摩、聞一多、戴望舒詩及其詩論》（97），張愛敏的《跨越語言一代詩人的侷限與開展——以吳瀛濤為討論對象》（97）。

仔細審視上述論文，不難發現在碩論的範疇中，研究者或將對詩論的分析併入對詩作的討論當中，或是只把詩學理論當成單一作家的部分成就；就算是以詩論為研究核心，但又常僅針對詩學理論

33 以下各項與本書相關的前行研究統計數據，均截至民國101年6月止。

中的專項議題來進行探究，或是針對單一詩論家進行個別的探討。至於在博士論文方面，目前只有王正良的《戰後臺灣現代詩論研究》（95）；然而，此書僅以羅門、葉維廉、楊牧、吳潛誠、簡政珍和古添洪等六家學說進行個別探究，並未將其統整觀看、綜合分析，更無暇建立臺灣當代詩論的全貌。

由此可知，目前對現代詩學理論的研究，尚停留在個別化、平面化的階段，因此除了上述提及碩博士論文之外，臺灣現代詩學理論的面貌，其實還存在著許多有待開發的領域。

而若從以葉、杜二氏為論述焦點的研究狀況來看，臺灣學界對於葉維廉的學術興趣雖相較於杜國清為重，但其實仍都流露出投入不足的情形。

以全國博碩士論文而言，目前共有四本關於葉維廉的研究著作，包括陳秋宏、陳信安與吳佳馨三本碩士論文，[34]以及王正良的博士論文；至於關於杜國清的研究，則只有兩本碩士論文。[35]然

34 陳秋宏：《道家美學的後現代傳釋——葉維廉美學思想研究》（國立臺灣大學中國文學研究所碩士論文，2006年1月）；陳信安：《葉維廉的山水詩》（佛光大學文學系碩士論文，2007年6月）；吳佳馨：《1950年代台港現代文學系統關係之研究：以林以亮、夏濟安、葉維廉為例》（國立清華大學臺灣文學研究所碩士論文，2008年8月）。

35 孫瑋騂：《杜國清及其《玉煙集》研究》（國立高雄師範大學國文研究所碩士論文，2008年6月）；蔡欣純：《論杜國清現代詩創作、翻譯與詩論》（國立臺灣師範大學台灣文化及語言文學研究所碩士論文，2009年6月）。

而，在前述六本博碩士論文中，對於葉維廉、杜國清之詩學理論，都是屬於整體論文的局部內容而已：或為美學思想的一環，或為詩作的印證；就算是直探兩人的詩學理論，其論者卻也大多只提供一章的天地來加以發揮——筆者認為，這樣狹小的篇幅，相對於葉、杜二氏在詩學觀點闡發上的面貌廣闊、內涵深邃，明顯是極不相稱的。

至於以專書形式呈現的研究，不論就其數量的多寡或質量上的深廣，筆者認為都還有其不足之處。例如，專門研究葉維廉的書籍，最主要的便是《人文風景的鐫刻者》[36]與《葉維廉比較詩學研究》[37]兩本：前者處理的主要是有關葉維廉作品的評論，而後者則專攻葉維廉的比較詩學領域。而以杜國清為研究主題的專書，則以《尋美的旅人》[38]和《愛的祕圖》[39]為重點：但前者是以人物為審視的角度，著重在個別人物的整體成就分析，而後者則是專研其在情詩方面的建樹。

36 廖棟樑、周志煌編：《葉維廉作品評論集》（臺北：文史哲出版社，1997年）。

37 劉聖鵬：《葉維廉比較詩學研究》（濟南市：齊魯書社，2006年12月）。

38 汪景壽、白舒榮、楊正犁：《尋美的旅人：杜國清論》。

39 汪景壽、王宗法、計壁瑞：《愛的祕圖：杜國清情詩論》（臺北：桂冠出版社，1999年）。

由此可知，就以上的先行研究概況來看，不論是對於現代詩學理論的研究，或是對於葉維廉、杜國清的專人研究，不論是個別化、平面化、侷限性和片面性，都是學界所必須正視的問題——因為，筆者認為，葉、杜二氏的詩學理論不管是對臺灣詩學來說，又或是對其個人而言，皆有相當重要的價值。故此，在有限且不足的研究現況下，筆者認為有必要對葉維廉、杜國清的詩學理論進行縝密而深入的閱讀、詮釋與批評，進而充分彰顯其對葉、杜二氏與臺灣詩學的優秀成就。

二、直接相關之前行研究討論

在此，筆者認為可分從單篇論文與專書兩種形式，來審視前人對葉維廉與杜國清之詩學理論所作出的深刻探討。就前者而言，以葉維廉詩學理論為主題的單篇論文，共有俞兆平的〈哲思與詩語——葉維廉詩學理論述評之一〉、[40]李豐楙的〈山水・逍遙・夢——葉維廉後期詩及其詩學〉，[41]以及蔡林縉的〈「模子・翻譯・喧嘩」——從葉維廉詩學之轉向看臺灣現代詩語言雜燴的現象〉等三篇文章：[42]其中，首篇針對了詩語言及詩語言深處的哲思

40 《現代中文文學評論》，第4期，1995年12月，頁39。
41 《創世紀詩雜誌》，107期，1996年7月，頁73。
42 《臺灣詩學學刊》，11期，2008年6月，頁67。

來展開宏觀的思辨，而次文則分從詩作與詩學兩方面互相應證，至於末項則主要是藉助對葉維廉詩學轉向之描述來檢視臺灣現代詩的語言問題；因此，雖然各有所見，然其所包含的層面均無法兼及葉維廉詩學理論的全局。至於以杜國清詩學理論為研究重心的單篇論文更是稀少，目前僅有孫瑋騂的〈情智交織的美的世界——杜國清詩觀探析〉一篇，[43]對於杜氏所提之「四維」、「三昧」等理論進行闡發。

而在專書方面，對於葉維廉來說，與其詩學理論最為直接相關的前行研究，非王正良的《戰後臺灣現代詩論研究》莫屬；而由汪景壽等人所完成的《尋美的旅人》，則是目前所能找到與杜國清詩學理論最有關聯的研究著作。因此，以下將分別針對這兩本專著進行較詳細的討論，以求釐清對葉、杜二氏詩學理論的前行成果，究竟已發展到了何種程度。

在王正良的行文中，葉維廉的詩學理論是放在該書的第三章來加以論述；其中，細分為四節：[44]包括第一節探討「詩的本體狀態」，第二節處理「詩語言的方法論」，第三節則是從「道家離合引生」的角度來深究「以物觀物」的「觀法」，第四節就將論述力

43 孫瑋騂：《當代詩學》，第4期，2008年12月，頁135。

44 王正良：《戰後臺灣現代詩論研究》（國立中興大學中國文學研究所博士論文，2007年8月），頁63。

道集中在和「觀感與論述」相關的「傳釋活動」上。但是，不論哪一個小節，「以物觀物」，都是王正良替葉氏詩論所立下的根本主軸。

而從王正良的論述裡，筆者發現此書對葉維廉詩學理論的理解，是把葉氏「詩論的核心」，當成對「詩的語言策略」的「側重」。[45]但是，就筆者個人的觀察，葉維廉的詩學理論應當是以對審美感受的看法為其第一主脈，由此再開拓出有關「詩之功能」、「詩之創作」和「詩之組成」等相關議題的論述。因此，或許葉維廉詩論的關鍵主軸，並不一定是放在詩的語言策略上。

至於，王正良在處理詩的本體問題時，提到「透過觀想的文字世界，即為詩境，亦即詩的本體。」[46]出此可知，王氏的說法實與筆者在下文將葉氏之詩核心設定為「心象美感」的觀點，有相合之處，亦即皆認為詩是來自於主體對外在事物進行觀想等活動後，所得到的一種綜合感受。然而，王正良緊接著卻又說「詩是意識中的心象，……只是心象的內涵仍待考徵。」[47]如此的看法，則似乎忽略了在葉維廉的文章中，其實已對「心象」一詞，做出極為豐富的內涵論述（詳見後文「詩核心論」的葉氏部分）。

45 同前註。
46 同前註，頁64。
47 同前註。

另外，關於葉維廉的詩本體論，王正良認為其將「詩的本體狀態」，設定為「指義前物象的自由興現，此自由興現又可以『自然』一詞作為代表，」[48]換言之，王氏認為葉維廉的詩本體，是從詩語言的角度來定義的；此可說是王正良對葉維廉詩本體論的獨到闡釋。

最後，當王氏對葉維廉的創作方法論進行分析時，亦是順著他在第一節的看法，從「詩語言直現事物」的角度，來處理「以物觀物」的問題。[49]而在第二節當中，王氏除了充分討論道家的語言觀以及邵雍「以物觀物」的視野之外，尚提出兩點重要的看法：第一，王正良認為「詩中的境界和道家美學的境界，需要釐清其關聯。」因為「詩所帶出的境界有一部分絕對是文字自行構成」[50]；第二，王正良提出對葉維廉來說，從「儒家的經典代表《易經》含攝之「秘響旁通」的要旨」，也能夠「揭示與道家美學觀相通的觀點」。[51]

總而言之，王正良認為在葉維廉的詩論中，具有「本體與方法的合一現象，」[52]可說是點出了葉氏詩學理論的重心所在；但筆者認為，王氏在處理葉維廉的詩論時，似乎太過侷限在語言的角度，導致無法發現其他有關葉維廉詩學理論的重大議題。此外，「以物

---

48 同前註，頁70。
49 同前註。
50 同前註，頁73。
51 同前註。
52 同前註，頁230。

觀物」雖然重要，卻也無法概括葉氏詩論的整體；而葉維廉的詩功能論和詩創作論，也同樣是葉維廉詩論的重要看法，但在王正良的論述當中，卻較少被提及。

相較於王氏對葉維廉詩論所採取的直接論述態度，汪景壽等三人在處理杜氏詩論時，則是將詩觀和詩論一分為二，先行討論杜國清的詩觀，[53]接著再分析杜氏的詩論（第十章，頁147）。[54]之所以如此，據汪景壽等三人的看法，是因為他們認為「詩觀就是對詩的看法，」可說是「構成詩論的基礎」[55]；然而，筆者卻認為，既然將詩觀與詩論區別探究，那麼似乎應該說明詩觀與詩論的差異，究竟何在？不然的話，就筆者的觀察而言，在汪氏等三人所提出的三項詩觀：宇宙觀、人生觀和審美觀當中，其實就已有很大一部分是與後續所述之杜國清詩論重疊（尤其是在第三項審美觀的部分）。也就是說，若能將詩觀與詩論之間的關係詳加描述，或許能更為有力地支持汪景壽等人，將杜氏詩觀與詩論分別探究的做法。

儘管如此，這卻不妨礙汪氏等三人對於杜國清詩學思想的闡發：舉例來說，在解說杜氏的宇宙觀時，汪氏等人便提出「構成杜

53 汪景壽、白舒榮、楊正犁：《尋美的旅人：杜國清論（一）》，頁133。
54 同前註，頁147。
55 同前註，頁133。

國清宇宙觀的諸因素，首當其衝的是華嚴哲學。」[56]換言之，點出中國傳統佛教哲學與杜國清詩學思想擁有相互融通的橋樑，可謂對杜國清詩學研究的一大貢獻。另外，人生觀方面，汪景壽等人則是認為「杜國清對人生的根本概念，一言以蔽之，就是無常和寂寞。」[57]就此點來看，透過汪氏等人的分析，佛教哲學對杜國清詩學思想來說，似乎具有不可輕視的積極作用，因為不但其宇宙觀能與華嚴哲學相通，其人生觀亦與佛教的根本理念——無常，符合無礙；所不同者，杜國清並未因體悟人生的無常，而產生證空析苦、走向宗教的想法，反倒是因此將生命的全部，皆奉獻給詩與美的追求。

至於在杜國清的審美觀闡釋上，汪景壽等人提出了三種看法，「概而言之，包括瞬間說、距離說、疏離說。」[58]簡言之，超現實與保持審美距離是此三種說法的共同交集；其中，瞬間說，意指詩情之美只能存在於超現實的瞬間體會；距離說，則指出對那些存在於超現實當中的美，不論是在創作或欣賞時，都必須保持審美的距

56 同前註。另，筆者認為在此處，汪氏等三人所抱持的態度是，認為華嚴哲學即為杜國清的宇宙觀基礎；但若從該書（頁135）所引的杜氏言論來看，杜國清的宇宙觀應該是先脫胎於波特萊爾的象徵詩學，之後才因對日本象徵詩人蒲原有明（Kambara Ariake 1875~1952）的研究，轉而發現西方象徵主義與華嚴哲學之「因陀羅網」概念的互通。

57 同前註，頁138。

58 同前註，頁142。

離；最後，疏離說專指在創作時須將藝術我疏離於現實我之外，才能使創作活動順利進行。

而當宇宙觀、人生觀和審美觀皆分梳完畢之後，汪氏等人則是以杜國清的「超然主義詩觀」做為對杜氏詩觀闡釋的總結。其中，雖已提到「超現實」、「超自然」等「六超」，「分別屬於詩歌的創作論和功用論，」[59]但可惜的是汪景壽等人卻並未由此繼續深究，將杜國清詩學理論中的詩創作論和詩功能論做出完整的釐清。

結束有關杜國清詩觀的闡釋，汪景壽等人接續對杜國清的詩論進行了溯源的研究。筆者認為，在此處汪氏三人最大的優點在於，點出了杜國清與其師劉若愚之間的傳承關係，提供了研究杜氏詩論的另一個角度：詳言之，汪景壽等三人在處理杜國清詩論之前，首先針對「劉若愚發現有些中國文學理論與西方類似，可以輕而易舉地運用阿勃拉姆斯（M. H. Abrams）的四要素（作品、世界、藝術家和欣賞者）加以分類，然而，……為使四要素論更具普遍性，劉若愚設計了圓形模式」[60]的過程，加以大量分析；緊接著，更以此圓形的四要素論，來詮釋杜國清的詩學理論。進而言之，汪氏等人其實就是認為，「杜國清師承劉若愚的圓形模式，從理論上又有所

59 同前註，頁146。
60 同前註，頁148。

發展，具體而靈活地運用到詩歌理論研究之中。」[61]

因此，對於杜國清的詩學理論，汪景壽等人是將其視為「客體論」、「主體論」、「本體論」和「效用論」的整體結合。所謂的「客體論」，涵蓋了圓形四要素模式中的「宇宙以及宇宙和詩人、宇宙和讀者之間的關係。主要論點包括現實的宇宙和詩的宇宙、宇宙影響詩人、宇宙制約讀者等。」[62]在汪氏等人所列舉的內容當中，筆者認為他們所提出的「宇宙影響詩人，歸結於一點，就是促使詩人產生創作的衝動。」[63]是相當精闢的見解；但是對於宇宙和讀者之間的關係，卻似乎缺少了引用杜國清的詩論來做為直接證據，僅留下一己之立論而已，甚為可惜。

而在「主體論」、「本體論」和「效用論」等部分，筆者認為雖然汪景壽等人的確針對了「主體」、「本體」與「效用」等與詩相關的重要議題，提出了許多精妙而厚實的闡述，但除此之外，筆者認為有關詩之「創作論」的內涵，其實也在這三部分的論述當中，具有十分重要的地位。換言之，筆者認為當汪氏等人在分別討論主體等概念時，其實也不知不覺地，觸及到了詩創作的重大議題；尤其是在探討「效用論」的時候，根本就是把絕大多數的篇幅

61 同前註，頁150。
62 同前註，頁151。
63 同前註，頁153。

都讓位給詩創作論來發揮，例如：「詩只存在於人的想像之中，呈現為一種思考的形態；形諸文字，才成為詩作品。想像對詩極端重要，那麼什麼是想像呢？……想像是從一個概念推到另一個概念，具體表現為兩個概念的結合或是一個概念的分化。……藉助於思考，詩人在想像中出現美的世界，並用文字加以表現，這就是詩的創作過程。」[64]至於真正在討論詩之效用的文字，卻相較之下顯得稀少許多，例如：「杜國清認為，詩的實際效用不是由詩直接產生的，而是審美活動中可能產生的帶客觀效益性的後果。比如，詩因具有譏諷性而形成對社會現實的批判，又因具有感染性，詩只是給予同樣在七情六慾中浮沉的靈魂以安慰和同情而已，但必須通過讀者的審美活動才能變為現實。」[65]

整體看來，筆者認為汪景壽等三人在闡釋杜國清詩論時，擁有上述所提及的許多優點；不過，就細部而言，筆者認為在這些闡釋當中，尚欠缺了對杜國清詩論特殊性的認識：例如，在詩學理論的建構上，杜國清與劉若愚是否皆適用圓形四要素模式，是可以再繼續思考的問題——因為，筆者發現在杜氏的詩學理論裡，論述力道最為強勁的當屬詩之本體論與詩之創作論，而至於讀者和宇宙的關係、詩作和讀者的聯繫，皆為杜國清施力較少之處。因此筆者認

64 同前註，頁165。
65 同前註，頁166。

為，與其將劉若愚的圓形四要素模式當作理解杜國清詩學理論的依據，不如遵循杜氏詩學思想所表現出的特殊性，直接從詩之本體與創作入手，或許更能彰顯杜國清詩學理論的價值。

第四節　研究方法介紹

本書之研究方法包含了整體的策略與具體的實踐兩部份。對於策略的安排，由於在葉維廉、杜國清的詩學理論中，有關「詩是什麼」與「如何創作詩」的論述最多，故而筆者主要的研究策略，便是以詩本體論和詩創作論為兩條主要的切入途徑。

其中，所謂的詩本體論，在本論文的研究範圍中，專指葉、杜二氏對「詩是什麼」此一終極問題的所有論述；換言之，本體的定義，筆者在此僅將其當作足以說明詩之整體面貌的一個代名詞，並無其他哲學運用上的意涵。進而言之，當實際進入兩人對於詩之本體的論述之後，筆者發現，在探究詩之一物究竟為何時，葉維廉、杜國清的相關論點其實就恰好包含了詩之核心、組成與功能等三項子議題。因此，筆者才決定要以核心、組成與功能三分的方式，闡釋葉、杜二氏對於詩是什麼的看法。

所謂的詩之核心，在葉維廉、杜國清的詩論中，指的就是在種種詩所賴以組成之複合元素中，最為關鍵的一環——換言之，沒有詩核心，詩將不再為詩。因此，若想釐清詩是什麼，便該先行針對詩之核心的定義、性質等問題，做出詳盡而周延的討論，方能使詩的本體面貌昭然若揭。故此，有關葉、杜二氏對於詩核心所做出的種種論述，自然成為筆者優先關心的項目。

其次，當詩核心的面貌已先行描繪之後，對於詩核心與其他詩之組成元素的關係，便為筆者所要繼續深究的重點所在。因此，筆者所謂的詩組成論，一方面旨在找出組成詩之複合元素究竟為何，另一方面也重在分析所有組成元素之間的關係型態。

再者，除了直接從詩的核心與組成層面對詩之為物進行定義，從功能的角度來進行說明，亦為說明詩本體的方式之一。也就是說，透過研究葉維廉、杜國清對詩所應具備之功能的各項看法，亦可使詩本體的真相獲得整全呈現。換個角度來看，本書之詩本體論，亦可稱為詩核心、詩組成與詩功能論的綜合表現。

另外，當「是什麼」的問題獲得初步解決之後，當詩之本體在經過核心、組成與功能的三方面定義之後，再來的主要工作就是針對兩人所提出的詩創作論進行縝密的闡釋和分析。所謂的詩創作論，換言之即是要討論該「如何」使詩塑造、成形的問題。在此，筆者因應在葉、杜二氏詩論中皆重點提及到的三大焦點：詩創作的外在層次、內在層次與媒介層次，亦將對詩創作論的解讀與批評，分為這三大部分來進行。

總而言之，本書之研究進路可圖示如下：

詩之核心→詩之組成→詩之功能＝詩本體論（詩，是什麼）
外在層次→內在層次→媒介層次＝詩創作論（如何創作詩）

而除了以上所提到的，以詩之本體與詩之創作雙線並進的主要研究策略之外，「對比」法與「文本內證」法亦為本書所重點使用的具體實踐手段：

> 西方的文學理論，是一項專門的學問，甚至有人認為：理論本身就是一種「文本」，應該精讀。[66]

換言之，葉維廉、杜國清的詩學理論之於筆者，就如同一首又一首的詩，應該要先針對其實質文本進行精讀，再逐一細論其中的各個成分，並通過詮釋、統整、重構和延展等內證的工夫，方能建構出整全的詩學理論體系，並且得到最後的總體評價。

---

66 李歐梵：〈西方現代批評經典譯叢總序（一）〉，韋勒克（R. Wellek）、沃倫（A. Warren）著、劉向愚等譯：《中國文學理論》（南京：江蘇教育出版社，2005年8月），頁1。

至於之所以大量運用對比法，則是因為葉、杜二氏在對詩學進行論述時，大體呈現出同中有異的情形。故此，筆者或以單一議題為切入點，將葉維廉、杜國清的說法進行對照；或以個別人物為審察視角，對與詩學相關的各個議題，綜合論述、比較異同；最後，在議題與人物之間的交叉比對之後，方可求得較為接近葉、杜二氏詩學理論的全貌。

第二章　以審美感受為詩之核心——詩本體探討之一

本章所探討的焦點，為葉維廉、杜國清對於詩核心論的種種見解。

整體而言，葉、杜二氏在討論詩之核心時，都對以下幾點發表過為數頗多的論述，例如詩核心的定義、性質與類型等。

其中，葉維廉的論述力道主要集中在如何從普遍性與特殊性這兩種不同的觀察角度，來替詩核心的定義，進行清楚的描繪。至於杜國清的立論，除了同樣的以詩核心的定義為優先處理的課題，與葉氏較為不同的是，在詩核心的類型樣態以及本質特性等兩方面，杜氏做了更為豐富而多樣的闡述。

另外，若是以突顯二者差異為思考的軸線，筆者認為葉維廉、杜國清在詩核心論上最大的不同在於，兩人對於足以作為詩之核心的審美感受，各自抱持著「真全」與「新幻」的特殊堅持。不過，總的來說，在詩核心論的範疇之內，兩人的見解仍可解讀成同多於異的狀況；因為，除了葉維廉、杜國清皆以審美感受做為詩核心的定義之外，他們二人也都把「知感均衡」作為詩核心的最高表現。

最後，必須加以澄清的問題是，所謂的「本體」，在本論文中僅為指稱詩之全面的意思；換言之，當做為詩本體探討的一部分時，意指本章的論述重點，即可看成是對於「什麼是詩」此一複雜問題的其中一種解答。

第一節　審美感受——葉維廉之詩核心闡述

詩之核心為心象美感——此為葉維廉立足於普遍的共相基礎上，所提出的定義；而純粹情境、具體經驗，則為葉氏站在別相的特殊角度上，對詩之核心這個問題所提出的別種看法。然而，以上三者有關詩之核心的看法，就其實質來看，所指的都是整體而全面的審美感受；故可知，對葉維廉而言，所謂的詩之核心，即是審美感受。

一、心象美感：從共相之角度定義詩核心

就一普遍性的層面來看，筆者認為「心象美感」即是葉維廉替詩之核心所下的定義；而「心象」與「美感」看似名稱相異，但其實這只是因為說明角度的不同，才得出兩種不同的名號——就其所指而言，卻同樣都是詩之核心。

首先，葉氏認為所謂的詩，即為詩人的心象：

> 詩人寫詩，無疑是要呈示他觀、感所得的心象，但這個心象的全部存在事實與活動，不是文字可以規劃固定的。……「義生文外」、要「得意忘言」、要知「文辭無定義（即圈定的死義）」，文辭是旁通到龐大時空裏其他秘響的一度門窗。[1]

此處所指的詩，就文意脈絡來看應該是指一首詩中最重要的關鍵，故而筆者便將其重新解讀成，此為葉維廉所認定的詩之核心——核心，意指最不可或缺之組成部分；無此，詩便不再是詩——而在此處，葉氏用詩人的觀、感所得的心象來加以代表。也就是說，葉維廉認為所謂的詩之核心，心象，是一種詩人對外（觀、感）而成內（在心塑象）的結果。進而言之，如果心象真能代表詩之核心，那麼其所包蘊的複雜、深刻的內涵，又是什麼？在葉氏看來，所謂心象，即是詩人在觀察、感應龐大時空中的外在事物時，所體驗到的全面而均衡的意識感受：

---

1 葉維廉：〈秘響旁通——文意的派生與交相引發〉，《歷史、傳釋與美學》（臺北：東大圖書股份有限公司，1988年3月），頁112。

> 「詩言志」自有其堪稱適切的含義，但一般人並未認識。……「志」是由「士」及「心」兩部分所構成的，說文裏解釋為「心之所之」。而「心」字，……一般人對於這個圖的認識不是過於感情化、傷感化（如翻譯時用heart字），就是過於理性化（如翻譯時用mind字）；我們除了在「心意」「心情」這類詞語去解釋「心」字之外，我們試從「佛心」「無心」「本心」諸詞來看，「心」之原意應解釋為：「吾人意識感受活動之整體（全貌）」。則所謂「志」在此就應解釋為：「吾人對世界事物所引起的心感反應之全體。」因此，我們可以說，早在古人下定義之時，已不強調理性下的思維範疇——道德、說教、載道；亦不強調感傷主義下一度形成的俗人所謂「美」的事物——夕陽、晚霞、春花、蝴蝶、愛、雪、秋月、別離。它強調一種均衡及全貌——對事物（意識感受下的事物）均衡忠實的處理。[2]

之所以將心象定義為對外在事物之全面均衡的意識感受，來自於葉維廉對「詩言志」的重新詮釋：其中最重要的一點是，葉氏認為「志」的根源——心，不可偏向知性或感性，應保持一種情、理均

2　葉維廉：〈詩的再認〉，《從現象到表現》，頁280。

衡而整全的狀態；而知、感均衡的心，所體驗到的，當然是兼賅知性的觀察與感性的觸動，亦即外在具體事物的全面樣貌。

故可知，當葉維廉認為「詩言志」具有適當之意義時，所代表的即為葉氏同意詩是表現志的一種存在，但「志」卻必須是心——意識感受活動之全體——的表現，因此所謂的詩，當然可以說成是從「志」的表現延展為「心」的表現；詩自可看作是心對於外在事物全面而均衡的意識感受——即所謂的心象。簡言之，心象即為詩之核心：

> 詩所表的已非「情感」「思想」這麼簡單，而是「當代一種超脫時空的意識感受狀態」（為方便計以下用「心象」二字來代之）。[3]

除了全面而均衡以外，葉維廉提出作為詩之核心的心象，尚有突破時空的性質。所謂的「意識感受狀態」，即是前述葉氏所提及的「志」；而「超脫時空」，即是指突破時間、空間藩籬，而達到化此時為永恆、化當下為無限的特性。故可知，葉維廉認為突破時空限制，亦為詩核心的性質之一。細思之，葉氏提出了此種看法，或

3　同前註，頁282。

許正代表了所謂的心象，是可以突破時空限制，有被古今中外所有讀者閱讀、理解的可能性。

除了對心象進行概念上的分析，葉維廉亦擅長使用對比參照的方式，來詳加說明心象的意涵：

> 音樂、繪畫、文學。三者均為表「心象」（意識感受）的藝術。其不同點如下：音樂——心象的動向。繪畫——心象的狀態。文學——心象的內容[4]

葉氏用比較的方式，列舉其他兩種同樣表現心象的藝術：音樂與繪畫，突顯同樣與心象有關的文學究竟有何不同。首先，就音樂、繪畫與文學來說，葉維廉認為分別代表了心象的動向、狀態與內容；然而，作為文學類別之一的詩，卻又與其他的文類不同，因為詩不僅表達了心象的內容，還包括了心象的動向與狀態：

> 詩，作為文學的一種，由文字構成，當然亦是表「心象的內容」，但與一般文學（譬如小說和散文）不同。後者經常集中於一個思想、一個信仰、一個社會、一種環境，而用枝

4　同前註。

> 節依次詳舉的辦法呈露出來，思路清，內蘊可用論文方式寫成大綱說明，所以有時我們只要捉著其主要觀念，其目的已達。但詩雖然亦具有文字的示義性，但往往不止於這種心象所顯示的內容，而強調音樂中之「心象的動向」和繪畫中「心象的狀態」，才算是詩的意義之全部。[5]

以心象作為核心的詩，與其他文學類型如小說和散文的不同點，在於詩核心等同於整體而全面的心象；除了可藉由具備示義性的文字來表現心象之內容以外，無法用文字意義直接表現的心象之動向與狀態，亦屬於詩核心的涵蓋範圍。故而就詩而言，做為核心的心象同時具備內容、動向與狀態等三方面的特性，因此要徹底對做為詩核心的心象進行正確的闡發，尚須從此三方面共同出發，作出詳細而統整的理解，才能進一步得出詩核心的全貌。

> 一首詩裏心象的內容到底是易於了解的部分，因為文字、意象、暗喻、反喻、明喻、象徵，甚至餘弦（Nuance）均很迅速供諸一組意義（雖然或者是凌亂未經組織的意念），至於讀者此時無法完全感受或了解某一首詩，往往是（一）由於

5　同前註。

> 作者在「心象的狀態」及「心象的動向」方面未曾將之把定及凝縮到使凌亂歸一的程度；（二）由於讀者不認識到詩中這兩個姿式。[6]

所謂心象的內容領域，在葉維廉看來即是詩作為文學類型之一，所本來具備的特色，意指由文字所提供，蘊含在意象、象徵和各式比喻中的意義。值得注意的是，葉氏在此提出，詩除了表現出心象的內容之外，尚須呈現心象之動向與狀態的原因，在於做為詩核心的心象內容，與小說和散文相比，較無法使讀者輕易了解；因此，除了透過文字示義之外，還要藉助對動向與狀態的把握，使心象之內容能夠由凌亂而凝定，開展出一條足以掌握整體心象的道路。

> 我們認為音樂的特質為心象之動向，是指其構成本質之一面而言，我們在此將詩比作音樂，亦只限於此構成的姿式，至於音樂各式表現之差異將不涉及。音樂為「時間藝術」一點頗為顯淺，其表達方式是利用「音的歷時」、「音的質量」及「音的表情」而引起感盪力。……詩的進度與動向亦具有音樂這種構成的意義與特色，亦是一種「流動的」心象的藝

6　同前註，頁283。

> 術。我們在一首成功的詩中，由於情緒的複雜、強弱與濃淺，往往要活用句法的長短，段落的變化，或字中語音特別的個性，或加插過度；情緒較弱部分甚至用純粹散文出之反覺適切，一如音樂中的過度及不和諧音的引用。[7]

之所以說藉由對心象之動向的理解，能夠使讀者更正確地把握心象的內容，原因在於，葉維廉認為詩的核心與音樂一樣具備了流動的特質：對於音樂來說，流動的是歷時出現的音符，以及附著於其中的質量與表情；對詩而言，作為關鍵核心的心象，亦為一種流動的存在。換言之，心象不是一幅靜止不動的畫，而較像一片真實的風景，會隨著時間而產生各種不同的變化。在此處葉氏以情緒為例，認為強弱不一、依次出現的情緒是一種抽象的進行，故需透過對句子的長短、段落的變化等可具體觀察的安排，來感受情緒的動態表現；[8]換言之，以文字意義為主的心象內容，亦如同音樂般，擁有流動的特性。而所謂的心象動向，所指的就是一種韻律，屬於時間方面的律度；故可說，詩之心象，即是具有動向的心象內容，是流動的一組意義。因此，或許詩心象之動向的確較不易為人所感受，

7　同前註。

8　除了葉維廉所提及的情緒之外，筆者認為由於被詩的世界所涵蓋的領土，應該是廣袤無邊的，所以在一首詩中流動的部分，應該還有其他的元素；例如思緒、感覺等等，並非只有情緒而已。

但是如果確實了解此種抽象的歷時動向，則必然比僅從文字的意義入手，更容易獲得詩中心象的全面。

> 我們認為詩具有繪畫中的心象的狀態的特色，在此，亦只指其構成事實的一面而言。畫，是「空間藝術」，亦可稱為「靜態藝術」，是一種無言的藝術；我們雖然有時說畫面上可以看出某種內心的掙扎或戲劇化的衝突（從構圖、筆觸、及色澤感出），但該種掙扎或衝突仍然存在於靜態之中，它們仍只是一種狀態，譬如梵谷的「絲柏樹」、高更的「IAORANA MARIA」……均是心象（情緒、感受）的狀態；至於其內容（可述性內容）是次要。……一首真詩亦捉摸類似畫中的不可名狀的極具餘弦的事體，但因詩用的是文字，與畫筆的筆觸所產生的暗示力不同；在一首詩中，作者或通過意象的驅勢，或通過修辭的張力而把該心象的狀態透露出來。因而一首成熟的詩往往把「意義顯露性至為明顯的敘述」去掉，而利用意象的飛躍，或利用神秘主義的敘述語勢以期達到心象全貌的放射。意即是說，如果要表現「焦慮」時，詩人盡可能不用類似「焦慮」的字眼，而活用別的，使讀者讀後捉住了「焦慮」的實體。[9]

9　同前註，頁285。

而就如同詩具備了在歷時性方面如同音樂流動的特質，葉維廉認為詩之核心，同樣具備像繪畫般的空間狀態。雖然在詩的構成與閱讀過程中，大部分是歷時性的活動，但在閱讀活動最後完成時，除了可得到情緒的流動方向以外，藉由文字、修辭，尤其是意象，也能夠獲得一種空間的張力，使得詩心象能夠被全面呈現、徹底感知，建構出一處充滿意義的心理空間。換言之，葉氏意謂在拋棄明顯的敘述以後，藉由文字、意象和各種修辭手法的拼合而形成一種空間的靜止狀態，可讓心象的意義在飛躍中、放射中，得到更具體而全面的彰顯——此情形類似於當觀者在欣賞畫作時，雖然沒有接觸到表義明顯的文字敘述，但仍可單從畫面中靜止的各式狀態，去設法了解其中所蘊含的各式意義。故可知，詩之核心——心象，亦如同繪畫般，具備了靜止狀態的特色。

由以上的推論可知，葉維廉認為，詩之核心可說是兼涵動靜的心象，既包括意義的匯集，又蘊含了歷時出現、貫串心象的流動情緒，且具備了由文字、意象或其他修辭手法所構成的空間性的靜止狀態。進一步來說，詩之心象可再細分成意義、動向與狀態等三部份；其中心象之意義當然是詩之核心的基礎，而在動向與狀態之間，葉氏對於後者顯得更為重視：

> 無疑地，詩，用了語言，物象也只能依次呈現，但它們並不如戲劇動作那樣用一個故事的線串連起來；它們反而先是「空間性的單元」並置在我們目前，而我們對它們全面的美感印象，還要等到它們全部「同時」投射在我們覺識的幕上始可完成。[10]

葉氏強調，雖然詩是歷時的組成，但與其他歷時性的藝術（如戲劇）不同的是，在最後要呈現出來時，須以空間的狀態作為最終的完成。換言之，在歷時性的閱讀當中，我們的確會依次獲得意義與情緒，但此時所得到的都只是片面而破碎的收穫，無法藉此取得詩之心象的全面樣貌；故而，須待歷時的流動停止之後，才能從由先而後的累積過程中，得到全面且同時的顯現，網取心象的整體，形成對事物的整全美感。

總而言之，當葉維廉認為詩之核心為心象的整體（包括動向與狀態的）表現時，此一心象之整體亦代表了我們對事物的整全美感；也就是說，詩之核心即是美感——此種美感，須在心象之內容、動向與狀態的共同協助之下，才得以充分形成。因此，在葉氏的詩學理論中，美感，即是第二種對於詩核心的定義；換言之，美

10 葉維廉：〈「出位之思」：媒體及超媒體的美學〉，《比較詩學》（臺北：東大圖書股份有限公司，2007年9月），頁165。

感與心象在詩的核心層次裡，擁有相等的地位：美感即為心象，皆為詩的核心。

進一步來說，所謂的美感，指的是由審美活動所產生的感覺，因此以美感來定義詩之核心，是從詩的產生過程來立說的（來自審美）；然而，以心象來代表詩核心，則是從詩的最終結果來判定（成形於心）。因此，從葉維廉同樣以心象和美感來代表詩核心，便可知道所謂的詩之核心，是詩人針對具體世界、事物進行審美活動所得到的結果。

所以，對於葉氏而言，詩之核心即為詩人對外成內的審美感受——因為不論是心象或美感，都是人的意識對於外在既存之現象的整全反應；而此種說法，亦為葉維廉採取普遍性的角度，對詩之核心所立下的定義。

二、純粹情境，具體經驗：從特殊角度定義詩核心

然而，若是以中國古典詩以及道家思想為出發點，葉維廉卻又認為「純粹情境」、「具體經驗」亦可作為詩之核心的代表；由於此種定義是出自某一特定的文化傳統，故可名為詩核心之別相。

> 在中國舊詩裏，語言本身就超脫了這種限指性，（同理我們沒有冠詞，英文裏的冠詞也是限指的）。因此，儘管詩裏

> 所描繪的是個人的經驗，它卻能具有一個「無我」的發言人，使個人的經驗成為具有普遍性的情境，這種不限指的特性，加上中文動詞的沒有變化，正是要回到「具體經驗」與「純粹情境」裏去。[11]

就一般性的角度而言，詩所表現的核心可說是心象美感，是人類意識對於外在事物的全面感受；然而，葉氏在討論中國古典詩時特別強調，詩所表現的心象，絕不僅止於個人經驗而已，而是更進一步的具體經驗或純粹情境。故可知，葉維廉認為，若以中國古典詩作為觀察的對象，則可得出詩之核心亦即具體經驗、純粹情境。

進而言之，為了加強說明何謂純粹，葉氏尚引用了馮友蘭的說明，進一步闡發其實質意涵：

> 馮友蘭對純粹經驗是這樣闡明的：所謂純粹經驗，即無知識的經驗，在有純粹經驗之際，經驗者，對於所經驗，只覺其是「如此」，不知其是「什麼」……不雜名言之別。他又說，在經驗中，所經驗之物，是具體的，而名之所指是抽象的。……（見馮著《中國哲學史》，頁二九八—三〇二）。

11　葉維廉：〈中國現代詩的語言問題〉，《從現象到表現》，頁297。

> 從這個道家的哲學觀來看，如要直取具體世界或自然本身，必須去知性的、抽象的思維的干擾，虛懷納物。[12]

由此可知，對葉維廉而言所謂的純粹其實指的還是一種具體性——特別是在去除了知識的干擾後，僅知其然，而不必知其所以然。換言之，純粹是指滅卻抽象名言的遮蔽後，意識對於外物之具體實樣的全面感受。進一步來看，當個人的經驗回到此一去名存實的狀態時，當詩人採取此種道家式的哲學觀來經驗事物時，詩之核心，自然也就不再被個人所限制，並隨著所留存下來的真實感受，引發出範圍更廣大、更普遍的迴響與共鳴。

而除了「純粹」之外，葉氏更多時候是用「具體」一詞，來形容在中國古典詩與道家思想觀點中所定義的詩核心：

> 事件、行動衝入我們的意識時，是具體的，不管通過視覺或聽覺，它是多面性的實體，而且它同時指向許多相關但並不顯現的事物。語言是一種符號，來指示、代表事件、行動，但必無法代替「可以觸到、可以感覺」的事件的本身。而且它不能夠在同一瞬裏把多面性一齊供出，它必須環物而走的

12 葉維廉：〈嚴羽與宋人詩論〉，《從現象到表現》，頁187。

一步一步的描寫，等到回到起點始算把事件勾住。[13]

具體，在葉維廉的詩論中，所代表的意思當可視為多重多面的整全性；也就是說，葉氏認為當作者之意識感受到外在的具體實物時，應該是與外物之整體進行全面的接觸，進而形成詩之核心。但此種整全的樣態，在透過詩作、透過語言文字來表現時，往往會有許多無法顯現的特點——因為文字語言所承擔的意義大多是單一的，無法像鏡頭一樣，在一瞬間將外物的整全具體一齊呈現。然而，葉氏認為當詩人驅使語言文字「環物而走」之後，勢必還是要表現出事物、行動在一瞬間的多面性質。

雖然純粹情境所代表的是對普遍性的追求，而具體經驗則是指出事物多重多面的整全性，但究其根本，此兩種對於詩核心的別相描述，其實擁有相同的根源——知性干擾的去除：

顯然地，中國詩要呈露的是具體的經驗。何謂「具體經驗」？「具體經驗」就是未受知性的干擾的經驗。所謂知性，……就是語言中理性化的元素，使具體的事物變為抽象的概念的思維程序。要全然的觸及具體事物的本身，要回到

13 維廉：〈時間與經驗〉，《從現象到表現》，頁161。

> 「具體經驗」，首要的，必須排除一切知性干擾的痕跡，我們不妨先把上面討論中國詩的特色扼要的列舉，然後才去追索這種美學的根源。
>
> 超脫分析性、演繹性→事物直接、具體的演出。
> 超脫時間性→空間的玩味，繪畫性、雕塑性。[14]

與在討論純粹情境時相同，葉維廉認為所謂的具體經驗所蘊含的多重多面的整全性，亦來自於知性干擾的消解。當語言文字中理性化的元素，亦即使具體變為抽象的概念思維，能夠被完全排除時，葉氏認為如此所形成的詩之核心，才能回到具體的樣態，而不僅僅只是停留在概念的領域。而此種去除知性的表現，擁有許多特色，在此僅列出與葉維廉所認為之詩核心相關的幾項：分析、演繹的超脫，意近於前述提及的去除明顯敘述，而讓被描寫的對象直接演出；脫離時間的限制，意指讓文字語言本身的單一時間性格降到最低，進而突顯被書寫者的空間性——然而，不論是直接的演出或空間性的突顯，都有賴於詩中知性元素的消滅，方能克服抽象概念化的危機，以保存意識所感受之事物的具體樣態。

14 葉維廉：〈從比較的方法論中國詩的視境〉，《從現象到表現》，頁155。

故可知，當葉氏從中國古典詩與道家思想的角度裡，得出了另外兩種有關詩核心的定義——純粹情境與具體經驗——的同時，就此二者的特性來看，由純粹情境所帶來的普遍性，以及涵蓋在具體經驗中的整全性，其實皆可當成是因為詩中知性元素的去除，方能使詩核心獲得完備的呈現。

三、小結

綜上所述，葉維廉從道家思想和中國古典詩的層次所得出詩核心之別相——純粹情境、具體經驗，筆者認為其實也可視為人的意識對外在事物、現象因採取審美活動而所產生的感受；也就是說，依生成過程而言，所謂的純粹情境與具體經驗亦即是一種審美感受。因此，若是結合葉氏對詩核心的共相立論——詩之核心便是詩人因於外物而成於內在的心象美感——併而觀之，筆者認為葉維廉不論認為詩之核心是心象美感、純粹情境或具體經驗，其實都是一種整全、普遍又不受知性干擾的審美感受。因此易言之，在葉氏的詩論中，詩之核心即可用具備了真全特性的「審美感受」來加以統括。

此外，針對葉維廉的詩核心論，筆者認為有一個問題可以有待來者進行更深入的討論，那就是「知性作用」、「理」以及「心象美感」之間的關係。當葉氏憑藉著「詩言志」這句古語來替詩核心重新定義時，提出詩之核心應該是吾人心感反應的全體；進而言之，此種心象美感該是整全而均衡的。然而，當葉維廉從中國古典詩與道家美學的角度來定義詩核心之時，卻提到做為詩核心的純粹情境、具體經驗，應該要極力避免知性的干擾。

於是，令筆者不住深思的是，所謂的「知性干擾」，或許可以再更為縝密地去進行定義：例如至少要討論到所謂的「干擾」，究竟是要放在詩核心的形塑過程或是最終成果來做探討？以及「知性」和「理」這兩個詞語在詩核心論的範圍內，彼此的意義到底有何異同？另外，心象美感中要去除知性的干擾，而「理」是否可以出現在詩核心之中？如此一來，筆者相信不但能對葉維廉的詩核心論做出更為正確的理解與評價，也可以對詩核心的定義，做出更精準的判斷。

第二節　審美新感——杜國清之詩核心解析

杜國清對於詩之核心所包含的種類樣態、特性本質等方面的描述，可用「知感並存的審美新感」來加以統整說明。

一、審美世界：詩核心之定義

詩是詩人根據語言和經驗使用文字創造出來的一個存在於想

> 像中的美的世界。[15]

此為杜氏對詩所下的第一個詳細的定義，可說兼賅了創作過程中的各個要素；而如果單從最終的結果來看，詩是一處美的世界，美的世界即最能代表詩的定義。換言之，對於杜國清來說詩之核心即可視為美的世界。值得注意的是，此處杜氏對美的解釋另有特殊的意義：

> 所謂美的世界，更確切地說，是審美的世界，是指詩做為藝術品的根本特質。[16]

杜國清認為，美，在其詩論中的意思，指的是審美世界；換言之，與其說杜氏以美的世界作為詩之核心的定義，不如更精確地說，由審美活動所產生的世界，即為詩之核心。進而言之，藉由審美活動而產生的，其實就是一般所謂的審美感受。因此，針對杜國清對詩所下的定義，我們可以推知所謂詩的核心——審美世界——即是審美活動後所得到的感受，可簡稱為美感。

15 杜國清：〈詩是什麼〉，《詩論・詩評・詩論詩》（臺北：臺大出版中心，2010年12月），頁14。

16 杜國清：〈超然主義詩觀〉，《詩論・詩評・詩論詩》，頁102。

而之所以用「世界」來形容美感，當是取其涵蓋廣大之意，也就是說由審美活動而產生的美感世界，不是單一而狹隘的，反倒是範圍遼闊、領域宏大；換言之所謂的美感世界就是一廣袤宏肆的美感境界——之所以如此，或許是因為當人在進行審美活動時，其實就是在用一己生命來和宇宙時空互動、交涉，故而所得者深、所成者大：

> 我認為詩，尤其是抒情詩的本質，在於表現出存在於某一時空亦即宇宙之間的生命的感受，或者說表現出與這種感受有關的精神活動。[17]

在此，杜國清提出的詩之本質，其實可看成延續了以審美世界為詩之核心的看法。所謂的生命感受，當然代表了個人的存在，然而這種存在或精神活動，不是純然孤立，反而是必須和宇宙時空等外在的實有，交涉、互動，之後才能夠成形、塑造。換言之，生命對宇宙所產生的感受，所得到的即可視為審美感受；而因為與個人生命互動的，是廣大無邊的宇宙，是故所得到的當然也就不太可能只是簡單的感受，而是像世界般深廣的美感。

---

17 杜國清：〈詩的本質〉，《詩論・詩評・詩論詩》，頁34。

詳言之，杜氏認為當人以一己生命來對整個宇宙進行審美活動時，會具體接觸到的對象，其實不脫情、理、事、物四者，此即杜氏所謂的「四維」；而經由內外交涉的審美活動所得到的感受，除了是美感之外，在此杜氏亦使用了「心象」一詞來指稱：

> 就詩的外在構成而言，我認為情、理、事、物是詩世界的「四維」。此四者蓋含詩的一切題材，窮盡萬有的形色聲狀。詩可以抒情，可以說理，可以敘事，可以寫景詠物。詩是人類心靈的產物，因此，這四維正是詩人心靈的觸角所伸向的四個方位。詩的世界，不外乎是詩人的心靈與這四維交響共鳴、觀照反映所構成的心象而已。[18]

所謂的外在構成，指的就是在詩之外而能夠使詩成形的資源，換言之此四維即是宇宙時空中的四大界域，等待著詩人的生命、心靈，來進行審美的觀照；而之所以杜國清也使用了心象一詞，來代表經過內外共鳴而得到的美感，筆者認為主要是因為一方面此種美感是出現於心中，另一方面它又是可感知的形象化記憶，而非概念化的思緒，故而亦可用心象來說明前述所提及的審美感受——然而，需

18 杜國清：〈詩的三昧與四維〉，《詩論・詩評・詩論詩》，頁36。

要強調的是，在杜氏的詩論中，心象一詞的使用頻率相當低，故為了論述時的清晰連貫，筆者在分析杜國清詩論時，將仍以審美世界、審美境界或美感等詞彙來代表杜氏對於詩之核心的看法。

二、知感並存：詩核心之樣態類型

在確認了杜國清是以審美感受組成的美感世界作為詩之核心的定義以後，接下來需要進一步深究的是，此種複雜如世界的審美感受，到底包含了哪些細微的類型？以及在各類美感中，是否有一些相同的性質貫串其中？

> 美的樣態，依照人的感受性，可以分為知性的美和感性的美兩種。前者亦即知覺美——訴諸大腦，例如驚訝、諷刺、滑稽、怪誕等等。後者可以再分為兩種：一是感覺美——訴諸五官，例如矇朧、悠揚、柔和、清爽、芳香等等；一是情感美——訴諸心，例如哀愁、淒婉、悲壯、高揚等等。
>
> 在優越詩人的感受性中，知性和感性得到均衡的發展，因此在優越的作品中，知性的要素和感性的要素和諧一致。換句話說，在優越的作品中，知覺美、感覺美和情感美三者並存，而且渾然成為一體。……。詩是詩人的思考和感覺和情

緒的統一體。[19]

就審美世界所包含的類型而言，杜國清認為可依照人所具備的不同感受性，來進行區分。以下，將以兩個簡圖來呈顯出杜氏對審美世界的類型區分，包含了美感型態的三大類別、每一類別在人類感受性上的歸屬、所憑藉的關鍵，以及每一類型的舉例：

圖一：

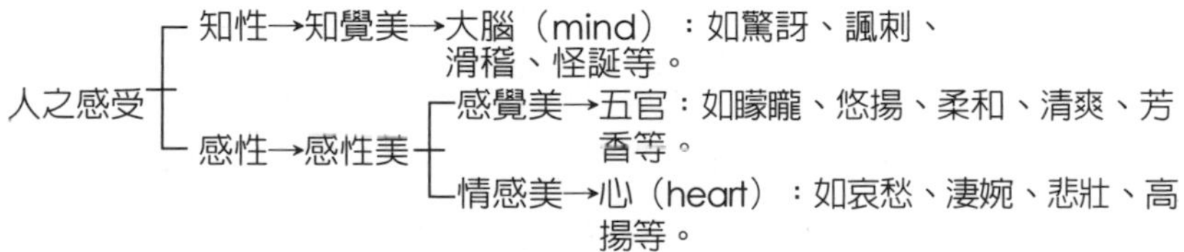

圖二：

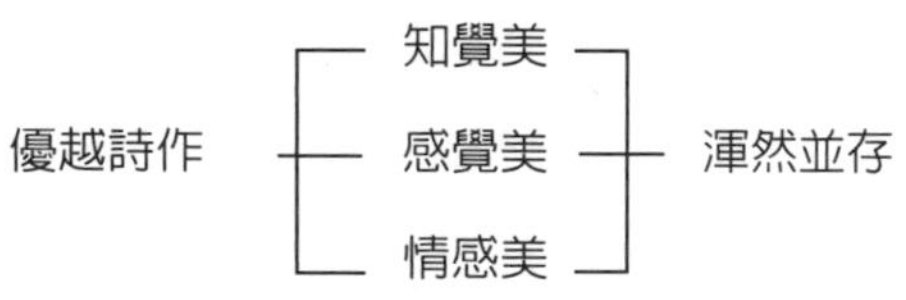

19 杜國清：〈詩是什麼〉，《詩論・詩評・詩論詩》，頁31。

杜國清提出，人的感受性可分為知性與感性，而一位優秀的詩人，其知性與感性將會得到均衡的發展；因此由知性與感性所分化而生的知覺美、感覺美與情感美，勢必會以渾然並存的狀態形成足以作為詩之核心的審美世界：其範圍包括了來自大腦、感官與心的各式美感。[20]然而，在此法度井然的美感類型劃分當中，筆者認為有一些環節是尚待說明的：

第一，將知覺美和情感美各自歸源於大腦與心，此種分法是否有再商榷的餘地？最主要的原因在於，不論是大腦或心，其所指之意涵均模糊不清；首先，大腦所指的應該是身體中的某一特定器官，然而心之所指也是做為身體器官之一的心臟？其次，就大腦本身所具備之功能來看，其實即已包含了負責處理感覺（如右腦）和知覺（如左腦）的部位，因此，若真要將知覺美和情感美的源頭歸屬於身體的器官，其實單憑大腦就可完成任務，或許就無須依賴心的出場。再者，若是杜國清此處所用之大腦與心，皆非實質的器官意義，那麼同樣地，筆者認為僅僅用心做為知覺美和情感美的源頭就已足夠；因為在英文中，同樣有心之意義的「mind」和「heart」二詞，便是分別代表了知性與感性等兩重意義。因此，回到中文的

20 筆者認為，此處杜氏所用的「大腦」一詞，意近於英文的「mind」，屬於理性、知性的意涵；而所謂的「心」，其意義則較偏向感性，與「heart」相似。

使用脈絡，筆者認為使用心之一字，便也足以代表杜氏所提之知覺美和情感美等兩種美感的源頭了。

第二，對於「知性」與「知覺美」等詞彙，是否有更加適合的選擇？筆者之所以會提出此項疑問，最主要的原因在於這些詞彙不易使人充分了解其涵義。例如，在美感的領域中，「知性」與「知覺」彼此之差別界線，應該如何劃定？又或者說，當杜國清以審美世界作為詩之核心時，意指因為審美活動的進行才能形成詩之核心；然而，若就審美活動的實際進行來看，除非是該審美對象本身即包含了知性的特質，知性美感才有可能出現，否則知性與美感的必然關聯，尚須杜氏做出進一步的解釋。

第三，分類與舉例之間的關係是否已完全歸屬到相合的位置？因為在知覺美中，所舉的例子似乎無法確切歸屬於此類：像是「驚訝」應該比較適合放到情感美，而「怪誕」則比較像是艱難之美的類型。

第四，審美感受的分類架構是否周延？既然杜國清是以審美世界、審美感受為詩之核心，那麼在規劃其類型時，是否最初之根柢就應該都是一種「感覺」？苟非如此，則所謂的知覺美、感覺美和情感美，似乎與杜氏替詩之核心所下的定義，失去了緊密的關聯。因此，筆者認為杜國清所提之審美感受類型，或許可重新分配如下圖：

詩之核心＝感覺美［知性美／情感美］渾然並存

第五，除了對於審美感受的類型區分，或可針對其起點與分類再作思考，在所謂價值最高的審美感受上，筆者認為杜國清的說法，似有再一步發展的可能性——杜國清認為，不論審美感受的類型有多少種，價值最高的，即是能夠表現出人類靈魂存在的美感：

> 雖然美具有種種不同的樣態，在詩的世界裏，以表現出靈魂之存在感的為最大的美，因為這種美最能夠使靈魂得到喜悅和安慰。人類靈魂存在的本質是前無古人後無來者的一種淒涼感，是念天地之悠悠的一種愴然感，是對有限生命的一種哀愁感。因此只有表現出這種哀愁感或淒涼感或愴然感的詩，才是最美的詩。[21]

然而，筆者認為此種說法有值得再行思索的必要：首先，靈魂的存在本質為何一定是哀愁，在此杜氏並未多加說明。其次，杜國清認為表現出靈魂之存在的美感最使靈魂感到喜悅，但是在實際的人生

21 杜國清：〈詩是什麼〉，《詩論・詩評・詩論詩》，頁32。

場域中，如果有人真的面對了靈魂存在之本質哀愁，或許不會這麼絕對地因此而感受到喜悅。再者，表現出有限生命的哀愁感，真能使人得到安慰？當人讀到一首詩時，的確有可能因為體認到這種來自生命共通的本有限制，而感到自己不是單一的特例，並因此獲得心靈的紓解與安慰，但是也同樣有可能，在接觸到了這種悽涼的哀愁之後，更加頹唐沮喪。最後，以生命之哀愁為美感的詩，真的就是最美的詩？對此，杜氏同樣沒有多做解釋；不過，若是將考量的視野拓展，從個人的生命延伸到大我的場域，或許也會有其它樣態的美感，具有如生命哀愁般崇高的美感價值，例如義無反顧的壯烈犧牲、天人合一的自在融洽等等。

三、詩之三昧，想像之新：詩核心之本質特性

除了對審美感受的類型提出眾多的描述之外，杜國清對於詩之核心所應具備的內在本質與特性，也發展出可觀的論述；要言之，杜氏認為詩核心的特性可用「三昧」來加以表示：

> 「驚訝、譏諷、哀愁」是三種不同的詩質。「驚訝」是指詩的獨創性而言；「譏諷」是指詩的批判性而言；「哀愁」是指詩的感染性而言。[22]

22 杜國清：〈詩的本質〉，《詩論・詩評・詩論詩》，頁34。

> 就詩的內在本質而言，我認為驚訝、譏諷與哀愁是詩的「三昧」。這分別指詩的獨創性、批判性與感動性而言。[23]

所謂的詩之三昧，在杜國清的詩論中，代表了詩所具備的三種不同的內在本質；因此，若與杜氏替詩核心所下的定義合而觀之，其實所謂的三昧，也就是杜國清替做為詩核心之審美世界所設定的本質特性。總的來說，杜氏分別以驚訝、譏諷、哀愁，代表詩核心在獨創性、批判性、感染（動）性上所蘊含的本質。此三昧的詳細意涵，依照杜氏的脈絡分述如下。

首先，根據杜國清對於驚訝和獨創性的解說，可知詩之核心，是一種新的審美感受：

> 一首好詩在表現上必然有破舊創新的地方：不是表現出自古以來未曾有人體驗的獨創境界，便是以前無古人的獨創手法表現出千古不變的人情世故。[24]

所謂的獨創，指的是在內容與形式兩方面，針對已成傳統的文字使用模式或意境樣態，創造出與既存之舊有相異的新存在：

23 杜國清：〈詩的三昧與四維〉，《詩論・詩評・詩論詩》，頁37。
24 杜國清：〈詩的本質〉，《詩論・詩評・詩論詩》，頁34。

> 詩作品必須是創造品。創造的意思，就形而上的精神來說是無中生有，就形而下的技巧來說，不外乎是舊材料的新組合。不論是哪種意義，都著重在產生某種新的東西。……但是沒有舊顯不出新。因此創造不可能憑空造出來，而是必須根據一些既存的舊材料：作者的思想感情等一切經驗以及語言文字的一切屬性和習慣，而在舊材料的基礎上建立起新的存在。所謂新，或指內容上概念的新結合，以及由此產生的新的關係，新的感受，新的認識，新的境界等等；……為了創造新的存在，不能不打破舊有的存在。因此一篇創作品必須：
>
> 一、打破常識通俗的美感，道德觀念，思想形態，傳統感情，意識的惰性以及認識的習慣等等。[25]

而詩之所以一定會有獨創性，或許是與杜國清認為詩作品就必須是創造品這一預設立場有關。若是專注在詩之內容層次，其所指的就是產生出新的關係、感受或境界；換言之，當杜氏以美感累積而成的審美境界為詩之核心時，此種審美境界的實質內容其實就是一種新的感受、新的關係、新的境界，是不同於常俗的嶄新美感，是詩人必須根

---

25 杜國清：〈詩是什麼〉，《詩論・詩評・詩論詩》，頁23。

據舊有的既存，包括思想、感情等一切經驗，進行舊材料的新組合而得到的結果。進而言之，由於杜國清所謂之新的關係，在其詩論中等同於想像，因此若要詳細討論杜氏對詩核心之獨創性的看法，便須從新關係著手，去進一步地分析杜國清對想像所提出的論述：

> 所謂想像，是根據一個概念而推想到另一個概念；或是兩個概念的結合，或是一個概念之分化。亦即培根（Francis Bacon, 1561－1626）所說的，將自然所聯結的東西加以分離，將分離的東西結合在一起的作用。這種概念的聯結或分離的結果，產生某種新的關係。尋求這種新的關係亦即從事想像。事實上，這種新關係只存在於人的腦中。為了發現這種新的關係，往往將現實或自然中既存的關係加以破壞，再予以重新組織。所破壞的只是現實或自然既存的關係，而不是現實或自然本身。這種既存的關係不破壞，新的關係不能成立；超自然的世界亦即存在於這種新的關係中。關係之破壞與重建是一種思考作用，也是一種精神活動。因此我們可以認為：詩的世界是想像的世界；想像的世界亦即詩的世界；思考是一種精神活動，因此詩，歸根結底，是一種精神活動的表現。[26]

26 同前註，頁28。

在這段龐大的引文中，我們可以推論出三項重點：第一，杜國清根據培根的說法，認為所謂的想像是新關係的追尋；而依照前述所言，新的關係如果亦可視為詩之核心的話，想像，在杜氏的詩論中，也可說是詩核心的定義之一。第二，由於此種新的關係其實只出現在人的腦海之中，是在破壞了人類過去對現實和自然所建構出的既存關係之後才出現的，因此所謂的新關係亦可視為是超自然、非現實；換言之，所謂的詩之核心，按照杜國清的詩論脈絡來看，其實也就是超自然或非現實的世界。第三，因為杜氏認為，在關係層次的破壞既存與建構新興，都是屬於思考作用和精神活動的範疇，於是在有關詩核心的定義上，杜國清又引伸出了另一種答案：精神活動，亦可視為詩之核心。然而，不論杜氏又另外提出了幾種關於詩核心的定義，都可看出詩之核心必定具有獨創的特性，是一種新的誕生；因此，所謂的審美感受，更精確地說就是審美新感。

其次，從杜國清對批判與反諷的論述中，可知詩之核心具備了知性精神的性質：

> 反諷是一種批判的精神，是人的精神中知性的一面。這種知性的批判精神，不僅表現在成熟詩人創造的內容上，同時也

> 表現在創造的過程中。它是隨時督導與修正詩人的創造意志與創造行為的一種理性的力量；是詩人的藝術良知的自覺，也是詩人的藝術美感的判斷者。[27]

值得注意的是，所謂詩的批判性，依照杜氏所言可分成兩個層面來看：首先，批判性必須先表現在詩人的創造過程，亦即屬於寫作方法層面的要求，是審美感受的督導、修正與判斷根源；至於和詩之核心有關的批判性，則是指對不完美的現實生活的批判。換句話說，由此可知詩核心除了獨創的特性之外，在杜國清的詩論中也蘊含著批判的知性精神。然而，透過杜氏其他的論述，可進一步推論出，其實所謂批判的知性精神，也包含在想像的範圍當中：

> 前面說過，真正詩的創造，必然產生出超越現實的某種新的關係，亦即詩的世界；這種超自然的詩的世界，與現實的世界形成對照，而產生一種反諷的效果。波特萊爾本人對反諷的解釋是：「具有個性的見解，在作家眼前事物所形成的景觀，以及惡魔的精神的態度。」同樣的，這種解釋也不是很明確，不過我想我們可以把它看成是對現實的一種分析的、

27 杜國清：〈詩的本質〉，《詩論・詩評・詩論詩》，頁35。

批判性的把握。[28]

因為在詩之內容中的批判性，代表了對於現實的反諷；而這樣的譏諷在杜國清詮解波特萊爾的詩觀時，正好可歸於當超越自然的新關係創生之時，所必然引出的結果之一。換言之，在杜氏詩論中詩之核心所擁有的批判性質，其實也可視為超自然的新關係，亦即想像的產品。因此，從批判性的角度來說，詩之核心也具備了想像的特質、新存在的性質。

最後，由杜國清對感染性與哀愁的闡釋中，可知杜氏眼中的詩之核心，勢必帶有感性的質素：

> 其次，就詩的感染性而言，哀愁是人性中最深切最普遍最容易引起共感的情緒。所謂人生中不如意事十常八九，而一切生命中大限存焉。面對著亙古長存的無限宇宙，有誰不覺得人生譬如朝露去日苦多？浮沉在這萬物流轉的無常世界，有誰不愴然而念天地之悠悠？因此，我認為哀愁在人性中具有最大的感染性，而表現人存在之哀愁感的詩具有最大的感動力。詩中的哀愁是詩人基於感性所捕捉與塑造的藝術情緒；

28 杜國清：〈詩與現實〉，《詩論・詩評・詩論詩》，頁45。

> 這種詩情表現出萬人共通萬物交感的生哀死愁，正是詩的極致。[29]

此種來自人類心靈感性層面的感染性、感動力，是由詩人一己之生命出發，進而探討到全人類的生命本質，提出當有限生命與無限宇宙互相對比時，在絕對差異所引發的巨大衝擊中，藏著最感動人、最普遍的哀愁感。雖然杜國清對於哀愁感所作出的解釋，並未像討論獨創性與批判性時，直接作出此二者與想像相通的論述，然而筆者亦認為所謂的感動性、哀愁感，其實也是一種新的存在、想像的結果：因為就常理而言，所謂的有限生命與無限宇宙的對比，其實根本就不曾出現於實際的生活當中；以人為例，當真的把個體有限和宇宙無限進行對照、比較，此種對比本身就是一種想像的行為，而由此而生的哀愁感，當然也不會是具體實存，而只是人的一種想像而已。換句話說，筆者認為杜國清所提出的詩之核心所具備的第三項特點：哀愁感、感染性，其實也屬於想像的範圍，是一種新的存在。

故可知，杜氏所提出的詩之三昧，雖分而為三，但就筆者的觀察，其實都可用「想像之新」的觀念來加以貫串；易言之，詩之核

29 杜國清：〈詩的本質〉，《詩論・詩評・詩論詩》，頁35。

心所具備的獨創性、批判性與感染性，都是一種想像的性質，因此都具備了「新」的意涵。故可知，若從本質特性的角度來說明杜國清詩論中的詩核心，可知所謂的審美世界、感受或境界，都是一種想像的存在、新的存在；綜合來看，即可稱之為「審美新感」。

而除了把審美新感作為詩核心的性質說明之外，從杜氏以詩之三昧作為詩之三種內在本質的說明中，我們可以推知與杜國清對詩核心之定義——「審美新感」——相關的幾點補充看法：第一，詩的核心雖然是生命感受、審美世界，但仍然必須是一種擁有傳統作為根基的藝術，不是純粹個人孤立產生的成品；第二，詩人在現實生活中，以詩回應有憾的殘缺，因此所謂的審美世界或審美感受，當然也與外在現實息息相關；第三，詩的感動性具有不證自明的特點，因為對杜氏而言此為築基於人類生命共通的有限本質上。第四，不論是獨創性、批判性、感染性，都可視作是一種新關係的誕生，換言之所謂的詩之核心，對於杜國清而言當然擁有一種想像之新的特質。

不過，筆者認為杜氏對於詩核心之特性的說明，似乎尚有一些迷濛之處：第一，在感染性方面，人類對於生死恆暫的變化，是否只會產生出哀愁？因為就杜氏的行文脈絡來看，彷彿人在面對有限個體與無限宇宙之間的巨大對比時，只會產生出哀愁之感；然而，如果不侷限在變化遷逝的角度，而從一更加宏觀的層面來審察，或許所得到的感受就還會有其他的類型，例如像蘇軾所說的，只要超脫了時間的侷限，從「不變」的角度去看世界，那麼也會得到物我如一、永恆不變的體悟。第二，哀愁感真的具有最強大感染力？對具備高度悲劇意識的人來說，當然會對生與死、有限和無限產生如此強烈的感動；相對的，抱持著其他生命態度的人，就不太會做如是想。第三，在杜國清的論述中，我們的確可以把詩核心的特性皆納入想像與新關係裡，將詩之核心視為審美新感，但是詩核心真的如同像杜氏所說的，可等同於思考作用和精神活動？因為例如像數學式子的運算，或學術論文的寫作，不也是思考與精神的活動或作用？然而，我們可以把以上兩者視為詩的核心？因此，筆者認為杜國清若要說詩是精神活動的表現，那麼或許要再加上一些輔助條件的限制，方可更加符合實際狀況。

四、小結

詩核心之總體定義，在杜國清眼中即為知感並存且具有想像特性的審美新感。

詩的核心，對杜氏而言即為由審美活動而產生的美感境界；此外，亦可稱為個人生命對整體宇宙的感受，或是人類心靈對於情、理、事、物等四維所交涉響應出的心象；而其中，包含了偏向知性和側重情感等不同的美感類型。當然，不論是屬於哪一類，都可視為是由生命感受而生的美感。此外，若從本質特性的角度來審視，杜國清所謂的三昧：獨創性、批判性、感染性，即為詩核心之性質；然而，由於此三者皆可看作是新關係的誕生，意即屬於超自然的想像範疇，故可用想像之新來概括說明詩核心的本有性質。

第三節　葉、杜二氏詩核心論之異同比較

大體而言，葉維廉、杜國清對詩核心的看法，筆者認為最大的差別在於，前者認為詩核心應具有「如物之真」的性質，而後者則以「想像之新」做為詩核心所必備的特色；在「真」與「新」之間，各執已見、互不相容。至於兩人詩核心論的共同特色，則表現在對詩核心的定義、詩核心與主體自我的關係，以及詩核心的最高表現為何等項目上。

一、葉維廉與杜國清詩核心論之主要差異

詳言之，若是整合葉維廉對詩核心的所有立論，不論是心象美感、純粹情境或具體經驗，都等同於人的意識對外在事物、現象因採取審美活動而所產生的感受，詩之核心便是一種審美感受，具備了整全、普遍又不受知性干擾等特性。進而言之，按照葉氏的思

路，這些特性若要能夠充分表現，就必須盡量貼近外在實有的具體存在物，方能展現出美感的真實性；也就是說，如外物之真、似經驗之全，可謂葉氏對詩核心的終極要求。

至於杜國清，則是堅定地認為獨創性、批判性、感染性等三昧，即為詩核心的本質特性，但因為此三昧在杜氏詩論中，皆可視為一種新關係的誕生，而杜國清對新關係的理解，又可放入超自然的想像範疇。故可知，所謂的審美「新」感，即意味著一種必須與舊有實存之物有所不同的想像；換言之，想像之新，即可作為杜氏詩核心性質的總稱。

也就是說，葉維廉和杜國清詩核心論的最大不同，便在於葉氏認為詩核心應為一種「如物之真」的審美感受；而杜氏則以「想像之新」，作為詩核心必須具備的特質。

二、葉維廉與杜國清詩核心論的共同特色

雖然對「如物之真」與「變異之新」各有堅持，但在詩之核心論的範圍裡，整體來看，葉維廉、杜國清仍然有許多交集。從葉、杜二人對詩核心論的種種闡述中，可發現兩人共同的論點有三：其一，將詩之核心視為審美感受；其二，主體自我既為此種美感的起始根源，又是詩核心所蘊含的一部分；其三，皆以知感均衡做為對詩核心的最高要求。

（一）詩核心的共同主軸：審美感受

首先，二人皆認為詩的核心是經由審美活動而產生的審美感受，亦可稱為所謂的美感經驗。

對於詩之核心究竟所指為何，葉維廉分別從普遍共相和特殊別相等兩種觀察視角來進行定義：就前者而言，詩之核心即為心象美感；而以後者來說，受中國古典詩和道家思想的影響，葉氏提出純粹情境與具體經驗，也可視為詩核心的定義。不過，以上所有關於詩核心的看法，就其本質而言，其實所指的都是整全的審美感受。此外，若要使詩之核心徹底形成，不論是抱持哪一種看法，都需要憑藉自身具足的獨立意象，方可組構。綜上所述，可知葉維廉所認為的詩之核心，即為一種由自身具足的獨立意象所組成的整全審美感受。

至於杜國清對於詩核心的看法，以及其中所包含的種類樣態、內在本質，皆可用「知感並存的審美新感」來說明。由審美活動而產生的美感境界，個人生命對整體宇宙的感受，以及心靈對情、理、事、物等四維所交互響應出的心象，都是由生命感受而生的美感，皆可稱為審美感受。此外，杜氏又以獨創性、批判性與感染性等三昧來說明詩核心之本有性質；然而，由於此三者皆可看成是以新關係為定義的想像世界，故可說詩之核心是一種新的審美感受。

最後，杜國清亦提出此種審美新感在種類樣態上，可分為偏向知性和側重情感等不同的美感類型。

（二）詩核心與主體自我的關係：立足主體，包含自我

在根源問題的思考中，葉維廉、杜國清皆認同詩人的主體即為詩核心的起點；而在詩核心的內涵方面，詩人的自我亦可說是其中一種成分。故可知，不論葉氏或杜氏，都認為主體對詩核心的內涵與根源，發揮了重大的影響。

1、主體為詩核心的根源

除了在詩核心的定義上擁有相同的見解，葉維廉、杜國清也一致認為，詩人的主體自我，即為詩核心的起始根源。

例如，當葉氏以心象美感定義詩核心時，其實也就暗示了其根源即是詩人的主體自我：

> 詩所表的已非「情感」「思想」這麼簡單，而是「當代一種超脫時空的意識感受狀態」（為方便計以下用「心象」二字來代之）。[30]

30 葉維廉：〈詩的再認〉，《從現象到表現》，頁282。

> 詩人寫詩，無疑是要呈示他觀、感所得的心象，但這個心象的全部存在事實與活動，不是文字可以規劃固定的。[31]

因為按照葉維廉的定義，所謂的心象是對於外在現象之意識感受，因此所得到的美感必然是主體的感受；換言之，詩的核心雖然是審美經驗的真實全貌，但這種心象的源頭卻是詩人的自我意識——也就是說，沒有主體的發用，根本不可能有所感受；沒有自我的運作，心中也就不會有外象的攝入。

同樣地，由於杜國清認定詩之核心即為審美新感，故而詩人的主體自我，也就是詩的起始根源：

> 詩是一種精神活動的表現。作者藉著思考，想像出一個美的世界，將它用文字寫下來而成為詩作品。……詩亦即想像的世界，是思考的一種形態。[32]

所謂審美世界，是經由想像而來，帶有想像的性質；而所謂的想像，則是作者在思考當中所產生的一種精神活動。換言之，如果沒

31 葉維廉：〈秘響旁通——文意的派生與交相引發〉，《歷史、傳釋與美學》，頁112。
32 杜國清：〈詩是什麼〉，《詩論‧詩評‧詩論詩》，頁28。

有思考的活動，沒有精神的運行，那麼就不會有想像也不會有詩；但由於思考的進行，完全是一種由主體掌控的行為，故可知詩人的自我其實就是詩的最初根源。

2、自我為詩核心的內涵之一

至於在詩核心的內涵方面，葉維廉、杜國清皆認為自我是構成審美感受的其中一環。

葉氏雖然主張詩的核心是一種對外成內的心象美感，但他也提出，一首詩中必須含有獨立的個性與聲音：

> 一首詩必須有其獨立的個性，詩人的聲音必須與別的人、別的詩人不同。我們不應視其是否合乎某種風尚來作最後的評價；我們一面要看其有無獨創的聲音，一面看其所創的聲音是否合乎自然、合乎我們經驗裏的基本形態。[33]

而所謂的獨立個性與特殊聲音，即是詩人的主體自我。換言之，雖然葉維廉極力強調外在現象、美感經驗的重要性，但他卻也看出詩人主體的獨特性亦為詩核心的重要成分之一。

至於杜國清則是直接認為詩人的主體自我即為詩核心的一部分：

---

33 葉維廉：〈維廉詩話〉，《從現象到表現》，頁618。

> 詩是根據經驗但不是直接地表現經驗。所謂經驗，意味著詩人的一切知識、意識、回憶、感覺、思想、意念、心情、欲望、本能等等，正像地球上的樹、雲、風、雨等等是自然一樣，所有這些經驗都是人腦中既存的自然或現實。[34]

因為對杜氏來說，所謂的詩之核心即為一種審美新感，是根據詩人的經驗來加以變化和創新而成。故可知，詩人主體所體驗的種種感覺、心情、回憶，詩人自我所蘊含的意識、思想、慾望，當然都是詩核心的內涵，都是審美新感所涵蓋的範圍。

故可知，在詩核心的內涵方面，二人皆認為會受到主體的影響；換言之，詩人的自我，亦即審美感受的其中一種組成元素。

（三）詩核心的最高表現：知感均衡

最後，葉維廉、杜國清對於詩之核心的還有一個共同的要求，那就是兩人皆以「知感均衡」作為詩核心的特色。當葉氏在定義詩之核心即為心象時，曾提出此心象應該要不偏於感性或知性，以形成一種均衡而整全的狀態；至於杜氏在劃分審美世界之樣態時，亦

---

34 杜國清：〈詩是什麼〉，《詩論・詩評・詩論詩》，頁17。

說過應以知性、感性渾然均衡的詩，為價值最高的類別，為優越詩的表現。故可知，葉維廉、杜國清皆以知感均衡，作為對詩核心的最高要求。總而言之，葉、杜二氏對詩核心的共同看法，即為以知感均衡為目標的審美感受。

第三章　詩之組成
——詩本體探討之二

本章所處理的主要議題是，做為詩核心的美感，與詩中其他組成元素的關係為何？

審美感受

詩＝　意象（群）

語言文字

首先，如同上圖所示[1]，就詩組成之整體狀態來看，在葉維廉、杜國清的相關論述中，皆能推測出詩之為物，其最複雜的組成狀態，即可視為經由三重元素所間接聯構的有機體，可簡稱為

1　此種構圖方式是從索緒爾對語言的論述中，得到的靈感。其中，長方形框架所代表的意涵，是一種由下而上的媒介作用；換言之，語言文字即是詩組成的基礎，而美感則是詩組成的終端。另，此圖之原始構想，可參見費爾迪南・德・索緒爾（Ferdinand de Saussure）：《普通語言學教程》（臺北：弘文館出版社，1985年10月），頁91。

「間接三重」：語言文字是詩的基礎，經由直接形塑的關係，凝成意象，再由意象直接發散出審美感受，故此審美感受是經由意象居中媒介之後所產生的詩之終端。所不同者是在於葉維廉、杜國清對意象到美感之間的連接方式，有不同的認定：簡言之，葉氏認為意象與美感之間保持著多項的通路，而從杜氏論述中所歸納得出的論點，卻並未提及。

再者，針對詩組成元素之間的細部關聯而言，從葉維廉、杜國清的論述裡，都可得到在語字和意象、意象和詩核心、詩核心和語字之間，皆存在著既超越又緊密相繫的關係，即所謂的「超然不棄」，可圖示如下：[2]

最後，若將第貳、參章合而觀之，便可得出葉、杜二氏對詩的其中一種定義即為，具有「超然不棄、間接三重之關係」的「由語

2　上行之箭頭，代表了從下到上的一種超越昇華；下行之箭頭，意謂著上層存在對下層元素的依賴。

字、意象（群）和審美感受所組合的複合物」。

第一節　二重直達之詩組成整體狀態

在葉維廉、杜國清的詩組成論中，皆提到詩核心和語言文字，是構築詩的兩種重要元素，而彼此之間的關係，是一種直接形塑的狀態——換言之，做為詩之核心的美感要能夠成立，必須藉由語言文字直接的發散作用，方可獲得最終的圓滿。因此，筆者認為「二重直達」可視為葉、杜二氏對詩組成之整體關係的其中一種看法，代表了由詩核心和語言文字所表現出的組成型態。

而值得注意的是，在論述詩核心與語言文字的整體關係時，從葉氏的說法中可得知，葉維廉認為從語言文字到詩核心的此種直接形塑的過程中，保持著一種多重方向的特色；但在杜國清的論述當中，卻並未提及此種狀態。

一、葉維廉的看法

葉氏認為詩之核心，是一種經由審美活動所產生之心象美感、純粹情境或具體經驗，即所謂的審美感受；然而，做為詩核心的美感，卻需要依賴語言文字自身的特性，才能被順利地導引、展露：

> 至此，我們可以看到，文言的其他特性皆有助於這種電影式的表現手法——透過水銀燈的活動，而不是分析，在火花一閃中，使我們衝入具體的經驗裏。[3]

需要說明的是，由於現代詩所使用的文字，大都仍以中文漢字為主，而現代中文漢字的特性與性質，與其在中國古代時所擁有的特點仍大致相同，故而葉維廉在討論現代詩的語言文字時，多從古代文言入手；因此，所謂語言文字能夠使人衝入具體經驗、詩之核心，此種說法是葉氏從傳統文言的使用情形中，所得到的論點。

葉維廉認為，文言的諸多特性，能夠使得讀者由語字進入到具體的經驗，即進入到葉氏所認定的詩之核心。換言之，讀者和具體經驗之間，存在著一種以語言文字為媒介的間接狀態；而若只專注於詩的內部構成，則可由此推知，在葉維廉的說法中，潛藏著「詩之組成即包含了語言文字和審美感受此二重元素」的見解。然而，對筆者來說更想要深入了解的是，語言文字和審美感受之間的內部組成狀態，究竟為何？ 在此，葉維廉分別針對語言和文字所做出的兩段論述，或許有助於解答此項疑惑：

---

3 葉維廉：〈中國現代詩的語言問題〉，《從現象到表現》，頁302。

> 語言之用，不是通過「我」說明性的策略，去分解、去串連、去剖析物物關係渾然不分的自然現象，不是通過說明性的指標，引領及控制讀者的觀、感活動，而是用來點興、逗發萬物自真世界形現演化的狀態。在中國文言的古典詩裏，我們發現到詩人利用了特有的靈活語法——若即若離、若定向、定時、定義的高度的靈活語法，仿似前面所談到的「距離的消解」（如無需人稱代名詞所引起的「虛位」，如沒有時態變化所提供的「刻刻發生的現在性」，如無需連接元素所開出的「自由換位」，及詞性複用及模稜所保留語字與語字之間的多重暗示性），使到讀者與文字之間，保持著一種靈活自由的關係，讀者處於一種「若即若離」的中間地帶，而字，彷彿如實際生活中的事物一樣，在未被預定關係和意義封閉的情況下，為我們提供一個可以自由活動、可以從不同角度進出的空間，讓其中的物象以近乎電影般強烈的視覺性在我們目前演出。[4]

在語言方面，葉維廉所強調的是在古典詩中的語言規則（即語法），藉由以下幾點特質，成功地呈現出詩之核心：第一，擁有靈活的語法，意指文言不像英文等其他語言，將語法嚴格限制，反而

4　葉維廉：〈言無言：道家知識論〉，《歷史、傳釋與美學》，頁145。

採取了若即若離、似限制又開放的矇矓姿態，散發出靈活之感；第二，捨棄連接元素的干擾，讓每一個語字都是獨立的個體，保留自身全面的特質，進而表現出自由換位的作用；第三，詞性的模稜、多樣，使得語字的多重暗示性，得以表現出最大的可能。

此三種特性雖所指各異，但其共同的目標，皆在於使讀者維持一種自由的態度，能夠進入一種彷如實際的空間、進入一種允許多角度進出的空間、進入一個可以活動的空間；而空間中的物象，則能夠自由的在讀者的眼前演出——換言之，透過中文語法的特殊性質，能使讀者彷如接觸到具體經驗、心象美感；而當具體經驗被語言保存之後，詩之核心自可順利呈現。故可知，透過語法的作用，的確可使詩核心順利誕生。

> 我們在本文要探討的就是：如何用文字（本身是具有傳述意義的作用的）來指向文字以外的意義或意境，看詩裏面向外延展的型態（應該說姿勢，因為這是一個空間的觀念）。[5]

而在文字方面，葉維廉則認為，由於漢字本身即擁有傳述意義的作用，所以在討論文字與詩核心的關係時，葉氏特別強調的是，如何從文字本身的意義，指向、進入文字以外的意義或意境——因為詩

5　葉維廉：〈維廉詩話〉，《從現象到表現》，頁622。

之核心，在葉氏的詩學理論中，本就外於文字而存在：

> 詩裏的文字又好比煙，因著它的出現而使我們知道或想起火、想起毀滅等等，雖然它們都不在視野之內。煙就是火、毀滅等事物的凝縮體或簡略的符號。……舉王維的另一種表現的例子：
>
> **大漠孤煙直**
>
> 雖然我們看見的只是一個景的描摹，但我們無法將之視為表面的景，它伸入煙以外的事物，和歷史的聯想裏。首先，漠大，但是空的，除了煙以外，別無其他形態的生命，而「煙」因「直」字而具軀體之實。「孤」不只是「獨一」的意思，因為連風都停止了，亦即是說，沒有任何活動，所有又是「孤寂」與「死寂」。但在「孤寂」、「死寂」中我們因為「煙」的活動而引向我們雖然看不到聽不到，但卻感得到的景物之外的活動：邊地的戰伐、戍卒的怨聲、風沙的翻騰。[6]

在此，葉維廉提出詩中的文字，如同一種凝縮體或符號；而其所凝

6　同前註，頁623。

縮、所表現的對象，正是詩之核心——具體經驗。例如葉氏所舉的王維詩句，從其中的字詞，可讓人直接聯想到具體的實景、全面的感受；像是從大漠可讓人想到沙漠的廣闊，而這種廣闊的感覺，再加上筆直昇起的孤煙來襯托，便更顯出全面的巨大，投射出孤獨、兵怨、沙騰，等多重具體經驗。而也由於在其中過程裡最關鍵的是聯想的作用，正可說明文字所直接承載的意義，並非真正重要的主角——對葉氏而言，真正重要的是由文字所表達出的具體經驗。故可知，當葉氏認為文字具有使具體經驗妥善甦醒的功能時，其實也就說明文字也擁有促使詩核心成形的功能。

綜合以上所述，可知葉維廉認為詩是由語言文字和詩之核心所共同組成的；其中葉氏認為詩核心之所以能夠出現，是由於語言文字能夠進一步地以多向表達的方式，盡可能地指涉出具體經驗的完整狀態；換言之，當具體經驗能藉由語言文字妥善保存時，詩之核心當然能夠全面成形。

據此，筆者認為從以上所引的葉維廉說法中，可推知當詩人在創造審美感受時，必定是一種間接的行為，因為在這當中至少需要藉由語言文字的傳遞，方能使詩之核心完美呈現；然而，若回到關於詩之組成的內部探索中，筆者認為，「多向的二重直達」，即為葉氏對語言文字和詩之核心在整體組成關係上的其中一種說法：所謂的「多向」，意指單一的語言文字在進行表達時，可能傳遞出多種不同的審美感受；不過在每一組由語字和美感所形成的「二重」組合裡，皆是保持著直接傳遞的關係，即所謂的「直達」。茲以簡圖示之如下：

二、杜國清的見解

相似地，杜國清也體認到因為語言文字的存在，詩核心才能被創造出來：

> 詩是根據語言和文字創造出來的，以語言文字為表現媒介，而與音樂和繪畫等以聲音和形色為媒介的藝術大異其趣。[7]

進而言之，杜國清亦如葉氏般，認為語字除了是詩人藉以創造詩核心的表現媒介之外，也是在詩組成時不可或缺的元素。然而，在杜氏眼中，語字和美感之間的內部型態，又保持了怎樣的特殊性？要解決此項問題，同樣要透過杜國清對語言文字所做出的論述，方可

7　杜國清：〈超然主義詩觀〉，《詩論・詩評・詩論詩》，頁106。

得到正確的答案：

> 所謂根據語言是說以語言為基礎進一步加以發展或利用，而不是只忠實地傳達語言。語言是傳達概念的工具，因此詩句既然根據語言，就不能不表達出某種概念。[8]

杜國清認為，因為詩是以語言為基礎、為工具，因此根據語言本身的特性，用語言來表現的詩，必須傳達出一種概念；而在以精神活動或思考作用為詩核心定義之一的杜氏詩論中，這正代表了因為語言本身即是用來傳遞概念的特性，詩核心才得以被語言直接表達出來。

> 詩是一種精神活動的表現。作者藉著思考，想像出一個美的世界，將它用文字寫下來而成為詩作品。[9]

而在此，杜國清看似是從詩人創作詩的角度來立說；不過，當他認為詩的創作過程可用「作者→美的世界→文字寫成的詩作品」來簡要說明時，其實也正解釋了，作為詩之核心的審美世界，的確

8 杜國清：〈詩是什麼〉，《詩論・詩評・詩論詩》，頁15。
9 同前註，28頁。

必須藉由文字的直接表現，方能成形——

> 詩不是白紙黑字，而是藉著白紙黑字呈現在讀者心中的映象或思維而已。人的心靈，是詩存在的地方。不論是在詩人創作之前，或是經詩人創作為文字而讀者閱讀之後，詩只存在於人的心中。[10]

進而言之，在杜氏的理論架構中，不論是對於讀者或作者來說，詩核心都是一種審美感受或經驗，都必須以語言或文字為媒介，通過直接的傳達過程，才能被讀者接觸或是在作者筆下成形；換言之，此即為詩需要以語字作為組成要素的原因。

於是，筆者認為若要說明杜國清對於詩組成之整體狀態的見解，以下的簡圖即可代表杜氏「單向的二重直達」的看法：

審美感受

語言文字

10　杜國清：〈詩與現實〉，《詩論・詩評・詩論詩》，頁42。

另外，針對語言文字之所以能夠形塑出詩核心的原因，杜國清認為尚與文字的特性有關：

> 文字具有形音義三種特性，亦即形象性、音樂性和論理性。作為詩作品的表現工具時，這三種特性同時構成了詩作品的視覺美、聽覺美和意義美。[11]

從別的角度來看，杜氏另外提出了，詩核心之所以能夠成立，原因在於文字（更精確地說，應該是指漢字）本身的特性恰好能形成美感的各種樣態。每一個中文字，都具備了形、音、義等三種性質，而杜國清認為，由這三種性質所得到的形象性（由文字之形而來）、音樂性（從文字之音而生）和論理性（因文字之義而起），正好同時構成了詩作品的視覺美（因形象性而來）、聽覺美（從音樂性而生）與意義美（因論理性而起）；由此可知，文字除了可做為詩核心的發射站之外，更與美感有著極為緊密的關聯。

也就是說，綜合以上兩點看法，語言文字之所以能夠多向直達出詩之核心，除了語言文字本身即可作為傳遞詩核心的樞紐之外，文字本身所蘊含的形音義俱全之特性，正好可塑造出杜國清心目中審美感受的各種樣態。

---

11 杜國清：〈詩是什麼〉，《詩論・詩評・詩論詩》，頁18。

三、小結

簡言之，雖然在論述的細節上葉、杜二人各有關注的焦點，但總體來說，從葉維廉與杜國清的看法中，皆可得知兩人都提出因為有了語言文字，詩核心才得以成立，且在此二重元素當中，保持了一種直接傳達的關係。故可知在葉、杜二人的詩組成論中，做為詩核心的美感和語言文字之間，其可說維持著一種「二重直達」的整體狀態；差別只在於，在此直達的過程中，究竟是多方向的放射，還是單一途徑的傳達。茲以表格示義如下：

	葉維廉	**杜國清**
詩組成之 整體狀態（一）	美感1　美感2　美感3…… ↖ ↑ ↗ 語言文字	審美感受 ⇧ 語言文字
相同點	直接形塑、傳達的二重元素	
相異點	多種方向	單一路徑

此外，葉維廉、杜國清除了皆以二重直達做為美感和語字的整體組成狀態，彼此又都十分強調，要突破詩中語字所蘊含的種種限制：

> 語言是一種不得已的東西，其可以傳達的，僅其限指性部分而已。中國人早就了解這個道理，所以中國的語法不太多邏輯（限指）的元素，所以中國的語法不以因果律為依歸，力求達到多面的暗示性，可以「更」接近現象本身。[12]

葉維廉強調詩之所以使用語言，是一種不得已的行為；就算用了，所能得到的效益也不會太大，因為語言文字都有侷限。因而葉氏看重的是，要如何放下對語言文字的執著，減低語字中的邏輯元素和因果規律，方能得到多面的啟示，接近具體經驗本身；換言之，突破語言文字的限制，才能由再現具體經驗、產生出心象美感，創造出詩之核心。

> 詩必須以語言文字為表現媒介，而語言文字莫不具有民族性和時代性；然而，在創造中將現實的材料轉化成藝術形象時，詩超越了語言文字的民族性和時代性，而成為全人類，基於共同的審美認同而讓萬人共賞的藝術世界。古今中外的古典詩篇，莫不具有超越時空的藝術價值，而為後世萬代舉

12 葉維廉：〈從比較的方法論中國詩的視境〉，《從現象到表現》，頁157。

世萬邦的讀者所欣賞。[13]

至於杜國清則是從古今中外能夠被稱為古典詩篇的角度提出，詩能被不同時空的一切讀者所欣賞；換言之，詩的藝術價值，其中之一在於超越時空——前提是，作為詩核心的審美世界，必須超越語字本身所具備的民族性與時代性。

由此可知，從葉維廉、杜國清對於突破語字限制的主張中，我們也能再次體認到，語言文字雖然說是詩的組成元素之一，但其存在的意義，即是為了表現出作為詩之核心的審美世界而已。

第二節　間接三重之詩組成整體狀態

一方面，葉維廉、杜國清認為，在詩之組成中「二重直達」是詩核心和語言文字的整體組成狀態；但在另一方面，「間接三重」也是兩人詩組成論中的重點。詳言之，所謂的「三重」，是指在詩核心和語言文字之外，意象亦為詩之組成元素；至於間接，則是指此三重組成元素之間的整體關係：在詩人運用語言文字使美感成立的過程中，首先須透過語字的組合使意象得以凝聚，再藉由意象居

13　杜國清：〈超然主義詩觀〉，《詩論・詩評・詩論詩》，頁107。

中發揮媒介的功用，方能使審美感受獲得最後的成立。

另外，雖然「間接三重」的詩組成整體狀態，是葉維廉、杜國清的共同交集，但其中卻仍有細微的不同：葉氏認為，當意象在表現出美感時，彼此之間的聯結應該是一種多向的傳達關係；但在杜氏的相關理論中，卻並未特別提及此種看法。

一、葉維廉的主張

承上節所述，葉氏認為詩之組成，至少須包含語言文字和詩核心等兩重元素；但其實，在葉維廉的詩組成論中，也認為單一或群體的意象，即為詩組成中的重要元素。

在詩組成的過程中，首先，葉氏認為意象的出現，須憑藉語言文字的直接傳遞，方能成功：

> 把白話加以提煉的第一步便是從現象中抓緊自身具足的意象。[14]

此處所針對的，雖然是如何提煉白話的語詞，但由此亦可得知，葉維廉認為意象和語字之間，可說是維持著一種單向而直接的組成關

---

14 葉維廉：〈中國現代詩的語言問題〉，《從現象到表現》，頁307。

係：語字是原料，是起點；而意象是結果，是終點。

由此可知，語字是構成意象的材料，意象是語字的提煉。換言之，詩中的語言文字除了表達出詩核心之外，也擔負著形成意象的重任。而以上所言，是就語字和意象之間的關係來說明；至於在意象和詩核心之間，根據葉氏的說法，則可推測出是一種多向的直達關係：

> 所謂缺乏細分語法及詞性的中國字並非電報中的簡記的符號，它們指向一種更細緻的暗示的美感經驗，是不容演義、分析性的「長說」和「剝解」所破壞的。孟詩和大部分的唐詩中的意象，在一種互立並存的空間關係之下，形成一種氣氛，一種環境，一種只喚起某種感受但並不將之說明的境界，任讀者移入、出現，作一瞬間的停駐，然後溶入境中，並參與完成這強烈感受的一瞬之美感經驗。中國詩中的意象往往就是以具體的物象（即所謂實境）捕捉這一瞬的原形。[15]

葉維廉認為，詩中的語言文字能夠暗示出一種美感經驗；但是若以唐詩為例，此種美感大多是藉由意象的作用方得以互立並存——值得注意的是，當意象直接傳達出美感時，此過程若依葉氏的說法，

15 葉維廉：〈語法與表現——中國古典詩與英美現代詩美學的匯通〉，《比較詩學》，頁34。

應是一種朦朧而不明朗的呈現，是喚起所有不須說明但卻可以感受的美感經驗，而非粗暴的傾訴。

進而言之，葉維廉在此強調的是，詩中的意象可說是詩之核心的實際組成元素；而從各種詩例中可知，只由單一意象所組成的詩，畢竟是少數中的少數，而當意象與意象之間結合為有機的意象群體時，即形成了意境，亦是整全的審美經驗、審美感受。故可知，不論是單一或複合的意象，都只是一種初步的凝聚，而作為詩核心的美感經驗，則是更進一步的有機綜合後的結晶：因而若要說明語言文字、意象和美感的關係，整體來看當然可說是一種由意象間接發揮作用的組成型態；而雖然葉氏並未再多做說明，但從他認為讀者可任意移入由意象所表現出的審美感受，便可推測出，在意象和美感之間，應該存在著多向的通路。

總而言之，詩的整體組成型態，在葉維廉眼中，亦可用語言文字、意象與審美感受的「間接三重」來表示；而由語言文字到意象之間，應是一種單向的形塑，不同於意象與美感之間那種多向直達的關係。茲以圖示如下：

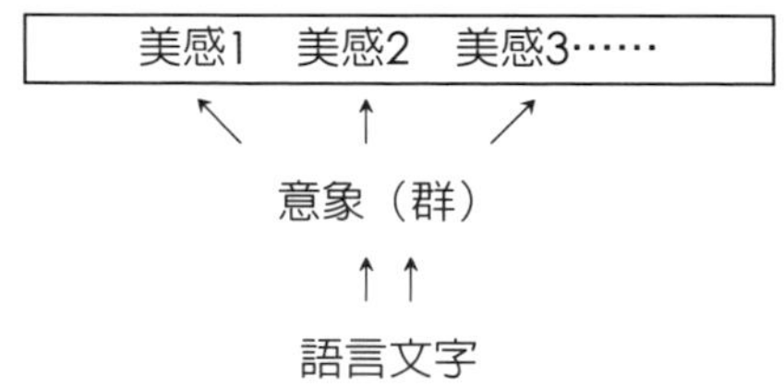

另外，針對意象所應具備的特殊條件來看，葉氏認為唯有「自身具足的獨立意象」，方能使詩之核心完美呈現：

> 我們須知每一個獨立意象（滿載情緒、經驗、感受的獨立意象）本身只服役於某一個心象狀態的顯現，一如畫布上的形、色、筆觸只服役於一個「意」字。[16]

所謂的獨立意象有兩種特性：其一，歸屬於某一特定的心象，亦即不受詩中其他元素的干擾——自足完整，此即所以為獨立的原因；其二，必須飽含專屬個人或普遍一般的感受、經驗與情緒。換言之，組構心象的成分，當然可說是充滿詩人審美感受的獨立意象。

> 對於中國詩捕捉現實「真質」的另一種方法是融會一組「自身具足」的意象（self-contained images）來達成一個總效果。[17]

而若從中國古典詩此一特殊的角度來審視，當意識對外物形成全面的感受時，為了捕捉現實的真正本質，為了使審美感受完美呈現，

16 葉維廉：〈詩的再認〉，《從現象到表現》，頁287。
17 葉維廉：〈靜止的中國花瓶——艾略特與中國詩的意象〉，《從現象到表現》，頁85。

亦須藉助一組自身具足之意象的作用。而所謂的一組意象，就筆者的理解即是說從許多融合無間的個別意象中，凝聚出涵蓋範圍更為廣泛的意境。此外，站在中國古典詩的角度中，葉維廉提出所謂的意象是自身具足的；而在討論現代詩的時候，葉氏也使用了相同的詞彙，替自身具足的意象做了進一步的說明：

> 一個好的自身具足的意象，事實上就可看成一首自給自足的詩。它之所以是自給自足，因為它是承載著整個情境的力量，例如這些詩行：在我影子的盡頭坐著一個女人。她哭泣。——瘂弦：「深淵」好深的你舷邊的憂鬱多藍啊——商禽：「船長」多想跨出去，一步即成鄉愁——鄭愁予：「邊界酒店」也不知是兩個風箏放著兩個孩子還是兩個孩子放著兩箇風箏——管管：「春歌」[18]

所謂「自身具足」的意思，是指必須能夠承擔起詩中所有的純粹情境，亦即承擔起所有的具體經驗、承擔起所有的心象，換言之亦即能夠表現出意識對外物的全面感受，能夠表現出美感；因此，葉氏才會認為，自身具足的好意象即可看作是一首完整的詩。

---

18 葉維廉：〈中國現代詩的語言問題〉，《從現象到表現》，頁307。

從葉維廉所舉的例子來看，詩人管管的句子可稱得上最能說明何謂「自身具足」：當我們在放風箏的時候，以動作者的角度而言，當然是人在收放著長線，控制著風箏的飛動；然而，就此一現象的全面來看，除了可從動作者來說明之外，也能以接受動作的一方做為觀察的起點。於是，就風箏而言，未嘗不可將人放風箏的狀態，視為人被長線彼端的風箏所拉扯；進而言之，或許也不是風箏在拉扯長線、風箏在放著孩子，而是風在操控著風箏，再藉由不斷擺動的長線，左右著孩子的舉止……，人與物與自然的關係，隨著觀察角度的不同，逐一浮現。於是，透過詩人在單句中所形成的意象，我們可以得到此一外在現象的全貌；換言之，意識對外物全面的感受、經驗與情境，皆可在葉氏所謂的自身具足的意象中得到，因此當然可說自身具足的意象即可看作一首真正的詩。

綜合以上所述，可知在葉維廉看來，詩之核心——不論定義為心象美感、純粹情境或具體經驗，皆是由自身具足的獨立意象透過多向直達的方式所表現；而意象的形塑，則有待於語言文字的直接傳達。因此，若要說明語言文字、意象與審美感受之間的整體組成型態，「間接三重」，即是筆者從葉氏文章中所得出的看法。

二、杜國清的理解

根據前述，語言文字和詩核心，是構成詩的兩種元素；但在其他論述裡，杜國清亦認為，若進一步去分析的話，意象也是組成詩的重要元素：

> 在優越的詩中，每一個字或每一句應該都是為了構成意象而存在的。[19]

首先，在杜氏的看法中，認為語字存在的目的，可說是使意象得以順利產生。由此可知，杜氏亦認為在語言文字和意象之間，所保持的是一種直接而單向的形塑關係。

以上所言，是針對語字和意象之間的關係來展開論述；進而言之，由語字所直接形成的意象，其所肩負的任務，即是為了完整地表達出做為詩核心的審美世界：

> 當一首詩單純地表現一個意象時，這個意象本身亦即詩的世界。但是有時候詩的世界並不單純地只包含一個意象，而是由許多意象有機地構成的。[20]

杜國清清楚表示，詩的世界大多數的時候都是一種有機的複雜組織；而組成詩的世界、審美世界的重要元素，則是意象。進而言

19 杜國清：〈詩是什麼〉，《詩論・詩評・詩論詩》，頁21。
20 同前註，頁22。

之，當意象在組構成詩核心時，有時僅靠單一意象即可形成，一般來說仍需要眾多意象之間有機地配合，才能順利地產生出詩之核心、審美世界、審美境界；換言之，由意象所聚合而成的意境、境界，就是所謂的詩之核心、審美世界。故可說，意象是詩核心的局部零件，而詩核心則可看成是意象的整體形塑；意象和詩核心之間，亦為一種直接組構的關係。

因此，若結合杜國清針對語言文字與意象、意象和美感的兩段論述，可知在詩之組成中，有時候也會出現包含語字、意象與美感等三重元素的狀態，且整體來看，從語字到美感，由於居中須仰賴意象的運作，因此這三者的組成狀態應為一種間接的型態，如下圖：

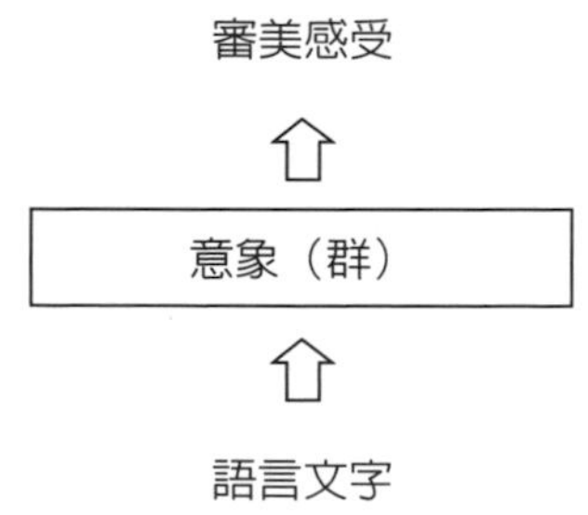

故可知，「間接三重」，亦可說明杜國清為詩組成之整體狀態所做出的說明。

三、小結

由以上的論述可知，葉維廉、杜國清都承認須藉由語字的直接形塑，意象才得以成立；須依憑意象的組構，美感才能順利展現。然而，在意象到美感的聯繫中，杜國清並沒有像葉維廉一樣，明白表示出兩者之間是一種多向的形塑關係。

因此筆者認為在葉維廉、杜國清的詩組成論中，「間接三重」可說是兩人對於做為詩核心的美感、意象和語言文字之間的整體組成關係，所擁有的共同見解。

茲以表格示義如下：

	葉維廉	**杜國清**
詩組成之整體狀態（二）	審美感受 ↖ ↑ ↗ 意象（群） ↑ ↑ 語言文字	審美感受 ⇧ 意象（群） ⇧ 語言文字
相同點	詩之組成為三重元素，且以間接模式為整體狀態。	
相異點	意象到美感之間存在著多向通路	意象與美感保持著單一途徑

第三節　詩組成元素之細部關係──超然不棄

詩組成元素之間的整體狀態，如前所述，不論看作是二重直達或間接三重，葉維廉、杜國清在個別環節的認知上，仍有些許的歧見，由此看出詩組成之整體狀態，是一項複雜的課題，有待來者繼續開拓。

但是，從葉維廉和杜國清的論述中皆可得知，若就詩組成元素的細部關聯來看，語字和意象之間、意象與詩核心之間以及語字和詩核心之間，都保持著「超然不棄」的關係：意指在上述三組關係中，任兩項詩組成元素之間，皆互相緊密依存，是為「不棄」；但同時，卻也存在著後項突破前項之限制或表現，而有所提升的狀態，此為「超然」。也就是說，詩核心是以意象為根基但又超越意象的結果，而意象則是超越語言文字但又和語字緊密不棄的元素。

換言之，筆者認為「超然不棄」，即可說明葉維廉、杜國清對詩組成元素之間的細部關係，所抱持的態度。

一、語字和詩核心之間

在詩組成的整體狀態中，語言文字被認定為是用來使詩核心形成的基礎元素；但葉維廉對語言文字的看法，卻不同於一般對媒介的態度。根據一般的經驗來看，媒介存在的意義，就是為了使成品出現；而當結果成立時，不論是媒介、工具便都不再重要，甚至與最終的成品沒有關係。然而，詩中的語言文字在葉氏眼中，卻非如此；葉維廉認為，語言文字和詩核心之間，是一種既超然又不棄的關係：

> 詩境，一般正常語態所無法言傳的詩境，經過詩人對文字獨特的處理產生，彷彿讀者在讀詩時，他已經不覺察到語言本身，而如電光一閃，他被帶送入由文字暗示的一個「世界」裡。[21]

詩境，也就是詩之核心，在葉氏看來是一般正常的語態所無法表達的，因為那是一個由文字所暗示的世界；換言之，當葉氏強調讀者在讀詩時，不會覺察到語言本身，就是因為語言文字，在詩中的地位不是真正的主角，而只是為了呈現出詩核心才存在的一種表現工具；故就語字此種媒介和詩核心之間的關係來看，當然可說存在著一種從語言文字超越到詩之核心的形態。但在另一方面，在葉維廉的理論體系中，詩核心也是因為語言文字才得以存在；換言之，詩核心和語言文字之間，也存在著一種依賴的關係。故可知，對葉氏而言，語言文字和詩核心之間，此二者保持了一種既超然又不棄的關係。

21 葉維廉：〈「出位之思」：媒體及超媒體的美學〉，《比較詩學》，頁170。

> 語言文字，不應用以把自我的意義、結構、系統投射入萬物，把萬物作為自我意義的反映；語言文字只應用來點興逗發素樸自由原本的萬物自宇宙現象湧現時的氣韻氣象。……語言文字彷彿是一種指標，指向具體、無言獨化的世界裏萬物細密的紡織。[22]

進而言之，語言文字這種特殊的表達媒介，其作用等同於一種導引出具體現象、導引出詩核心之根源的指標。對葉維廉而言，詩的核心可說是心象美感，而心象美感亦可說是具體經驗；因此，當葉氏強調文字具有能夠將人帶往其所體驗之宇宙現象的功能時，其實也就是在說，詩中的語字是一道橋樑，能夠使人由此到達詩之核心。而葉維廉特別強調，對於這種指標的要求，應該要去除自我的意義，才能使得萬物的真實氣韻全面突顯。

故可知，葉氏所認定的詩之核心，是既依賴語言文字，又超越語言文字而存在的一種超越物；所謂的超越包含了必須超越語字本身的自我意義，而所謂的不棄則是強調，非語字則無法指向詩核心，無法使其間接成立。因此，葉維廉對詩核心和語字的關係，即

22 葉維廉：〈無言獨化：道家美學論要〉，《從現象到表現》，頁227。

可用「超然不棄」來充分說明。

對於葉氏來說，詩中語字和核心的細部關係，是一種超然不棄的形態；而在杜國清的詩組成論中，也表現出相同的見解：「超然不棄」，亦為杜氏詩論中，詩核心和語字之間的關係：

> 詩作品之不同於繪畫和音樂，是因為詩作品使用的工具是文字，而繪畫使用的是色彩和線條，音樂使用的是聲調和節奏，但這三者所要表現的對象都是一樣：美的世界。[23]

所謂的「超然」，在杜國清的定義裡，指的是最後成形的詩核心，是不同於其所立足的語字的存在。杜氏認為詩中的語字，是一種工具，而由此工具所產生的卻是審美世界，當然不同於語字本身所承載的原始意義，故可說詩中的語字和核心之間，保持著一種超越的關係。然而，語字和詩核心之間，在杜國清看來，雖說是超越的關係，但彼此之間的聯繫，卻絕非斷裂分離的，反而是一種不離不棄的緊密形態：

> 語言文字是詩做為藝術的先決條件。語言文字只是詩的表現體，而詩存在於表現之外，是超越語言文字的。詩的世界存

---

23 杜國清：〈詩是什麼〉，《詩論‧詩評‧詩論詩》，頁18。

> 在於語言的結構中，是藉著語言文字的含意和暗示所喚起的藝術形象。詩不是白紙上的黑字，也不是文字的個別意義，而是文字構成有機組織時貫串於字裏行間、而在讀者心中喚起的節奏、姿色、趣味、神情、生意和活力的綜合形象。[24]

杜氏認為，詩之核心又同時是和語言文字關係緊密的一種存在；這是因為詩之核心，存在於語言文字之外，需藉由語言文字的整體含意與暗示才能被喚起、被塑造，如果沒有語言文字的幫助便無法成形。故可知，詩核心和語言文字之間的關係，雖有超越，但這種超越又是與被超越物緊密相連的形態，即所謂的既超越又不棄。

> 詩的世界存在於文字的彼岸；文字的終點才是詩意的起點。佛家所謂捨筏登岸，道家所謂得魚忘筌，這種比喻指出藉助文字而達到詩世界的法門。一篇作品的完成是一個生命的誕生。詩生命貫穿於文字之間，穿藏在語言之間，依於語言文字但卻超越語言文字的一個多采多姿的生命。每當詩人的手指一展示，讀者的視線，不應該只停留在他的手指上，而是超越地進入詩的世界，望見在無邊天際發放著宇宙光華的月亮。[25]

24 杜國清：〈超然主義詩觀〉，《詩論・詩評・詩論詩》，頁106。
25 同前註。

進而言之，語字的並列組合，不可說成是詩之核心——因詩核心存於語字之外，在語言文字的盡頭，在藉由語字所開拓出的另一個寬廣世界中——詩核心是超越於語字的存在；但在另一方面，詩人也必須藉由語字才能鋪設出指向詩核心的道路——捨此，別無他法。故可知，杜國清認為詩核心是依賴語字又超越語字的一種存在，而彼此的關係，當然可說是「超然不棄」。

合而觀之，在葉維廉、杜國清的詩組成論之中，語字和詩核心之間，皆維持一種既超越又不棄的狀態：詩核心是超越於語字的存在，而這種超越後的詩核心又與被超越的語字，緊密不棄。故可知，「超然不棄」，是葉維廉、杜國清共同認定的詩組成中有關語字和核心的關係狀態。

二、語字到意象，意象到詩核心

以上所言，討論的是在葉維廉、杜國清的詩組成論中，語字和詩核心之間的細部特色；至於語字和意象、意象和詩核心之間的細部關聯，從葉、杜二人的詩論中，亦可推導出「超然不棄」的特性。

> 「詩家之景，如藍田日暖，良玉生煙，可望而不可置於眉睫之前。」唐人論詩這幾句話，不僅道出中國詩的神髓，也暗

> 示優越詩在藝術創作上的玄機。詩人的心，有如藍田；詩人在表現感受時，想像受胎，正如藍田種玉。於是詩人心中，暖暖然有一種矇矓的氤氳，在生成，在變化，在形似，在象化，隨著詩人脈動的節奏，在舞蹈，在演出。詩人使用文字，企圖將這些心象或意象捕捉下來，而字句所烘托的一字一象，莫不帶有一種難以捉摸的徵微煙韻。由感受到意象，由意象到象徵，這一創作過程所凝練的「意象徵」，便是我所體認的詩藝最上品的結晶。這種幽趣微韻，神緻纖妙的詩情，可以說是詩的藝術美的最高境界。[26]

杜國清認為，最優秀的詩，莫過於由文字而意象、再由意象而象徵的意象徵──對杜氏而言，象徵亦可視為詩之核心。[27]由此可知，當杜國清在為詩的價值尋求定位時，其實也已透露出，意象是超越於語字的一種存在，但若沒有語字的協助，意象也無法成形；同理，詩核心對於意象來說，也是一種超越的存在，不同於單一意象的

26 杜國清：〈詩與象徵〉，《詩論‧詩評‧詩論詩》，頁62。

27 簡言之，杜氏繼承波特萊爾的看法，認同所謂的象徵，即為超自然的世界（參見杜氏，〈萬物照應，東西交輝〉，《詩論‧詩評‧詩論詩》，頁97），因此在杜氏眼中，同樣也可視為超自然世界的詩之內容，當然也等同於象徵。又，此論點可參照筆者於〈超然不棄，交響照應──杜國清詩學理論之象徵意義詮釋〉，《第五屆全國研究生文學符號學學術研討會》（嘉義：南華大學文學系，2009年5月），頁65-68的說法。

存在——然而若是沒有意象的凝聚，詩核心也就失去了立足的基礎。

換言之，在意象和語字之間，意象既超越語字但又和語字緊密相連；而對詩核心來說，其亦為一方面超越意象但另一方面又被意象所烘托的存在。故可知，語字和意象、意象和詩核心，也保持著一種如同語字和詩核心之間的，既超越又緊密的狀態；簡言之，杜氏認為其他和意象有關的詩組成元素之細部狀態，亦即所謂的「超然不棄」。

相似地，葉維廉雖未如杜國清般提出如此明確的言論，然而從葉氏對詩之核心、意象和語言文字的敘述當中，其實亦可得出與杜氏相同的看法：

> 在這兩個併發的意象之間（我特別強調這個「間」字），正是潛藏著許多可能的感受和解釋，但這兩意象之「間」的豐富性是由兩個意象之間的「關係未決定性」來產生，一旦詩人在文字裏「決定了」關係，這一個情境只能有一個解釋、一種可能性，原句裏的多重可能性完全喪失了，而這個重大的損失是歸咎於分析性的插入，現象的完整性必須通過具體（即未沾知性）的呈露。[28]

28 葉維廉：〈從比較的方法論中國詩的視境〉，《從現象到表現》，頁150。

葉維廉認為，因為詩之文字並未決定個別意象之間的關係，因此多重情境和多重暗示（即葉氏所謂的詩之核心，心象美感）才能在意象之間的領域中出現、成立；換言之，因為語字的作用，所以意象才能使詩核心順利構成。故可知，在葉氏看來詩中的語字、意象和核心，彼此之間的確存在著某種依存的關係；而從沒有語字的特性就無法使意象之間的關係保持開放，和從沒有意象之間的多重關係就沒有多重情境、多重暗示的詩核心來看，亦可得出詩核心依賴於意象，而意象又依賴於語字的結果。故可知，葉氏也認同詩核心和意象、意象和語字，彼此之間皆保持著一種緊密相連的關係。

但在另一方面，葉維廉亦認為多重可能、多重暗示的詩核心，雖然是依於意象而生的存在，但對於現象之美的感受卻又絕不等同於單獨的意象本身；同理，每一個尚未決定關係的意象，當然是藉由語言文字所形成的，但意象同樣不等於語字，是超越語字的存在。由此可知，意象和語字、意象和詩核心，也同樣維持著一種超越於立足根基的關係。

併而觀之，葉維廉對於涉及意象的詩之細部關聯，與杜國清所認定的相合無誤，即皆為一種既超越賴以存在的根基又與被超越物關係緊密的形態；換言之，葉維廉對詩核心、意象和語字之間的細部關聯的看法，亦可說是「超然不棄」。

綜合葉維廉、杜國清對語字和意象、意象和詩核心的看法，可知「超然不棄」即為二人的共同體認。

三、小結

從葉維廉、杜國清對詩組成所提出的論述來看，對於詩組成元素之間的細部關係，一方面來說，在語字和意象之間，意象是由語字所構成，但意象又是超越語字的存在；換言之，「超然不棄」，即為意象和語字的關係（上下方向相反的箭號，代表了兩端之間的超越與依存）：

意 象

↑ ↓

語言文字

另一方面，在意象和詩核心的關係中，詩核心是不同於意象的存在，但意象又是詩核心賴以成立的根基；也就是說，「超然不棄」，亦為意象和詩核心的組合狀態：

詩核心

↑ ↓

意象

故可知，在詩的組成元素裡，語字、意象和核心，彼此之間皆存在著與被超越物關係緊密的連結狀態；換句話說，故可知葉維廉、杜國清皆認定「超然不棄」，即為詩組成元素之間的細部性質。

第四節　詩核心論與組成論的統整

在本節中，首先將歸納葉維廉、杜國清在詩組成論方面的看法；其次，再將所得到之結果，與二人的詩核心論合而觀之，進而統整出葉、杜二氏對於詩之定義的其中一種看法。

一、詩組成論之歸納

從葉維廉、杜國清對詩之組成的各自論述中，筆者得出二點交集：

第一，二人皆認為，語言文字、意象（群）與詩核心，都是詩的組成元素。

第二，「超然不棄的間接三重」，是既能說明詩之一般現象的妥切看法，亦足以代表二人對於詩之組成的總體定義。

需要說明的是，雖然對於詩組成的整體狀態，從葉維廉、杜國清的論述中皆可得出，「二重直達」與「間接三重」的看法，但筆者認為，一方面在詩的普遍存在現象當中，大多數的詩都仰賴意象作為不可或缺的組成元素，且就另一方面來看，將詩之組成定為三重元素的劃分之法，較二重式的認定更為精細；因此，筆者在挑選足以代表葉、杜二氏對詩組成總體定義的看法時，便以「間接三重」代表兩人對於詩組成之整體狀態的共同見解。至於在此間接三重的狀態之中，葉、杜二人的細微差異，筆者在此便先行擱置，暫時不去探討在意象和美感之間，多向之形塑與單一之表達的生成條件與搭配問題。

總之，若是將「間接三重」的整體狀態與「超然不棄」的細部關係合而觀之，則葉維廉、杜國清對於詩組成論的共同見解，可以用下圖來表示：

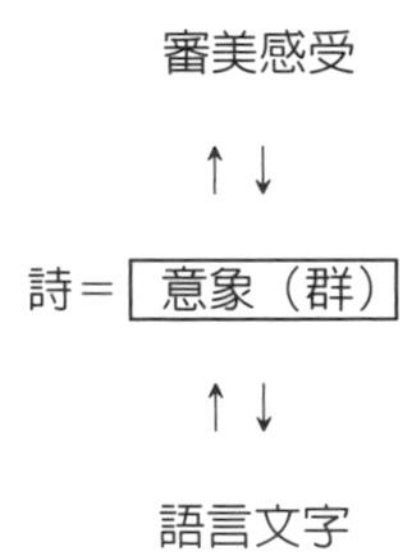

在此圖示中，等號的左方代表詩的全體組成；而等號的右邊則是詩之全體的分解說明。最底層的語言文字，是構成意象和詩核心的基礎成份，而經由間接的表現過程，語字方能形成最後的成品，即詩核心；至於上下列的箭號，則代表了語字、意象和詩核心之

間，既超越又不棄的特殊關係：詩核心是超越於語字的存在，意象也是超越於語字的存在；而語字卻也分別和意象、詩核心保持緊密的關聯，詩核心和意象之間也是維持著不棄的相連。

於是，「超然不棄的間接三重」，即為筆者對葉維廉、杜國清之詩組成論，所做出的總體定義。

另外，需要補充的是，綜觀葉、杜二氏對詩之組成所做出的種種論述裡，筆者發現其中針對語言文字而發的見解份量，要多於針對意象的闡述；換言之，對於意象在詩之組成方面的討論，葉維廉、杜國清較少著墨。因此，針對意象在詩組成方面的積極作用，便有待來者繼續加以深化、開拓。

二、詩定義之一隅

不論是在探討詩之核心，抑或是研究詩之組成，其目的皆是為了能準確描繪出詩之本體面貌，為了追尋詩之一物究竟為何？

因此，配合葉維廉、杜國清在詩核心論中的看法，可知詩在此二人的眼中，均能視為一種「由語言文字、意象（群）和審美感受所組合的成品」，並具有「超然不棄之間接三重的狀態」。以上，即為筆者所整理出的，葉維廉、杜國清對詩之本體，所做出的其中一種定義。

第四章　詩之功能
——詩本體探討之三

詩之功能論，為本書研究詩之本體的最後一部分。換言之，對葉維廉、杜國清詩功能論之闡述，其目的除了強調詩可能具備哪些功能之外，更重要的是，同時也能增進我們對於詩之完整定義的了解。另外，需要注意的是，由於葉、杜二氏皆以審美感受作為詩之核心，因此在探究詩之功能時，其實大多時候也就是在闡述審美感受的功能作用。

本章首先按照人物的不同，各自整理、分析，葉維廉、杜國清對詩功能的種種論述，進而追溯其理論的先天脈絡，或是思索當中尚待進一步深化的議題。

其次，筆者的焦點將置於，尋找詩功能論中葉維廉、杜國清最大的分歧點何在？而此一舉止的目標，與其說是為了突顯兩人的對立，不如看成是為了讓兩人的特色能夠更清晰地被認識。

最後，筆者一方面將匯聚葉維廉、杜國清在詩功能論方面的見解，以及兩人對詩核心論的建樹，得出關於詩之定義的其中一種解釋；另一方面，更要貫串詩之核心、組成與功能等三大領域，替葉、杜二氏詩學理論中的本體論，推測出可能的最為完整的答案。換言之，「詩是什麼」，在歷經了三章的討論之後，從葉維廉、杜國清的論述裡，或許可以得到一個較為全面的說法。

第一節　再現經驗之真——葉維廉之詩功能論詮解

對葉維廉而言，詩之核心是詩人的審美感受；然而，若從所具備的功能來判斷，對葉氏而言，詩則可以說是具有再現經驗之真意的整全美感。換言之，再現經驗之真實本質，可說是葉維廉眼中的詩之功能。

之所以會如此認為，葉氏的前提是，以道家思想作為價值體系的建立基礎，將整體宇宙現象，視為價值位階上最高的存在：

> 對道家而言，宇宙現象本身「便是」本體世界。[1]

葉維廉認為道家所謂的本體世界，不是抽象的原理原則，而是蘊含宇宙根本原理的具體現象；因此，在論詩時葉氏亦秉承此派思路，

1　葉維廉：〈無言獨化：道家美學論要〉，《從現象到表現》，頁218。

認為所謂的詩應該具備再現人對整體現象所產生的蘊含真意之經驗的功能，方是最有價值意義的詩：

> 我們和外物的接觸是一個「事件」，是具體事物從整體現象中的湧現，…… 因為，在我們和外物接觸之初，在接觸之際，感知網絕對不是只有知性的 活動，而應該同時包括了視覺的、聽覺的、觸覺的、味覺的、嗅覺的，和 無以名之的所謂超覺（或第六感）的活動，感而後思。……事實上，「思」固可以成為作品其中一個終點，但絕不是全部。要呈現的應該是接觸時的 實況，事件發生的全面感受。視覺、聽覺……等，絕非畫家、音樂家獨有 的敏感，詩人（其實一般人）在接觸外物時都必然全面感受到。[2]

當詩人的意識與外在的具體事物、整體現象交會相遇時，所謂的接觸實況、事件發生的全面感受，也就是經驗的產生。在此，葉維廉提出詩所表現的經驗，既包含人、物互動時的所有感受，包含視、聽、觸、味、嗅、無以名之的第六感，也涵蓋了知性的思考活動；換言之，如同道家所認定的宇宙本體一樣，此處所謂的經驗，也同時包含了知性的心意與感性的體驗。

2　葉維廉：〈中國古典詩中的一種傳釋活動〉，《歷史、傳釋與美學》，頁67。

進而言之，葉維廉認為詩的功能，就是要把同時蘊含這兩者的經驗完整再現：

> 但詩人在和現象界交往時，他並沒有把主觀的「我」硬壓在宇宙現象之上；他視自己主觀的「我」為宇宙現象底波動形成的一部分。……對於現代中國詩人而言，詩應該是現象的波動的捕捉，而非現象的解剖。[3]

所謂的「解剖」，或許就是只有分析、只訴諸理性的思考層次；然而，「捕捉」，則是全面地再現，既能掌握感性的體驗，又可重塑知性的心意——因此，當我們站在中國古典詩角度來說詩具有再現經驗之功能時，其實也就代表了，詩，不是為了人而存在，而是為了保留現象、經驗之真實本質的整全樣貌而存在：

> 只有把自己忘去，化入萬事萬物，使可以得天機，使可以和自然合一，可以使物象的本樣具現。詩人介入，就是妄尊自大，故作主張，讀者要與事物直接交感。……詩的目的不在說教，詩的目的正是要使事物的氣韻生動的呈現在我們的面前。[4]

3　葉維廉：〈中國現代詩的語言問題〉，《從現象到表現》，頁310。

4　葉維廉：〈從比較的方法論中國詩的視境〉，《從現象到表現》，頁159。

現象、經驗之真實本質，應為葉氏在此所提及的事物之氣韻；此二者其實都可看作是前述在闡發心象時，所提及的內容、動向與狀態的整全集合。當詩人將心象中的意義、情緒流動的歷程，以及靜止的空間狀態全面揉合之後，便可得出詩人以意識所感受到的經驗之整體面貌。

而在另一方面，從道家思想的角度來看，葉維廉將再現經驗的詩之功能，做了進一步的延展：再現經驗之真意，亦即再現自然：

> 在此，我們應該重看我們美學中「自然」的觀念。傳統詩論畫論中特別推重詩中畫中自然的興發，要作品如自然現象本身呈露運化成行的方式去呈露去結構自然。這個美學理想把自然（物象無需費力不刻意的興現）和藝術（人為的刻意的努力）二者之間的張力微妙的緩和統合了。嚴格的說，藝術，顧名思義，是不可以成為自然的。所以道家美學中所說的實在是「重獲的自然」「再得的原性」，一種近似自然的活動，近似自然興發的表現力。[5]

5 葉維廉：〈無言獨化：道家美學論要〉，《從現象到表現》，頁224。

當然，首先要澄清的是，此處葉維廉所提及的「自然」並非日常語言所用的實指之意；換言之，詩的功能是再現自然的神髓，而不是說詩要重塑所有的自然事物。進一步來看，筆者認為此處所謂的自然，除了不費力、不刻意的興現之外，還包含了完整、全面的意涵；因此，葉維廉強調要重視自然，其實就是說詩應該具備一種不費力刻意地興現經驗之整全面貌的功能。這是因為，就人為的角度來說，所有的藝術、所有的文學、所有的詩，當然不是自然產生的；但葉氏認為所有的詩、文學與藝術，都應是近似自然的存在——只因蘊含宇宙本體真意的經驗，方為詩的表現物——故而詩與自然的關係不但不是對立，反而是協調而統合的。

總之，葉維廉由於以中國古典詩與道家思想為立場，遵循以蘊涵宇宙之根本原理的經驗現象為最高價值的看法，故認為詩必須具備不費力、不刻意地再現經驗之整全面貌的功能。

第二節　滿足內在需求——杜國清之詩功能論剖析

除了從詩核心的角度來替詩進行根本的、徹底的說明之外，杜國清亦曾以功能的角度切入，來探討什麼是詩：

> 詩作的目的不是為了歌詠或表現人類的思想或感情，也不是為了模倣自然或古人，而是為了創造出自然中不存在的一種美的世界以滿足和安慰人類的靈魂。[6]

或許表現自己的內在情思與模仿外在現存的事物，都是藝術賴以成立與發展的根源，但在杜氏的眼中，詩之功能應該不僅限於這兩種範圍之中，而是有更寬廣的追求：使人類的靈魂得到安慰與滿足。

一般而言，人類所創造的事物，都是藉其發揮出與外在現實有關的效用，產生具體的功利益處；但人類寫詩，其最大的或唯一的功用，不是創造實際的效果，發用於外在，而是滿足人類的靈魂。換言之，從功能的角度切入，所謂的詩就是可以滿足人類靈魂的一種東西；進一步來看，若是連結到杜國清對詩核心的主張，即可得出所謂的詩，就是能夠滿足靈魂的審美新感。

而之所以審美新感，這種自然中不存在的審美世界或境界能夠使人類靈魂得到滿足，或許跟杜氏以想像來定義詩有關：

> 要而言之，詩只存在於想像之中。詩的世界是想像的世界。人類的想像力具有無限的可能性，因此詩的世界是個無限的

6 杜國清：〈詩是什麼〉，《詩論・詩評・詩論詩》，頁26。

> 世界。有限的現實世界不能使人類的靈魂獲得滿足，因此人類需要詩。[7]

就此處的論述可知，在杜國清眼中的靈魂，是一種無限的存在，且具有被滿足的需要；因此，有限的具體現實，當然無法提供足夠的補給讓靈魂飽足。於是，在杜氏詩論的脈絡中，亦可視為是詩之核心的想像世界，便能憑藉著想像力的無限可能，滿足人類的靈魂。然而，問題在於以審美新感、想像世界為核心的詩，究竟要如何滿足人類靈魂，其所依循的實際軌跡又是什麼？簡言之，既然要滿足的對象是內在的靈魂，那麼所採取的方式當然也要從人的內在來著手：

> 想像中的詩的世界，是美的世界。凡是刺激知覺、感覺、情感而引起內在的快感的都是美。[8]

從杜國清對於審美世界的其中一種解釋裡，我們可以推知，其實滿足靈魂最簡單的方式，就是使用那些當人之知覺、感覺、情感在接受刺激後所產生的內在快感，來達成目標。不過，這終究只是一種

7　同前註，頁31。

8　同前註。

極其概略的說明，若要更加精確地闡釋使人類靈魂獲得滿足的方式，或許杜氏所言的「詩之三昧」，便是最佳的答案：

> 在《雪崩》（笠叢書，1972年10月）的序文中，我認為「驚訝、譏諷、哀愁」是我寫詩十多年來所體驗到的詩的「三昧」，而這「三昧」歸結於一點：詩是人類靈魂的安慰品。換句話說，人類的靈魂對於突破日常性或習慣性的驚奇感到樂趣，以譏諷對無可奈何的現實施與報復而感到滿足，同時在表現出人存在之哀愁的境界中獲得安慰。在我追求詩的生命歷程中，我對人生的體驗也逐漸凝聚於這三點；只有使我感到樂趣、滿足和安慰的詩，才能引起我靈魂的共鳴。[9]

換言之，所謂的「詩之三昧」，除了可當作詩核心的本有性質，亦可視為詩撫慰人類靈魂的三種方式：因為在杜國清的理解中，用驚訝的方式，能使人感到樂趣；以譏諷為手段，能使人得到滿足；至於表現出人存在本身所具有的哀愁感，則能讓人獲得安慰。因此，只有具備「三昧」的詩才能引起靈魂的共鳴，發揮詩能夠使人得到靈魂上之滿足的功能。

9 杜國清：〈詩的本質〉，《詩論・詩評・詩論詩》，頁34。

> 不論是在技巧上或境界上的創新，必然給讀者以驚訝，而驚訝的程度是與創新的程度成正比例的。[10]
>
> 一首獨創性的詩，必然在使用的語言與探索的境界上有所創新，因而使讀者感到驚訝。[11]

以驚訝來說，之所以能使人感到樂趣，就杜國清的解說來看，當是因為詩在內容與形式上的創新：包含了境界方面的拓展，以及語言技巧的嘗試等等，皆能使人感到驚訝、產生樂趣；易言之，因驚訝而得樂，是針對詩本身所提出的滿足靈魂之法。

> 在現實生活中，詩人必然是個醒者。他對現實的種種挫折、打擊、壓迫和苛刑不可能麻木不仁，對於光怪陸離無奇不有的人生百態也不可能視若無睹。他醉生，是為了減輕內心的痛苦；他夢死，是為了尋求現實的解脫；即使他墮落到第十八層地獄，他的眼睛仍然是仰望天國的。然而詩人唯一的武器是筆；他唯一反擊的方法是在詩中對現實以反語加以譏

10 同前註。

11 杜國清：〈詩的三昧與四維〉，《詩論・詩評・詩論詩》，頁37。

> 諷，以滑稽加以揶揄。[12]

而就譏諷來看，以此為手段而能使人感到滿足的原因在於，當人面對現實中種種無法改變的逆境與負面遭遇時，就只能以反語、滑稽等技巧來譏諷現實，進而減輕痛苦、尋求解脫；換言之，所謂憑藉譏諷而能獲得滿足，是針對外在現實的範圍所提出的滿足靈魂之道。

> 在另一方面，詩寫生命，詩是詩人生命活動的紀錄，表現出詩人對生命的感覺與真情。七情六慾，莫非人性；然而人類最大的情緒，莫過於面對千古，對人類有限的生命感到無限的哀愁。詩人能以前無古人的手法，表現出生命的哀愁，是詩所能給人最大的安慰，也是詩感動的最高境界。[13]

最後，由表現出人之存在的哀愁感而獲得安慰，其理由在於當詩之核心被定義為審美境界、生命感受時，詩所表現的當然是人的感覺、情愫或思緒；而杜國清認為，在所有的生命感受中，應以人在面對無限宇宙時因自我之有限而產生出的哀愁，為最大的情緒、最

12 杜國清：〈詩的本質〉，《詩論・詩評・詩論詩》，頁34。
13 杜國清：〈詩的三昧與四維〉，《詩論・詩評・詩論詩》，頁37。

重要的感受。是以杜氏徑直提出，只要能夠表現出此種哀愁，就可給人最高的安慰。換言之，以哀愁感安慰人類靈魂，是站在生命限制的層次來立說的。

總的來看，不論是從詩本身著手，或是將眼光聚焦在現實生活或生命限制，不論使用的方式是驚訝、譏諷或表現哀愁，這皆為杜國清所主張的，詩在功能方面具體滿足人類靈魂的方式：

> 換句話說，詩是存在於無限的宇宙間具有有限生命的詩人之靈魂的呼聲及其迴響。寫詩只不過是在紀錄靈魂的受難或歡欣，在捕繪或描述沉浮在七情六慾中的靈魂的萬態千姿，而給與同樣浮沉的靈魂以安慰和同情而已。[14]

因為，寫詩就是在紀錄靈魂的整體狀態，不論是受難或歡欣；而所寫出來的詩，當然也就具備了使那些與自己同樣浮沉於宇宙中的靈魂獲得滿足的功能。

然而，當杜國清提出詩之功能在於滿足靈魂，且標舉「三昧」為其具體的實施方式時，筆者卻也從中觀察到一些值得再行省思的問題：

第一，杜國清提出，詩之核心所具備的功能是使人感到滿足，

14 杜國清：〈詩的本質〉，《詩論‧詩評‧詩論詩》，頁34。

但問題是為何杜氏使用了「靈魂」一詞來說明？換言之，當杜國清屢屢提及「滿足靈魂」、「引起靈魂的共鳴」等話語時，我們是否可以將「靈魂」一詞，替換成「心靈」或「精神」？故而筆者認為，由於杜氏在此對於靈魂所蘊含的意義，並未獲得徹底的釐清，或許另行採用在表義範疇較為寬廣的詞彙（如「內在」等），較不易產生模稜之感。

第二，杜國清一方面提出只有具備「三昧」的詩才能引起靈魂的共鳴，但又分別敘述說驚訝可使人得到樂趣、譏諷能讓人滿足、表現哀愁感會使人感到安慰；於是，到底是要兼具三者才能發揮詩的功能，還是說只要採用其中一種，便可達成使靈魂滿足的目標？筆者認為關於這點也需要再度的思索，以免減低了杜氏詩論所可能達到的積極效用。

第三，杜國清認為詩不論是在內容或形式上的創新，皆能使人感到驚訝而得樂；但問題是從創新當中，人難道只能停留在驚訝的層次，而不會有所昇華或是有其他表現？換言之，人在驚訝過後的心理狀態，究竟該有哪些可能的表現，同樣有待後續的發揮。

第四，當人以譏諷的技巧對現實的殘缺醜惡進行批判時，往往並不能真的改善現實；如此看來運用譏諷與獲得滿足之間的關聯，可能要再妥善思考。換個角度看，對於現實中的一切，人真的只有批判、譏諷，而不會有讚賞的時候？而當人對現實世界進行讚賞時，靈魂是否也會得到滿足？因此，若要將詩之功能安放於外在現實的場域，或許還有其他值得論述的空間。

第五，誠然人對於生死之大限會感到一種巨大的哀愁，可是除了哀愁以外，在面對廣大宇宙中的所有事物時，人之心靈同樣也會產生歡樂的感覺；此外，就算某人在詩中真的表現出自己因為有限與無限的對比，而產生出的絕對哀愁感，那麼難道旁人在看到這首詩時，就一定會因此而得到安慰？其中的必然性，或許要再多加考慮；因為人與人之間除了相同共通之處，也存在著互異有別的層面。

總體來說，儘管在細節部分有一些值得再議、深思之處，但是無論如何，從杜國清對詩功能的主張中，我們亦能深刻了解到，當生命遇到重大困境的時刻，確能藉由詩獲得某些內在的慰藉。因此，筆者認為若要說明杜氏詩論中有關詩之功能的定義，滿足內在，或許是一個可以代表其整體的說法。

第三節　再現與滿足的殊途——葉、杜二氏詩功能論之差異

若依照筆者鋪陳的順序來看，到目前為止，葉維廉、杜國清在詩學理論中所作出的種種論述，最大的差異便在於，對詩所擁有的

功能抱持著截然不同的看法。而若要進一步追尋造成不同堅持的原因，或許兩人對於主體自我的各自認定，便是最有可能的理由。

一、對詩功能的不同堅持：再現經驗與滿足內在

簡言之，由於採取中國古典詩的觀點與認同道家思想的立場，葉維廉遵循以蘊涵宇宙之根本原理的整體現象為最高價值的看法，因而提出詩所具備的功能，即是不費力、不刻意地再現審美經驗之整全面貌、真實本質，亦即「再現經驗」。從另一個角度來看，此亦代表了葉氏認為，只有具備了再現出蘊含真意之經驗的功能，方是最有價值意義的詩；詩，是為了保留現象、經驗之真意而存在。

「滿足內在」，則可代表杜國清詩論中替詩之功能所下的定義。所謂的內在，杜氏所指的是人之靈魂需求；而由於人類的靈魂是無限的存在，因此可用以想像為詩核心定義之一的詩，使人獲得滿足。而在滿足的途徑上，除了使用想像力之外，還可刺激人的知覺、感覺或情感並使人因隨之而生的快感獲得滿足，用獨創性使人感到驚訝、產生樂趣（以詩本身為途徑），用諷諭的技巧來使人感到滿足（以外在現實為依據），以及讓人因為感受到由生命共有的限制所產生的哀愁而得到安慰（從生命的角度出發）。

由此可知，在詩功能的定義上，葉維廉、杜國清的確表現出了

較大的差異；而筆者認為導致差異的根源應該是在於，葉氏將關懷的眼光落在比人更大、更高的蘊含真意的宇宙整體現象之上，因此在對詩功能的認識上，當然會以再現經驗之真為綱領；然而，杜氏卻始終將詩與人緊密相連，因此在定義詩之功能時，所強調的便是如何解決人的內在需求，如何滿足人的內在。

總之，在詩功能的層次中，葉維廉偏於外，著重現象，強調詩必須做到再現經驗之真；而杜國清重於人，偏於內，主張詩應該要能滿足內在的靈魂需求。

二、詩功能論差異之根源理由：主體自我之有無

大致而言，在詩的領域中，葉維廉主張必須保持無我的狀態，才能再現經驗之真；而杜國清則認為因為有我，才能使人獲得內在滿足。因此，在詩功能發揮之際，主體自我的存在於否，便為葉、杜二氏在詩功能論方面的差異根源。

（一）葉維廉：以無我再現經驗

葉維廉主張，詩裡的自我成分雖然是詩核心內涵的其中一環，但由於葉氏認為主體是一有限而又價值較低的存在，因此主體須以無我的姿態出現，方能使審美經驗，順利再現：

> 因此，儘管詩裏所描繪的是個人的經驗，它卻能具有一個「無我」的發言人，使個人的經驗成為具有普遍性的情境，這種不限指的特性，加上中文動詞的沒有變化，正是要回到「具體經驗」與「純粹情境」裏去。[15]

所謂的無我指的是，雖然詩中必然含有個人的經驗和主體的色彩，但是在表達的實際過程中，卻要以一種不帶自我強烈主宰的姿態出現，才能讓詩具有較為普遍的情境，進而保持心象的具體與純粹，才能讓審美經驗完全形塑。由此看來，彷彿在葉維廉的主體與詩核心之間，存在著一個激烈的矛盾：一方面，葉氏主張詩之核心要有獨特的個性，但另一方面卻又要求須以無我的姿態回到具體經驗、再現審美感受；這當中，是否會發生衝突呢？

> 在此，我們應該重看我們美學中「自然」的觀念。……這個美學理想把自然（物象無需費力不刻意的興現）和藝術（人為的刻意的努力）二者之間的張力微妙的緩和統合了。嚴格的說，藝術，顧名思義，是不可以成為自然的。所以道家美學中所說的實在是「重獲的自然」「再得的原性」，一種近

15 葉維廉：〈中國現代詩的語言問題〉，《從現象到表現》，頁297。

> 似自然的活動，近似自然興發的表現力。[16]

其實，主體自我的有無，對於葉維廉來說不是一個互相矛盾的問題：因為葉氏所主張的有我，其中的「我」的內涵，即是趨近自然。也就是說，詩中的自我，是類似於自然的主體；這是因為對於葉維廉來說，所謂的詩必須是來自於對外成內的心象美感，故而詩中的一切皆須以具體現象為最高的依歸，當然在主體與詩核心之間，也就不會發生衝突與矛盾。

（二）杜國清：以有我滿足內在

由於在討論詩之功能時，杜國清提出了滿足人類靈魂需求的看法，故而可以推想的是，為了達成此一目標，必須立足於有我的前提：

> 詩作的目的不是為了歌詠或表現人類的思想或感情，也不是為了模做自然或古人，而是為了創造出自然中不存在的一種美的世界以滿足和安慰人類的靈魂。[17]

16 葉維廉：〈無言獨化：道家美學論要〉，《從現象到表現》，頁224。
17 杜國清：〈詩是什麼〉，《詩論・詩評・詩論詩》，頁26。

就杜氏而言，所謂的詩既不是對外象的模仿，也不僅僅是內在情思的抒發，而具有更重要的目的需要完成：滿足人類的靈魂，給予主體自我最為充分的安慰。也就是說，杜國清在思考何謂詩之功能時，是站在人類最深沉、內在的角度著手定義的：

> 在《雪崩》（笠叢書，1972年10月）的序文中，我認為「驚訝、譏諷、哀愁」是我寫詩十多年來所體驗到的詩的「三昧」，而這「三昧」歸結於一點：詩是人類靈魂的安慰品。[18]

直言之，當杜氏以人類靈魂的安慰品來指稱詩的同時，不但告訴我們詩的功能就在於滿足靈魂，也暗示了之所以會如此設想，便是由於把自我主體當作是考量的重要依據。

綜合以上所言，可知對主體自我之看重，的確對杜國清所定義的詩功能，造成極大的影響。

第四節　葉維廉、杜國清二氏詩定義擬測

在本節中，論述的任務有二：其一，清楚彰顯葉維廉、杜國清

18 杜國清：〈詩的本質〉，《詩論・詩評・詩論詩》，頁34。

從詩之核心與功能的角度替詩所做出的定義，進而深入剖析在兩人對詩之核心與功能的各自論述當中，所潛藏的關聯脈絡。其二，整合貳到肆章，葉維廉、杜國清在不同觀照角度下，對詩本體所做的種種定義，以便擬測出最為完整而又最具二人特色的說法。

一、詩之核心與功能的合奏

在看完葉維廉、杜國清的詩功能論之後，對於詩之定義的討論，可說全部告一段落；以下，筆者將先從核心與功能的角度來加以歸納，葉、杜二氏對於「詩是什麼」所提供出的可能答案為何。其次，並針對詩之核心與功能的內在關聯，做一番細密的梳理。

（一）感受與再現的交融：葉維廉詩核心論與詩功能論的共舞

綜合葉維廉對詩之核心與功能的敘述，可得出所謂的詩，即為能夠再現經驗之真全特性的審美感受。

首先，當葉氏在闡發詩之核心為審美感受時，雖然可說是分從「心象美感」、「純粹情境」與「具體經驗」等三條路徑來立說；而在經過共相、殊相等不同層次的討論之後，又歸結出詩之核心必須由自身具足的獨立意象來組成的共同結論。最後，不論是經由共相或殊相來觀察，所謂的詩之核心，其實都可視為「審美感受」。

另外，在詩功能的討論中，葉維廉一方面以美感作為思考的核心，一方面借取中國古典詩與道家思想的寶藏，提出不費力地再現經驗之整全真實，即為詩所應具備的功能。

故可知，就核心與功能的角度來看，葉維廉認為詩是一種「再現經驗的審美感受」；此可說是葉維廉以中國古典詩和道家思想為主要來源，所創構出的詩學理論。

此外，對於葉維廉來說，詩的核心與功能之間，審美感受與再現經驗之間，雖然看似分屬不同的論述範圍，但就彼此深層的脈絡而言，詩之核心與功能可說構成了相互貫通而彼此解釋的依存關係：

> 所謂「意」，實在是兼容了多重暗示性的紋緒；也許，我們可以參照「愁緒」、「思緒」的用法，引伸為「意緒」，都是指可感而不可盡言的情況與狀態。「意」是指作者用以發散出多重思緒或情緒、讀者得進以體驗這些思緒或情緒的美感活動領域。這個領域，要用語言去「存真」，必須在活動上「近似」詩人觀、感事物時未加概念前的實際狀況，因而中國傳統批評中亦強調「如在目前」。[19]

19 葉維廉：〈中國古典詩中的一種傳釋活動〉，《歷史、傳釋與美學》，頁71。

此處所謂的「意」，所指即為兼該情、思的美感活動。進而言之，可謂此處的「意」即為前述葉維廉所言之詩核心；因此，當葉氏接著提到，此項領域必須依靠語言來「存真」、「近似」詩人觀感事物的實際狀況，所意味的便是，詩之核心需要依靠再現經驗之真意的功能，來保存、維護。

由此可知，詩之核心與功能，在葉維廉的確具備了深層的聯繫：詩能擁有再現經驗之真全特性的功能，是因為葉氏首先認定詩的核心就應該是詩人意識對外在現象的整全審美感受，故而才以再現經驗詩之功能，以確保的感受能與現象相通一致。反言之，詩在功能方面所具備的再現經驗，亦為詩之核心——審美感受，之所以成形、確立的必要手段：因為如果詩不具有再現經驗的功能，詩人的審美感受便無法趨近美，趨近價值更高的經驗、現象。

（二）審美和想像的共構：杜國清詩核心論與詩功能論的交化

在遍覽有關杜國清在詩之核心與功能方面的主張之後，筆者發現杜氏在開展這些論述時，絕大部分不是以審美世界作為切入的途徑，就是用想像世界當作解釋的起點；因此，筆者將在以想像與審美為觀察焦點的原則下，總結杜國清針對詩之核心與功能方面所提出的詩之定義。

對杜國清而言，詩核心所具有的內在本質，共有獨創性、批判性和感染性三種；然而就整體來看，此三者皆可視為超自然世界的產物，可用「想像之新」來概括；至於詩核心所包括的類型，不論是偏向知性或偏向情感，都是一種來自人類各種感覺的美感；最後，對於詩之核心的定義，杜國清曾用「審美世界」、「心象」與「生命感受」等詞彙來指稱，但以上這些的共通點都是代表了一種由人以審美態度來觀照審美對象（不論是情、理、事、物，或宇宙時空），所得到的各種審美感受而凝結成的龐大境界。故可知，在杜國清詩論中詩核心之總體定義，即為「知感並存的審美新感」。

而所謂的詩之功能，不論指的是憑藉無限的想像力來滿足人類無限的靈魂需求，或使人因為知覺、感覺、情感而受到刺激繼而產生內在的快感，又或是經由以下三種方式，使靈魂得到多方面的撫慰：第一，從詩本身出發，以獨創性使人驚訝並產生樂趣；第二，針對現實生活，用譏諷的方式來使人感到滿足；第三，表現出因為個人生命和宇宙時空之絕對對比而產生的哀愁感，讓人覺得安慰——從根本處來看，以上這些詩之功能皆可說是使人獲得一種內在的滿足；簡言之，「滿足內在」，即為杜國清詩論中所蘊含的詩之功能。

故可知，對於杜國清從詩之核心與功能兩方面替詩所下的定義，即可用「滿足靈魂、知感並存的審美新感」來說明。

另外，雖然在闡發、分析上述的詩之定義時，採取的是核心與功能分開論述的模式，然而仔細思索有關杜國清對詩之核心與功能的定義，不難發現此二者其實具有一定程度的內在關聯；換言之，杜氏詩論中的核心與功能部分，可說是一脈絡相通的有機體系。

不過，此一觀點要能成立，關鍵在於杜國清用來建構詩之核心與功能的兩大概念：審美與想像，其本身就要先是可以互通的有機形態；而筆者認為，當杜氏在解釋審美世界的特性時，其中就已包含了想像的存在，在說明想像的獨特性質時，也同時提供了審美世界之所以能夠發揮功能的保證。

當杜國清認為詩之核心即為審美世界時，不但提出了獨創性、批判性與感染性等三者為詩核心的本有性質，更透過進一步的分析，指出審美世界所本有的三項性質，其實都可等同於超自然世界的表現，即可用代表新關係之誕生的想像世界來加以概括。換言之，此即為審美世界中有想像、想像與審美互通的證據。

換個角度來看，從杜國清對想像的論述中亦可知詩之核心，審美世界，之所以能夠發揮滿足人類內在的功能，皆因為杜氏將想像世界也當成是詩核心定義之一的緣故；易言之，詩之功能要能夠徹底發揮，與詩的核心關係密切：根據人的生存實境而言，如果只有身體的、感官的、物質的、外在的滿足，對於人的整體需求而言，是絕對不夠的；在解決了基本的由身體而生的種種欲求之後，還必須設法謀求內在的心靈的安慰。而這種更加深入的需要，無法只在既有的現實、自然等等有限的領域中找到足以填補無限遼闊的心靈的力量，勢必要將追索的目光由外觀轉為內審，往人類的內在去尋找、去探求。所以，當杜國清提出詩的核心亦為一種想像時，實已提出了詩之所以能滿足內在的原因。故可知，審美世界之所以能夠滿足人類的內在，是因為藉助了想像之特殊性質才能順利發揮功能；此即詩之核心與功能方面的有機聯繫。

二、詩之定義統整

詩，到底是何物？我們可以從許多方面來探索、求解。而在葉維廉、杜國清的詩學理論中，不難發現對於詩是什麼的深究，大致上可辨識出三條途徑：第一，直接闡述詩中最重要的部分——即對於詩核心的探討；第二，將詩作為一個複合物來研究，著重在釐清其內部的組成元素及各自的關聯性——此即為詩之組成論；第三，從「用」的角度來著手，依照詩所具備的功能來加以定義——即所謂的詩功能論。

以下，筆者便分從詩之核心、組成與功能等三種角度，歸納葉維廉、杜國清對詩之定義的所有見解；然而，為了避免閱讀上的重覆，便僅以表格的方式，說明其看法之大要：

	葉維廉	杜國清
從核心定義	整體而全面的審美感受	知感並存、具備三昧的審美新感
依組成定義	由語字、意象與美感組成的超然不棄的間接二重（三重）複合物	
按功能定義	能夠再現自然之物	可以滿足內在之物

故可知，若說在葉維廉、杜國清的詩學理論中，對於「詩是什麼」，有一種足以包舉、囊括各見解的集大成定義，或許便可說：詩，是功兼內外的間接審美感受。

第五章　詩之創作——美感的雕鑄

詩之創作，即是使詩本體創生的方法；但在葉維廉、杜國清皆以審美感受為詩之核心的前提下，此二人所提出的詩方法，主要來說當然也就是使美感成立的方法。換言之，在本章所提到的「詩」，大多數情形指的都是作為詩之核心的美感。

「心象形塑」，則為筆者替葉維廉詩創作論所做出的總體說明：首先，內外交化，著重於如何將外在具體之美成功地轉化成心象美感；而直顯外象和全面網取，即為葉氏所提出的因應策略。其次，改造內在，強調的是詩人該如何減輕自我概念在形塑詩核心時所造成的傷害；對此，調整視境、修正改受，以達到去除知性、朝向無我的境界，則為葉氏所標舉的解決之道；最後，減障凝象，要求的是如何改善作為表達媒介的語言文字，其自身所蘊含的缺失；而減損限制和凝聚意象，則為葉維廉所提出的有效方略。由此可知，經過內外交化的開創，以及改造內在和減障凝象的補正缺失，心象美感方可成功展現。

至於「美感創造」，則是筆者對杜國清詩創作論的簡稱：第一步，從變貌創新開始，著眼於如何以鎔鑄現實、提煉自我，得到使詩核心藉以成形的材料；第二步，內在加工，則意指所獲得的材料必須經過知感均重、想像發用等人類內在心靈力量的鍛造，才能順利形成詩之核心；而第三步，則是改字成美，亦即從修改詩作品中語字本身的缺失入手，以扭曲外在、想像求奇、意象凝鑄和戲劇構成策略，更加鞏固詩的存在。而值得注意的是，不論是第幾道步驟，其根本關懷皆在如何使審美世界的各種特性能夠完全具備，例如超越舊有、滿足內在等等。

而從殊相的角度來看，葉維廉、杜國清由於對詩核心這種審美感受的涵義，各有不同的詮解，導致在詩創作論的層次上，葉、杜二氏最大的差別，就在於對「尋真」與「求新」的不同堅持。

但若以共相的角度來觀察，在葉維廉、杜國清看似殊異的詩創作論中，外在、內在與媒介是彼此共同關注的三項焦點，可說是其整體架構的共同特色；而此三項焦點之間的交響互通，則為二人詩創作論之細部關聯的一致情形。

第一節　心象形塑——葉維廉之詩創作論詮釋

在葉維廉對詩本體的論述中，以再現經驗之真全性質的心象美感做為詩核心與功能方面的定義；而超然不棄的間接三重，則是與杜國清所見相同的詩組成之特色。因此，在詩之創作論的開展上，葉氏依循著與前述詩論相通的脈絡，提出使詩成立的主要方法，即是塑造心象的方法：

> 詩人只求通過表達和造型，賦物象心象以秩序和意義，不必把他的慧根一一表白。詩人不應以散文為餌，詩人的餌就是詩。[1]

所謂的心象，意指心靈對外在現象的感觸，因此當詩人在運用表達、造型等手段時，其實就是一種由內而外的、以心範物的過程，在心中形成有秩序、有意義的心象。此外，在此種方法進行的過程中，當然也要配合詩的獨特組成型態，也就是說心象的表達與塑造，是在語字、意象，以及詩所存在的人類心靈中來進行的。綜合以上所言，筆者認為葉氏之使詩成立的方法，即可用「心象形塑」來說明。

簡言之，葉維廉的詩創作論，其主要原則便是「內外交化」，將外在現象轉變為內在心象，從具體經驗中得出能夠存放於心靈之

1　葉維廉：〈前言〉，《愁渡》（臺北：仙人掌出版社，1969年10月），頁1。

中的美感。而在內外交化的過程中，所獲得的心象美感，必須置放、保存於內在的心靈意識之中，因此「改造內在」便成為葉氏所關注的另一詩創作方法之要點：其重點在於，不論是由外到內的接收感受，或是從內到外的觀察捕捉，都要盡量去除心靈中自我概念的干擾，使外在之美能夠如實轉變為詩之核心。然而，在內外交化、改造內在之後，所形成的詩核心，是一須依憑媒介來加以表現的心象美感，故而葉維廉提出其詩創作論的最後一環便是「減字凝象」，針對詩之表現媒介——語言文字，分別提出了減除語字之限制性和將語字凝鍊成意象等不同的要求；其中，葉氏對語字所提出的特殊規範，兼及消極與積極兩端，其用意皆在於透過對表現媒介的調整，來達成使詩之核心無礙展現的最高目的。

故可知，葉維廉之詩創作論，便是從內外交化，進入改造內在，到最後的減字凝象，所經歷的三重階段之總和。

一、內外交化

使詩成立之方法的第一階段，對葉維廉而言可用「內外交化」來說明。詳言之，詩之所以能夠成立、出現，是因為人對外在的具體現象進行審美活動，因而在心中產生了審美感受、詩之核心；所以若要使詩成形，關鍵處就在於如何使外在的具體現象化為心象美感——此便為葉氏在詩創作論上最主要的論述。

（一）直顯外象：總體綱領

葉維廉強調要使詩成立，必須從外在的現象著手，盡可能保持其整體、全面的真實性，進而形塑出心象美感；換言之，在葉氏「內外交化」的詩創作論中，「直顯外象」可說是總體的綱領所在：

> 依著外象的弧度而突入內心的世界，往往不需要象徵手法去支持，有時甚至可以廢棄比喻（雖然不可以完全廢棄），一如王籍的名句：
>
> 風定花猶落，鳥鳴山更幽。
>
> 我們不問喻依（風定、花落、鳥鳴、山幽）的喻旨為何，更不問它們象徵什麼。它們什麼都沒有說（明），但什麼都說了。回到事物本身的行動（或動態）裏，回到造成某一瞬的心理真實的事物之間既非猶是的關係（鳥鳴：聲響，山幽：靜寂），這一個形象就具有這一瞬所包含的一切可能的抛物線。[2]

2　葉維廉：〈維廉詩話〉，《從現象到表現》，頁624。

葉維廉認為要使心象美感出現，對於外在的具體現象，便該採取一種看重其積極作用性的態度；易言之，在葉氏的詩創作論中，不經扭曲地直接運用外在現象，是相當重要的一環。而葉維廉之所以會如此強烈地主張要保存外在現象的真實性，原因或許在於當詩人面對外在世界時，其內心的變化往往是紛雜而難以盡言的（因為，一瞬，即可包含無窮的可能），所以即使採用了眾多高深的修辭技巧，也很難真的將內心對外物的感覺全面呈現；因此，葉氏提出倒不如突顯外在現象本身的存在，讓人回到所經歷的事物本身，回到那一瞬間心中所感受到的真實，亦即直接掌握景象的情韻，反而更可表現詩人在面對外在之美時，難以言說的內心世界，讓因外在之美而生的內在心象與美感，可以全面保存、完整成形。換言之，直顯外象，以描寫物象的方式來呈顯美感經驗的真意，可說是葉維廉在詩創作方法上的一貫堅持：

> 有許多人問我是象徵主義者，還是超現實主義者，還是印象主義者，……，雖則在寫詩時或有意或無意的用了象徵，但很自然的會以外象的跡線映入內心的跡線這種表現為依歸……。[3]

3　同前註，頁628。

對葉維廉而言，詩的出現，不是為了表達個人的內在情思，也不是為了創造出異於現實的詩句，而是為了表現心靈對於外象之美的感受；因此，在西方文學思潮蓬勃發展的當代，葉氏始終不受潮流的干擾，仍堅持選擇以外在現象映入內心世界的方式，使詩成立。

> 中國人重「實境」，重經驗衍化的律動，所以純以語言為詩而不依物象者極稀少。這種以「文字覷天巧」（韓愈）以「筆補造化天無功」（李賀）的詩，在西方象徵派以後大行其道，語言所造之境成為一種絕對，經驗反退為其次了。[4]

而之所以葉維廉會堅持以突顯外在現象，來呈現心象美感的全貌，就其詩學思想的脈絡背景來看，或許是因為葉氏承繼了傳統中國的詩學觀點。葉維廉認為，專注在創造詩句中獨特的語言文字，以語字為創作的唯一依據等等，在古代中國的詩潮發展中皆非主流；反倒是重視經驗、強調實境，從外在現象、具體事物等方面入手，才是詩創作方法的大宗。進而言之，在如此看重外在現象的背後，可能代表了葉氏認為若與個人的內在心靈相比，在價值的層次

4 葉維廉：〈語言的發明性〉，《從現象到表現》，頁335。

上、位階上，外在的具體世界都蘊含了更重要的意義；直言之，葉維廉認為外在的具體現象比人類的內在心靈具有更高的價值：

> 張眼看外在世界，我們不難認知一個基本的事實：那便是宇宙現象萬物是一整體，宇宙萬物偉大的運作是一整體繼續無間地演化生成的過程，無論我們有沒有文字或用不用文字去討論它和表現它，它將無礙地繼續演化、繼續推前生成。我們一旦完全了悟到各物象共同參與這個整體不斷生成的運作，便會對自此一融匯不分的渾然湧生出來的物象產生尊敬並設法保存其原貌本樣。[5]

在葉維廉對道家美學的闡釋中，可發現若依此觀點，則人以及人所製作的一切事物，都是低於外在具體世界的存在——這是因為宇宙萬物的偉大，已不是人所能窮盡、掌握的範疇；換言之，運作無礙、蘊含道真的整體現象是高於人的存在，因此當然在價值上會佔據著較高的位階。因此，若回到詩人的創作場域，若想創造出較有意義、較有價值的作品，在選擇究竟該以內部心靈或外部現象為主要題材時，便應當以外在的具體世界，作為書寫的核心材料。所

5　葉維廉：〈無言獨化：道家美學論要〉，《從現象到表現》，頁204。

以，葉氏強調詩人在面對具體現象時，應抱持的態度，當為尊敬此一比人更高的存在，並設法保存外在現象的原樣本貌；此亦即葉維廉所謂的以外在現象的突顯，進一步呈現心象、表達美感的寫詩之道。而此種詩的創作觀點，就葉氏自言，是從古代中國的道家思想承繼而來：

> 道家的宇宙觀，一開始便否定了用人為的概念和結構形式來表宇宙現象全部演化生成的過程；道家認為，一切刻意的方法去歸納和類分宇宙現象、去組織它或用某種意念的模式或公式去說明它的秩序、甚至用抽象的系統去決定它秩序應有的樣式，必然會產生某種程度的限制、減縮、甚至歪曲。人們往往以偏（一切人為的概念必然是片面的）概（簡化）全的抽象思維系統硬套在演化中的宇宙現象本身，結果和萬物的具體性和它們原貌的直抒直感性隔離。[6]

葉維廉表明，在道家的思想體系中，所有人為的舉止，若用來規範更高層次的宇宙現象，便都是一種明顯的褻瀆；因為以人為的方式去歸納、組織、分類宇宙的整體現象，勢必會落入以偏概全的窘

6　同前註。

境，所得到的結果亦只是一種限縮、扭曲後的管見。如此一來，對於外在現象的掌握失真，所感受到的心象美感也就不可能含有具體萬物原有的整全性；故而，葉氏認為使詩成立的方法，主要當是直接突顯外在的現象，並保存外象之原貌本樣，減去人為造作對具體萬物的簡化，才可使心象美感整全成形。

（二）全面網取：實際手段

從以上所言可知，直顯外象是葉維廉之詩創作論的總體綱領；至於如何使外在現象的整全真實得以保存，怎樣使心象美感整體塑造，葉氏提出了幾條實行的路徑，例如物象並置，與活動視點的使用；而這些路徑的共同點則在於，皆是對外在現象，進行一種全面的網取。換言之，「全面網取」即為葉維廉在化外成內時，所使用的實際手段。

透過葉維廉對中國古典詩的分析和舉例，可知所謂的物象並置和活動視點，當指一種多方呈現外在現象全貌的技巧：

利用了物象羅列並置（蒙太奇）及活動視點，中國詩強化了物象的演出：

> 任其共存於萬象、湧現自萬象的存在和活動來解釋它們自己，任其空間的 延展及張力來反映情境和狀態，不使其服

> 役於一既定的人為的概念。在李白的「鳳去臺空江自留」中（三個鏡頭的羅列），不是比解說給了我們更多的意義嗎？江山長在，人事變遷，無疑是李白欲傳達的部分意義，但需要用文字說明嗎？[7]

「鳳去」、「臺空」和「江自流」，看似一句，其實可分成三個獨立的現象：鳳凰的離去可能是在臺空的瞬間，而臺空的景象或許已和鳳去之時相距甚遠，至於江水自顧自地流逝，當然也可能出現在鳳去臺空之前、當下或之後。然而，在視點活動的靈變觀察之下，分指不同視域的三者又能合成一完整而寬廣的鏡頭，表達出比單獨存在時更豐富的意涵，更接近人與外在現象接觸時的真實情境。換言之，此句就是依靠了一種不解說且連續的戲劇性，來存真、求全。而當對外在現象的感應得以整全保存之後，便可以藉此將心象美感塑造成形：

> 命途多舛而擅於表達攪心的痛苦經驗的杜甫，亦把握了這種表達方式而與讀者建立極為直接的交往，試看〈秋興〉八首的頭四句：

7　葉維廉：〈語法與表現——中國古典詩與英美現代詩美學的匯通〉，《比較詩學》，頁45。

玉露凋傷楓樹林
巫山巫峽氣蕭森
江間波浪兼天湧
塞上風雲接地陰

個人的感受和內心的掙扎（時杜甫老邁而被困於夔州）以外在事物的弧線托出：外在的氣象（氣候）成為內在的氣象（氣候）的映照（暮年的杜甫由楓林之凋傷映出；詩人的羈困由上衝的波浪和下壓的風雲映出），外在的風暴和內在的風暴所拋出的線條的律動是一樣的，故讀者不必待人細訴便可以感應相重的境象。[8]

所謂的個人感受與掙扎、外在事物的弧線，不就是內外交化時，最重要的兩條軸線？而內、外風暴的律動，則是在進行交化時的重要線索。所以，對於因時間流逝無蹤而產生的暮年傷感，對於因羈困遲滯而纏繞心頭的無奈，在杜甫詩中皆已極清楚地透過外在物象的並置，以及觀察視點的活動變化，蘊含在心象美感之中。例如「楓

8　同前註。

林」的凋傷與「山峽」的蕭森，共構出詩人心緒的悲悽寥落，而「波浪」和「風雲」的協奏，則是交織出情感強烈波動的軌跡；換言之，詩人心中的感觸，寄託於所觀察到的具體現象之中，而詩人當下所處的情境和狀態之整體性，亦在此以外表內的過程裡，盡可能地無礙保存。

進而言之，當楓、山、浪、雲被詩人所揀選之時，除了是一種物象的並置，也代表了詩人觀察視點的自由調動——因為這些物象不可能出現在單一的視覺鏡頭中，很可能兼及前後、遠近、上下、左右等不同的觀看視域，亦即可能相當接近於詩人所處實境之全貌——換句話說，當這四種物象被詩人共同納入詩中，形成一並置的整體之時，其實也就形成了一種由視點變化所得到的全面觀察。因此，由杜甫詩句的實際示範，葉維廉證明了物象並置和活動視點，皆為使外在現象被詩人全面網取的具體手段；而詩之核心，自然也就在全面網取的過程中，順利塑造。

（三）小結

以具體外象之真與內心相映、交化，盡可能保持整體經驗的全面真實，進而使心象美感得以形塑；此可謂葉維廉一再強調的詩創作論之綱領：「直顯外象」。而至於如何使外在現象的整全真實得到保存，葉氏提出以物象並置、活動視點的手段，對外在的具體現象進行全面地網取；換言之，「全面網取」即為葉維廉在使詩形成的過程中，所運用的細部手段。

故可知，以直顯外象為綱領，以全面網取為細則，此二者即為葉維廉在使心象美感成立時，所採取的第一種方法，「內外交化」，的兩重內涵。然而，之所以外在的現象、具體的事物，能夠在詩中被無礙地保存，除了因詩人採取了尊重外在現象的態度之外，或許還和詩人對於其所使用的表現媒介——語言文字，以及對用來存放詩核心的人類心靈，所設定的特殊要求有關。

二、改造內在

葉維廉在詩創作論中所關心的終極問題，便是如何將具體現象、經驗，無礙地轉變為心象美感；而在經過了對外象的突顯存真與全面網取之後，葉氏針對人的心靈也提出許多有助於詩核心成形的可行辦法——畢竟，心象美感，必須以人的心靈作為永續立足的基點。換言之，如何「改造內在」也是葉維廉之詩創作論相當重要的一環。

筆者認為，葉維廉對人類內在的心靈，抱持的是較為消極的看法：所謂的消極是指，在使具體現象轉為心象美感之時，心靈總會因本身的限制，而讓美感的成立過程多有窒礙。故此，葉氏提出為了使詩核心能夠順利展現，應對心靈進行功能上的改造；在修正的範疇中，葉維廉以內外交化時兩種作用之方向性的不同，分成修正從外到內的接收（即心靈對外在現象的感受），以及調整由內到外的觀察（即心靈對具體世界的視境），做為改造內在之心靈意識的兩條進路。

（一）修正感受：從外到內的接收

首先，葉維廉認為人類心靈的感受性，具有先天的限制，故為了使詩核心能被成功塑造，就必須突破限制、修正感受；而此處所謂的限制，非指智力或才具的高低優劣，而是專指心靈意識在接受外物時所可能產生的限制：

> 表面看來，這是天才和非天才的分別，某人感受性特別敏銳，一觸即悟其全體；某人特鈍，反覆觀察，仍未得其分豪。此人表裏完全洞識，可以不假思索，因而沒有文字障，成品無迹可求；彼者未入堂奧，雖費盡筆墨，刻盡心思，而未見門檻。（我們不必堅持天才說，但這種悟性的分別是存在的。）但我在此只就一個人意識裏接受外物的限制，作者和事物接觸會有（A）初發的印象，（B）繼發的印象，（C）追憶的印象，加上知性的介入。（知性的介入破壞了這一刻內在的機樞。）這些印象繼次的發生固然是經驗的一

> 部分，如果一篇作品的重心是在於敘述者自身經驗的掙扎和探索，這些印象繼發的過程或交錯發生的過程的紀錄當然算是接近經驗的本身；但如果它的重心不在敘述者自我的心理活動，而是現象本身的活動，則必須在一刻中全盤托出，否則就失去時間的真實性、失去轉瞬即逝但萬物俱全的拍擊力。[9]

當外在現象要進入到內心的意識時，可能會被兩種來自於人本身的限制所阻撓：第一，是知性的運作；第二，是表達自我的欲望。所謂的知性介入，指的是當外在事物以初發、繼發或追憶等不同姿態出現於心靈時，可能是繼次發生，也或許是交錯浮現；但知性的規律化，卻往往要求一種層次井然的秩序性，導致原本複雜多樣的經驗，可能會受到破壞、肢解，變為符合知性要求、符合單純因果律的假經驗。故此，可見知性的介入，為心靈接受外在現象時的第一種限制。而第二種限制，則是指在從外到內的接收中，敘述者可以將重心放在自身心理活動的變化，例如所經歷的掙扎、探索等等；然而，若依葉氏對詩核心的定義，應以具體現象、經驗本身為心象美感、為詩的核心，因此當心靈在接收外在現象時，就必須避免表

9　葉維廉：〈時間與經驗〉，《從現象到表現》，頁162。

現自我的欲望太過強烈，而掩蓋了現象本身的活動。換言之，看重自我的表現即為感受過程中的第二種限制。由此可知，對於知性介入以及看重自我等兩種限制，在葉維廉看來都是當外在現象進入心靈時，所必須突破的限制，進而才能修正心靈對外在現象的感受，使得現象本身的整全性、真實性在內心得到最良好的保存與再現，在與物象接觸的當下，掌握此一交會瞬間的全面時空。

而在針對知性介入與看重自我等兩種限制，從葉維廉對蘇軾、莊子與郭象等傳統中國文人之言論的闡釋中，可知人對自我的太過重視，才是知性之所以能夠介入意識對外在現象之感受的根源——簡言之，因為太過看重自我，導致對時間的誤解、對宇宙的錯認，產生了有限的觀察活動，最後才演變為理性主義和科學精神對詩形成的負面影響：

> 語言裏的解說性和感受裏化驗性的誤用和濫用，完全是出自對「時間」的誤解。且先讓我們聽蘇東坡兩句要義：自其變者而觀之，則天地不能以一瞬；自其不變者而觀之，則萬物與我皆無盡也。此段與莊子「大宗師」並讀始見其心：夫藏舟於壑，然而夜半有力者負之而走，昧者不知也。藏小大有宜，猶有所遯，若夫藏天下於天下而不得所遯，是恆物之大情也。特犯人之形而猶喜之，若人之形者，萬化而未始有

> 極也，其為樂可勝計邪，故聖人將遊於物之所不得遯而皆存。此段郭象注為：「聖人遊於萬化之塗，萬物萬化亦與之萬化。」「自其變者而觀」是「藏舟於壑」，是狹義的「變」。「自其不變者而觀之」是「藏天下於天下」，是廣義的「變」。現象本是川流不息，表裏貫通，但人將之分割為無數的單位，然後從每一個單位中觀察其中的變化及前因後果，如何某物引起某物，某事連帶某事，這是人的智力的好勝，人為的分類；就是在這種分類的活動裏，狹義的時間觀乃產生：「時間」被視為一件事進展的量器：過去、現在、未來、將來。換言之，觀者的視野只活動於有限的空間和時間，其對宇宙現象的了解是由分割了以後的現實拼成，受限於一個特定的地點，受限於一特定的時間（如：去年某月某日至今年某月某日）。[10]

葉維廉堅信，外在具體的宇宙、現象，都是一種川流不息、無法畫分的整全狀態；但因人對自我的智力，抱持著太高的認同，因此才用自己的智慧，將宇宙現象切割成無數的小單位，進而觀察每一個零散的單位之間，彼此變化的前因後果。而當人將宇宙現象分類之

10　同前註。

後，葉氏認為這就造成了由人類所制定的狹義的時間觀：以人為中心點，在人以前的稱為過去，與人同時的叫做現在，在人之後的名之曰未來。所以，在切割的宇宙現象分類觀，以及單一進程的時間觀影響之下，我們對於外在現象的接收，當然會受到此種有限觀點的限制，無法透視出在種種與人相關的障礙背後，具體現象的整全而多面的真實，心象美感、詩之核心，當然也就因為外在現象在進入心靈時所受到的侷限，而無法如願成形。換言之，以上對於宇宙現象和時間的錯認，可說是因為人類對於自我的太過重視所造成：

> 這種活動產生理性主義，其發展的極致是科學精神，都是企圖以人的智力給宇宙現象秩序。但這種活動只是「自其變者而觀之」！這種活動反映於文學上的，尤其是西方的文學（包括詩），雖然作者有躍進「不變者」的意圖，但總是由有限的時間開始，不像中國詩裏（指成功者而言），一開始就是「自其不變者而觀之」，其視野的活動是在未經分割、表裏貫通，無分時間空間`、川流不息的現象本身。[11]

11 同前註，頁164。

葉維廉提出，從此種對於宇宙、時間的誤解而直接造成的有限觀察活動中，理性主義、科學精神於焉生發。但不論是科學或理性，其目的都在於憑藉人類本身的智力，對更高層次的外在宇宙、具體現象，進行秩序的建立、類別的畫分；然而，此種由理性、科學而生的類別與秩序，是無益於詩之核心的形成。因為對葉氏而言，所謂的詩就是心象，就是對外在現象之整全真實的捕捉而成的美感，所以使詩形成的方法，當然不同於分割、破碎的有限觀察，而應該要將作為宇宙本體之道的顯現的具體現象視為一表裏貫通、川流不息的整體全貌。換言之，當葉維廉提出要修正心靈意識對外在現象的感受時，其實真正的意涵，在於減低人對自我的看重，才不會有不當的宇宙觀、時間觀，才不至於產生理性的干擾，才不會破壞詩之核心的產生。

由此可見，在葉維廉的詩創作論中，為了使詩核心能夠無礙地成形，必須修正心靈意識對外在現象的感受；而在修正感受的背後，其真正的根治之道，應該落在降低人類對自我的看重，才能避免有誤的時空觀和理性對詩核心之形塑過程造成傷害。

（二）調整視境：由內到外的觀察

若是說葉維廉認為從外到內的感受是因為人對自我的太過看重而需要修正，那麼相對的由內到外的觀察視境，也是詩創作論中所必須關注的重點：簡言之，因為「視境」同樣會受到自我的干擾。

所謂的視境依葉維廉所言，指的是由內到外的感應形態、觀察角度：

> 詩人的視境可以由其面對現象中的事物時所產生的美的感應形態來說明，美的感應形態雖說因人而異，但從大處著眼，同時為了討論上的方便，暫可分為三類，不同的感應形態產生的視境也決定了表現形態之不同。[12]

葉維廉認定，之所以要關注詩人的視境是否需要接受調整，原因在於對外在現象進行感應、觀察的形態與角度，決定了詩人的表現形態；換言之，視境與使詩核心塑造成形的方法，密切相關。而在葉氏的理解中，可能的視境有三類，與之對應的表現形態也有三種：

> 譬如第一個詩人，他置身現象之外，將現象分割為許多單位，再用許多現成的（人為的）秩序，如以因果律為據的時間觀念，加諸現象（片面的現象）中的事物之上；這樣一個

12 葉維廉：〈視境與表達〉，《從現象到表現》，頁321。

> 詩人往往會引用邏輯思維的工具，語言裏分析性的元素，設法澄清並建立事物間的關係。[13]

第一類的視境與表現，指的是抽離的感應，以及知性的呈現，即可用「以理析物」來表示。所謂的抽離，意指此類詩人在感應外物時，人與物截然二分：人在物外，物我無關。因此，隨之而來的表現手法，當然就是以我以人為主的觀念投射到外在的現象上；其所使用的工具，應該是邏輯性的思維與分析性的語字，而最終的目的則在於建立與釐清物我、內外的關係。

> 相反地，第二個詩人設法將自己投射入事物之內（雖然仍是片面現象中的事物），使事物轉化為詩人的心情、意念或某種玄理的體現；這樣一個觀者在其表現時，自然會抽去一些連結的媒介，他依賴事物間一種潛在的應合，而不在語言的表面求邏輯關係的建立。[14]

至於第二種的表現與視境，與前項的差別在於人不再立於外象之外，而是設法進入外在的具體現象當中，亦即屬於「以情觀物」

13 同前註
14 同前註。

的模式；其具體作法是由我出發，將外在的現象與事物，化為詩人自身情、理的代表，最後則可能形成一種內外相融、物我相通的境界。

> 可是第三個詩人，即在其創作之前，已變為事物本身，而由事物的本身，而由事物的本身出發觀事物，此即邵雍所謂「以物觀物」是也。由於這一個換位，或者應該說「溶入」，由於詩人不堅持人為的秩序高於自然現象本身的秩序，所以能夠任何事物不沾知性的瑕疵的自然現象裏純然傾出，這樣一個詩人的表現自然是脫盡分析性和演繹性的，王維就是最好的例子，如其「鳥鳴澗」一詩。[15]

但是在第三類詩人的眼中，這種由我出發的視境與表現，仍非最高的層次：因為由我出發，便是一種該修正的態度——既然由我出發之目的，在於將自我投入外象之中，那何不乾脆在表現過程的初始，便將自我變成外在現象的一部份，所以不論是表現或視境，都是由事物本身出發，進行最直接的觀照與體驗；物即我，內即外，彼此相融相化。而此種類型，也就是所謂的「以物觀物」。

15 同前註。

由此可知，第一、二類的視境，都可算是王國維所說的有我之境，第三類則是無我之境的表現；[16]而在葉維廉的心中，當然是以第三種以物觀物，為最佳的視境與表現；原因在於當詩人能夠先行融入外在現象時，便代表了該詩人能夠認同外在宇宙的具體現象，才是價值最高的存在，而人當然不該企圖以自身的囿限，來圈範現象的無限，因此才能做到不被自我與知性干擾，而讓外在現象順利地轉變成心象美感，使詩之核心整全出現。而以物觀物，雖然是葉維廉最為欣賞的視境與表達形態，但在他的觀點裡，此三種視境形態，皆不可偏廢；因為在現代詩的範疇中，葉氏認為其所使用的視境，該是此三種形態的融合：

> 一般說來，泰半的西洋詩（尤其是傳統的西洋詩）是介乎一、二類視境的產物，這與他們的語言、思維中的分析傾向不無關係（詳見前文），而中國詩泰半屬於第三類的觀物的感應形態，最多是介乎二、三類之間，甚少演繹性的表現……而中國現代詩，正確的說來，實在是中國的視境和西

16 原文為：「有有我之境，有無我之境。『淚眼問花花不語，亂紅飛過秋千去。』、『可堪孤館閉春寒，杜鵑聲裡斜陽暮。』有我之境也。『採菊東籬下，悠然見南山。』、『寒波澹澹起，白鳥悠悠下。』無我之境也。有我之境，以我觀物，故物皆著我色彩。無我之境，以物觀物，故不知何者為我，何者為物。」引自王國維著、滕咸惠校注：《人間詞話新注》（臺北：里仁書局，1987年8月），頁57。

洋現代詩轉化後的感應形態兩者的沖合之下誕生的。[17]

葉維廉提出，現代詩的表現方法應該是三種視境的綜合；因為現代詩同時受到傳統中國以及西洋系統的雙重詩風所影響。所謂的西洋系統的詩風，在葉氏的闡釋中，指的就是處於第一和第二類視境的成品；至於傳統中國的表現，則大半以第三類為主，間或游移於二、三類之間。換言之，當葉氏提出，現代詩是由中、西兩大詩風傳統所轉化演變而來的，其意當指現代詩的視境，應以此三種視境揉合融貫後的新形態為依歸。進一步來說，現代詩人在感應外在現象時，可以在有我和無我之間選擇最適合表現的角度，來進行觀察與捕捉，並使心象美感成形；反言之，現代詩人在形塑詩核心的過程中，便須同時注意此種混合了三種視境而產生的特殊形態所帶來的各種限制或影響。

由於現代詩的視境包含了第一類以有我之姿感應外物的觀察形態，因此當自我概念投射到外在現象時，須留心自我意識、情感對心象美感可能造成的干預和破壞：

> 我們雖然承認「情意我」的世界是一個豐富的來源，但我們如果想一心在「情意我」之中發掘財富，我們必須設法避免陷入浪漫主義的牽強附會的泥沼中，我們必須注意到感覺

17 葉維廉：〈視境與表達〉，《從現象到表現》，頁323。

只是詩的素材的一部分，詩的素材還包括種種人類高尚的情緒，我們還應該注意到「從情感的過剩到情感的約束」還是一首好詩的規條。[18]

無可否認的，自我的情感、理念，的確是一處龐大而富饒的寶庫；但葉維廉所側重的議題是，當詩人挖掘情意我的同時，必須時時警惕，以免個人自我力量太過於強勢，導致陷入全以自我為主而忽略其他的狹隘局面。換言之，儘管葉氏認為現代詩的視境中，可包含有我的感應途徑，但仍該對自我的情感或理念等進行約束和規範；因為，如果詩人以濫情的態度，強使物象表現出哀愁、憤恨等情緒，而不使其自得自化，便無法憑藉物象的襯托來呈顯詩人的情意。而除了以重我的姿態感應外物，由第二、三類視境而來的表達方式，所強調的都是對自我概念的削減或弱化；換言之，如何對「我」進行調整，實為葉維廉之詩創作論，在討論由內而外的視境時，相當重要的關鍵。

中國詩的藝術在於詩人如何捕捉視覺事象在我們眼前的湧現及演出，使其自超脫限制性的時空的存在中躍出。詩人不站在事象與讀者之間縷述和分析，其能不隔之一在此。中國詩

18 葉維廉：〈論現階段中國現代詩〉，《從現象到表現》，頁275。

> 人不把「自我的觀點」硬加在存在現象之上，不如西方詩人之信賴自我的組織力去組合自然。[19]

葉維廉指出，現代詩由於受到前述第二、三類視境的影響，因此就不應該像西方詩人一樣，信賴自我而以人為的組織力去重組外在的自然；反之，不會強加自我觀點於外在的具體現象之上。而其實際的辦法，其中之一便是不採取條列式的分析與敘述，故能使廣大無限的宇宙現象，從人為的有限制的時空觀中解放出來，在詩人所觀察、感受到的種種感官事象當中，建立起心象美感。

> 道家美學大體上是要以自然現象未受理念歪曲地湧發呈現的方式去接受、感應、呈現自然，這一直是中國文學和藝術最高的美學思想，求自然的天趣是也。[20]

此外，除了不以條析縷分的方式來拆解外象，葉維廉也提及，盡量不要受到個人理性思維的影響，進而歪曲了外在現象的原貌。換言之，葉氏所強調的是要盡量呈顯外在現象自身的本真，因此

---

19 葉維廉：〈語法與表現——中國古典詩與英美現代詩美學的匯通〉，《比較詩學》，頁36。

20 葉維廉：〈無言獨化：道家美學論要〉，《從現象到表現》，頁213。

在以內在心靈收存、再現詩之核心時，便該消除個人理性的所有影響。

故可知，由內到外的觀察視境，在現代詩的領域中，雖然可同時包括以理析物、以情觀物，和以物觀物的無我之境，但因認同道家思想，故而對於自我，葉氏所抱持的態度仍是需要將其修正，以避免詩受到太大的傷害。

（三）小結

在葉維廉之詩創作論中，改造內在是繼化外成內之後的另一項重要關鍵。葉氏認為應該改造內在的心靈意識，以便於更加妥切地使詩之核心完美呈現；因此，不論是從外到內的接收，或是由內向外的觀察，所有的視境類型和感受模式，皆是需要接受改造的範圍。

在從外到內的接受上，葉維廉所強調的是不可用有限的自我來劃分無限的宇宙現象，以免產生對時間的錯認和理性的誤用；而在由內向外的觀察上，即使有我之姿也是現代詩的視境之一，但葉氏所推舉的最高境界，仍是以物觀物、直接觀照的無我形態。故可知不論心靈作用的方向性為何，無我，皆是葉維廉所強調的重點。

究實而論，之所以葉維廉會以無我作為詩創作論中，改造內在的共通原則，其原因與其以內外交化為詩創作論之總綱有關：既然詩之核心是心象美感、具體經驗，故而形塑詩核心的方法，當然會將重點放在內外之間的均衡交化上；故而，葉氏看重無我之境，其目的是使心靈意識在不受自我概念的擾動之下，妥善地使詩成形。

三、減障凝象

在葉維廉之詩創作論中，除了內外交化、改造內在之外，對於詩所使用的表現媒介，也有許多獨特的規範。簡言之，對於語言文字，葉氏所持的態度可用「減除語障，凝鍊意象」來說明：所謂的減障，指的是詩人要盡量地減少語字本身的限制，去除語字對詩所可能帶來的破壞；而在消極的補強之外，將語字凝鍊成意象，則為使詩成立的積極手段。

（一）減除語障：突破限制

在詩組成論中，葉維廉、杜國清皆提及語言文字是詩中的必備元素，但對於語字，兩人卻都認為有需要改進的必要；而在詩創作論中，葉維廉亦提出對語言文字的要求，首重在突破語字本身的限制：

> 理想的詩人應該擔當起改造語言的責任，使它能夠適應新的感受面。其中一個方向是：利用抽離的作用，使語言表面的

歧異性完全消除，達到最高的交感性；另一方向即是全神貫注入事物本身，不讓表面歧異的語言所左右。[21]

語言，雖然和文字一樣，皆在詩中扮演重要的角色，但卻不是一種理想的工具，而需要接受改造；而此處雖未談到對文字的態度，但綜觀葉維廉對詩之核心和組成的看法，可知其對文字也同樣抱持著改造與修正的想法。在此，葉氏提出改正語言的其中一種方法，即是消除表面的歧異性，使其所蘊含的普遍性得到彰顯，進而提升語言在交感方面的功能；也就是說，葉維廉之所以要減除語字的限制性，目的是想增強不論是在物我之間或人我之間，種種內外交流互通的感受作用。因此，為了消除表面歧異以擴大詩語言的交感功能，葉氏提出了如何去除語字限制性的實際策略，例如連接媒介的省略，以及人稱代名詞的去除；值得注意的是，在此葉維廉皆擅長以傳統中國的舊詩，作為例證的素材：

這裏艾氏所提出的「壓縮的方法」其實正是艾氏的詩之方法的註腳；這種方法使一般真詩（尤其是中國詩）產生暗示最大的力量。歐美人譯中國詩往往會遭遇到一個極大的困難，

21 葉維廉：〈維廉詩話〉，《從現象到表現》，頁617。

> 也就是：中國詩拒絕一般邏輯思維及文法分析。詩中「連結媒介」明顯的省略——譬如動詞、前置詞及介系詞的省略（但卻是「文言」的一種特長），使所有的意象在同一平面上相互並不發生關係地獨立存在。這種缺乏「連接媒介」而構成的似是而非的「無關聯性」立刻造成一種「氣氛」，而能在短短四行詩中放射出好幾層的暗示力。[22]

對於連接媒介，葉維廉認為在詩中應該採取明顯的省略——例如介係詞、前置詞，甚至動詞。之所以葉氏會如此強調省略連接媒介的重要性，原因在於當省略之後，剩餘的詞彙將形成一種壓縮的張力，語字和語字之間，彼此擴充了得以飛躍的空間，促使所有的詞彙、所有的意象在脫離邏輯思維的限制之後，反而放射出一種似是而非的多面意義；換言之，當字詞之間看似獨立卻又互相影響時，所構成的看似無關實則相繫的特殊性質，才能讓詩中的暗示功能發揮到極致，進而塑造出詩人所需要的心象美感。此種以省略連接媒介為改造詩語言的方法，是葉維廉從中國傳統舊詩中，所得到的重大發現。

22 葉維廉：〈艾略特的批評〉，《從現象到表現》，頁75

> 下面我將舉李白的一首詩（送友人）為例，利用英文逐字逐句的直譯及其他既有的譯文來比較，看看文言作為詩的媒介的特性，……一如大多數的舊詩，這首詩裏沒有人稱代名詞如「你」如何「我」如何。人稱代名詞的使用往往將發言人或主角點明，並把詩中的經驗或情境限指為一個人的經驗和情境；在中國舊詩裏，語言本身就超脫了這種限指性，（同理我們沒有冠詞，英文裏的冠詞也是限指的）。[23]

至於在去除人稱代詞的部份，葉維廉同樣以舊詩為材，說明去除人稱代詞也是突破語言之限制，使其更精良進步的其中一種方法。葉氏提出，人稱代名詞的效用在於指出發言人或主詞的身分，因此一旦去除，詩中的經驗或情境就不再被限指為某一單獨的個體，而是可以代表更普遍的狀況、符合更廣大的處境。所以，即使讀者了解到每一首詩畢竟有一單獨的作者，但其所蘊含的實質，卻可指向更恢弘的層面。因此，葉維廉認為人稱代詞的去除，有大功於詩之核心；因為當詩中的語句不再受限於單一的主角時，心象美感才能因為語字不限指的特性，塑造成形：

---

23 葉維廉：〈中國現代詩的語言問題〉，《從現象到表現》，頁295。

> 避免了人稱代名詞的插入（在前面我已經討論過），非但能將情境普遍化，更容許詩人客觀地（但不是分析性的）呈現主觀的經驗。[24]

進而言之，當語言的限指性被突破、被擺脫之後，詩人才能更客觀也更真實地表現出自己心中的獨特感受，亦即所謂的心象美感、詩之核心；所謂的客觀，指的就是詩人約束自己的情感，而憑藉物象來呈現主觀的審美經驗。由此可知，人稱代詞的去除，這種對於語字的改造，亦如同連接媒介的省略，皆是為了減除語字之限制所採取的有效手段，而其成果皆有助於詩核心的呈現。此外，除了針對連接媒介和人稱代詞所做的去除之外，葉維廉更直接指出，對於語字的本身構成，亦該進行修剪的動作：

> 文字向內凝縮，意義向外延展。舉王維的另一種表現的例子：
>
> **大漠孤煙直**
>
> 雖然我們看見的只是一個景的描摹，但我們無法將之視為表面的景，它伸入煙以外的事物，和歷史的聯想裏。首先，漠大，但是空的，除了煙以外，別無其他形態的生命，而「煙」因

24 同前註，頁302。

> 「直」字而具軀體之實。「孤」不只是「獨一」的意思，因為連風都停止了，亦即是說，沒有任何活動，所有又是「孤寂」與「死寂」。但在「孤寂」、「死寂」中我們因為「煙」的活動而引向我們雖然看不到聽不到，但卻感得到的景物之外的活動：邊地的戰伐、戍卒的怨聲、風沙的翻騰。[25]

直言之，葉維廉所欣賞的是精準簡約的語言文字！因為藉由語字在組構方面的精簡，使其內在的合成更為緊密，所蓄積的內蘊也更加濃厚，故而詩中的意義能夠向外擴張其所指涉的領域，進而呈顯出更加全面的心象美感——例如王維在前段引文中所寫下的詩句，雖然只有簡短的五個字，但在這兩組形容詞加名詞的語字結構裡，卻包含了超過五種的意義：戰地景觀的壯盛、單煙立空的孤獨、四野廢棄的荒涼、隱而未發的殺伐、風息聲止的寂靜、隨處潛伏的死亡、個體生命的渺小……，而這些種類繁多的意義當然也就代表了詩人從具體現象中所體驗到的心象美感之真實全貌。換句話說，語字的凝縮與簡略，此種減除語障的方式，亦可使詩之核心獲得良好的展現。

以上所言，皆為葉維廉從傳統中國舊詩裡，所得到的減除語字之限制性並進而使詩之核心得以成立的途徑；至於對現代詩人所使用

25 葉維廉：〈維廉詩話〉，《從現象到表現》，頁623。

的主要語言，白話文，葉氏亦提出該如何使白話語字獲得如同文言一般的優點，如何減損去除語字的限制，使心象美感能夠全面開展：

> 從蘊含潛力的文言轉以口語化的白話來作詩的語言，我們可以觀察到這些顯著的差別：（一）雖然這種新的語言也可以使詩行不受人稱代名詞的限制，不少白話詩人卻傾向於將人稱代名詞帶回詩中。（二）一如文言，白話同樣也是沒有時態變化的，但有許多指示時間的文字已經闖進詩作裏。例如「曾」、「已經」、「過」等是指示過去，「將」指示未來，「著」指示進行。（三）在現代中國詩中有不少的跨句。（四）中國古詩極少用連接媒介而能產生一種相同於水銀燈活動的戲劇性效果，但白話的使用者卻在有意與無意間插入分析性的文字……這些分析性的文字將整個蒙太奇的呈現效果和直接性都毀掉，就和那些英譯將戲劇轉為分析一樣。使我們驚奇的是，這一類的句子經常出現在用白話寫成的詩中。[26]

比較特別的是，葉維廉在此採用一種間接的表述，以否定的姿態暗示白話語字該如何降低其本身所具備的限制性。葉氏指出，白話語

26 葉維廉：〈中國現代詩的語言問題〉，《從現象到表現》，頁302。

字擁有四項顯著的缺點：第一，在白話中，人稱代名詞有被大量運用的傾向；第二，本無時態變化的白話中文，卻時常出現指示時間的辭彙，造成時間上的囿限；第三，跨句越行的書寫模式，被不少詩人接受而漸成普及之勢；第四，分析性強烈的連接媒介，嚴重地傷害多元呈現的暗示性。因此，由這些指陳缺點的文句中，可知葉維廉認為，要去除白話語字的限制性，就必須從消滅這四項缺點著手；換言之，人稱代詞的省略，限指時間詞彙的刪除，降低跨句出現的頻率，以及避免具分析性的連接媒介大量出現而斲傷詩句多元而廣泛的暗示力量，就是減除白話語字之限制性的妥善手段。進而言之，當白話語字接受這四種減除限制性的方略之後，所得到的結果必定是一更為全面的感受、更為多元的體驗；換言之，心象美感、詩之核心，即可由減除限制性的白話語字，順利呈現。

總而言之，從傳統中國的舊詩之中，葉維廉擷取了許多去除語字之限制性的方法，例如連接媒介的省略、人稱代詞的刪減，以及語字構成的精簡凝縮；這些策略的目標，都是為了提高語字的交感功能，使得心象美感能夠更無礙地塑造成形。而由古及今，葉氏提出了對於白話語字的改造方針，希望透過諸多減除語字限制性的手法，達到使詩之核心成功呈現的主旨。故可知，葉維廉認為對語字來說，須透過減除限制性的技巧，透過削弱的作用，以達到詩的完成。

（二）凝鍊意象：積極要求

如果說改正語字以降低限制性對詩核心之形成所造成的影響，是從較為消極的層面入手，那麼凝鍊意象便可稱作是使詩核心順利成形的積極作為：

> 把白話加以提煉的第一步便是從現象中抓緊自身具足的意象。自身具足的意象可以解釋為一個無需詩的其他部分便能成詩的意象。[27]

葉維廉認為，白話語字需要改造、修正，而除了刪減其限制性，從外在的具體現象中揀選適合的物件而凝聚成意象，也是提煉白話的途徑之一。值得注意的是，葉氏強調所凝聚的意象，必須符合一項條件：自身具足；換言之，就是從外在具體現象中提煉出來的意象，要能承擔起給予全詩之意義和情境的重責大任。從另一個角度來說，葉維廉對意象的要求，即是強調自身具足的意象要能夠代表詩人對外在現象的整體感受，也就是能完整地表達出心象美感：

27 同前註，頁307。

> 因而一首成熟的詩往往把「意義顯露性至為明顯的敘述」去掉，而利用意象的飛躍，或利用神秘主義的敘述語勢以期達到心象全貌的放射。[28]

當詩人能夠自如地運用意象時，自然就不必需要其他顯白的敘述——因為單憑意象的作用，即可跨越外在現象與內在心靈之間的障礙，完整地放射出詩人所感受到的心象之全貌。

以上所言，旨在表述葉維廉對於意象的看重；而意象之所以能夠肩負如此重大的責任，詩人之所以必須要藉助意象才能使詩核心得以完成，其背後的原因或許都跟人對外在現象的感受方式有關：

> 事件、行動衝入我們的意識時，是具體的，不管通過視覺或聽覺，它是多面性的實體，而且它同時指向許多相關但並不顯現的事物。……。即就「鏡頭」而言，也只能供出一面而非全體。作者要接近事件或行動的實體，就要衝破語言的限制：他可以使用「意象併發」或「擇其最明澈、最具暗示其

28 葉維廉：〈詩的再認〉，《從現象到表現》，頁285。

他的角度」將之呈露。[29]

葉維廉強調當人的內在心靈在感受外在現象時，所得到的必定是多面而整全的實感；換言之，具體的事件、行動或景物，在進入意識的過程中，絕對是同一時間便挾帶了大量而多樣的資訊，若依人的感官來區分，即是指視覺的、聽覺的、嗅覺的、觸覺的各式感受。因此，正由於人對外在現象的感受是複雜而繁多的，故此葉氏特別拈出，要完整傳達此種多面的實感，具有相當高的難度；因為就連使用現代化的攝影器材將其如實記錄，每一個鏡頭也就只能表達出單一的所見，對於鏡頭範圍以外的存在，便也無能為力。

進而言之，若要接近這種實體，可行的途徑或許只有將多重意象同時並置，將各個單面的所得環繞成完整的全體；也就是說，意象並置，是使詩核心、使心象美感能夠如實呈現的方式之一。而除此之外，使意象的轉折符合外在現象的轉折，也是葉維廉所提出的一種有效使詩核心得以組構的策略：

> 「行到水窮處，坐看雲起時」的天趣正是因為它們在詩裏的進程的轉折恰與自然的轉折符合（隨物賦形），所以，雖然

29 葉維廉：〈時間與經驗〉，《從現象到表現》，頁161。

> 意象本身不含有外指的作用（譬如槐樹暗示死），但由於文字的轉折（或應說語法的轉折）和自然的轉折重疊，讀者就越過文字而進入未沾有知性的自然本身。[30]

傳達心象美感的最大困難在於，心靈與外界之間，必須藉助語字為橋樑；而在成為橋梁的同時，語字也是最大的障壁。因此，除了以意象並置之法，環物而走、得其全貌之外，葉氏提出若能將意象的串連，設計成符合人在接觸外在現象時所經歷的實際過程，在意象、語字或語法的轉折與實象的轉折合而為一時，或許也可以使所形成的心象美感，應和外在的具體現象。換言之，讓意象的串聯直接合乎外在現象的轉折，也是使詩得以成功展現的有效作法之一。

故可知，在葉維廉詩之創作論中的語字部分，除了減除限制性之干擾的種種消極作為之外，也同時提出了如何使用意象，藉由同時並置和合外轉折等策略，正面積極地使詩成形。

（三）小結

針對語言文字，葉維廉同時提出兼及兩端的重要看法：簡言之，即所謂的「減除語障，凝鍊意象」。

---

30 葉維廉：〈維廉詩話〉，《從現象到表現》，頁622。

減除語障，屬於消極防範的層面。葉維廉提出詩人應盡量減損語字本身的限制，例如省略連接媒介、拿掉人稱代名詞以及凝縮簡略語字的構造等等，目的在增進詩中語字的交感功能。

而凝鍊意象則是積極層面的推展。不論是將白話語字凝鍊成自身具足的意象，或者使用多重意象的同時並置，以及安排意象的轉折直接符合與外在現象的實際轉變，都是使詩之核心獲得良好展現的積極手段。

四、葉維廉之詩創作主張總結

葉維廉的詩創作論可用「心象形塑」來概括，是一兼顧物我、主客等內外層面的複雜論述。形塑心象的過程，共包含了三個過程：首先，內外交化，所強調的是如何將外在現象、經驗成功地轉化成心象美感；對此葉氏提出了直顯外象以及全面網取等兩種策略來因應。其次，有關內在的、主體的部份，於改造內在的論述中，亦有清楚的講解：其重點是放在當詩人在形塑詩核心時，該如何減輕自我概念所造成的傷害；而去除知性、邁向無我之境，則為葉維廉在調整視境、修正感受時，所共同標舉的要義。最後，葉氏也未曾遺忘詩核心所運用的表達媒介，即語言文字；而突破語字本身的限制，以及凝聚出自身具足的意象，則為葉維廉針對語字所提出的兩種有效策略。故可知，在詩創作論的總體架構上，葉氏的思緒可說是相當完備而整全。

進而言之，葉維廉詩創作論的三大過程，其所代表的意義，則恰好是內外兼及、偏重於內和強調外在等三大階段，具有「內外互通」的特性。所謂的內外兼及，在此意指葉氏所強調的重點兼及內在的心靈與外在的現象；偏重於內，則是指看重對心靈的調整、修正，讓與自我有關的視境和感受，盡量不對詩核心之形塑造成傷害；至於在減障凝象的階段，所解決的則是如何用語字作為媒介使詩核心順利表達，故可知葉氏的關注焦點又從內在回到外在，回到外在的具體表達媒介之上。由此可知，在葉維廉的詩創作方法中，可謂囊括了內外互通的三大階段，各自肩負著不同的任務。

但若從此三段的共同點來看，又可說葉維廉的詩創作論皆以求直接、重真全與輕自我等特色，貫串整體。所謂的直接，不論是在化外成內中所強調的，要不加人為扭曲地直接使用外在現象，或是在論及改造內在時所提及的直接觀照，還是在減除語字限制、凝鍊意象之後所達到的直接交感、直接符合等功效，都可證明求取表現上的直接，確為葉氏詩創作論中反覆提及的重點。至於真實與整全，更是屢次出現在內外交化、以語字和意象為媒介的葉氏詩創作論中：例如在內外交化時，需注意要存留外象之真；修改心靈在功能上的不足，其目的也是在於求取心象美感的真實與整全；而在語字和意象的部份，之所以要減除、凝鍊，其意義也在於使詩的表現媒介更加寬廣，才能更適切地表現出無限宇宙現象的整全與真實。最後，所謂的直接和真全，其關注的重心皆放在外在的具體現象，而之所以如此，當與葉維廉看輕人為、削弱自我的根本態度有關；而若溯源探本，葉氏的想法可說是上承傳統中國的道家思想，才會表現出與其他受到西方當代思潮而形成的詩學理論有所不同的獨特面貌。故可知，求直接、重真全、輕自我，便是貫串葉維廉詩創作論的共同特色。

第二節　美感創造——杜國清之詩創作論闡明

杜國清以審美感受作為詩之核心，因此其詩創作論，重點便在如何創造出審美世界。進而言之，若從詩之功能的角度來看，審美感受對杜氏而言，即為一種能夠滿足內在的新感受，故而如何超越舊有並且內在於人，如何使詩能夠滿足人類內在需求，便也成為杜國清詩創作論的關注要點。

首先，變貌創新為杜國清詩創作論的第一步；其重點在於藉由變貌的手段，從現實與自我中得到使詩核心藉以形塑的材料。其中，若以外在舊有現實為材料來源，杜氏便用心靈感受的力量進行主動取材，拆解外在的既存實有，再加以重組而得出高於現實自然的新想像世界——此即所謂的鎔實鑄新；而若以內在的舊有情思為詩之材料源頭，杜國清便依循心靈意識的軌跡，提煉原有的日常情思，使之成為一種因外在事物而引起的精神反應——此即所謂的提煉自我，是獲得詩核心之組成材料的另一種策略。但值得注意的是，不論是何種策略，其目的皆在於以美感觀照的方式，得出既超越所立足之基礎但又與被超越物緊密相關的新存在，以滿足人類靈魂的需求。

其次，內在加工為杜國清詩創作論的第二階段。除了在變舊創新中所提出的感受性之外，杜氏於內在加工中，提出了知性、感性和想像力等三種心靈力量，分從知感均重和想像發用兩途，說明內在加工的實際作法。所謂的知感均重，意指杜國清強調在分別使用知性、感性進行內在加工時，必須互相補足、均衡並重，或緣情、或體物，將經過詩人感受性點化的材料，進行二度鍾鍊。而所謂的想像發用，則代表了內在加工的最後統合；換言之，由感性緣情與知性體物所得出的內在世界，在成為詩之核心、審美世界之前，尚須經過想像的洗禮，藉由外在事物與內在概念的異端結合而形成超自然的物我內外互相交融的世界。而不論是針對內外之間單一連結的知感均重或是處理物我主客之繁複組構的想像發用，不論所使用的是知性、感性或想像力，其重點皆在如何運用心靈的力量，於人類的內在讓那些從現實、自我中得到的材料獲得詩核心所應具備之特性，例如超自然、超現實，以及滿足人類內在需求的功能。

最後，改字成美，則為杜國清詩創作論中的收束。在材料取得及內在加工之後，詩之核心以透過抽象的途徑而順利成形；但杜氏認為若從具體的詩作品層次著手，以改善詩作品的語字太接近日常現實和易於鬆垮如散文的兩大缺失為切入途徑，亦可有助於詩的形成。其中，杜國清提出在使用技巧上的變形和想像力的求奇，可讓語字從現實中抽離；而藉由意象的運用和戲劇性的構築，便可避免太過於散文化。而不論是抽離現實或突破鬆散，其目的都在於使詩之超越舊有、滿足內在等特性得以更加穩固。

一、變舊創新

「變舊創新」，為杜國清使詩核心得以成立的首項策略，其重點在於以美感觀照的方式，獲得能藉以成形的材料。所謂的舊，意指所有既存的舊有，包含了內在的自我情思和外在的自然現實；此二者皆為詩核心藉以成形的材料來源。而所謂的變，則是指將原有的狀況加以改變、變貌；因此所謂的變舊創新，即是指分別將原有的自我和現實，改變面貌，使之成為一種新存在：

> 詩的創造，不外乎是詩人對現實的把握，藉著文字加以表現

> 的一種手法或藝術而已。詩人對現實的把握，意即藝術創造的過程，可以簡單的公式表示：現實——變貌——藝術的現實。[31]
> 詩的表現，必須透過自我，不能不有個性；詩的創作，必須超越自我，不能不泯除個性。[32]

故可知，對現實的鎔鑄和對自我的提煉，是變貌創新的兩條進路。值得注意的是，由此二法所創造出的新存在，雖然不同於舊有，但新存之所以能夠出現，卻須依賴舊有作為立足的根基；沒有現實，超現實的想像無法出現，就如同沒有原始自我，就無法產生新的以精神反應為材料的詩。故可知，變舊創新，是既立足於舊有但又異於舊有的創新；而透過變舊創新的手段，方能使具備超越舊有、滿足內在等特性的詩，成功塑造。

（一）鎔實鑄新

「鎔實鑄新」，是杜國清在進行變舊創新時，所採取的主動策略；而此種方式所針對的，是作為使詩得以成形的材料之一：外在現實。杜氏所採取的具體作法是將其打散拆解，再加以重組並從中得到新的存在，此即所謂的鎔實鑄新：

31 杜國清：〈詩與現實〉，《詩論・詩評・詩論詩》，頁47。
32 杜國清：〈詩與自我〉，《詩論・詩評・詩論詩》，頁57。

> 現前實有的一切是既存的、已知的，在時間上屬於過去和現在的，是詩創作的材料，……當然，沒有現實，超現實的想像世界不能存在。詩，存在於舊現實的新關係中。詩的世界是建立在現實之上而同時是超越現實的。[33]

詩之核心，就杜國清而言可說是既依賴舊有又超越現實的新存在。對杜氏而言，當下舊有的一切現實，所有的外在現象，都只不過是詩藉以成形的材料而已；當杜國清把外在實有僅僅視為材料時，所暗示的意義，便在於杜氏認為詩的地位遠遠高於現實、高於舊有，是一種超越現實的想像世界，是一種從舊有中提煉出來的新關係。但在另一方面，杜國清也不忘提醒我們，除了超越的關係以外，現實與詩畢竟還是密切相關：因為沒有現實，詩的世界也就無從超越，新創的關係也就無從得到。故可知，對於詩的材料來源之一，外在現實，杜氏抱持著一種看似矛盾的雙重態度：一方面要設法超越，但另一方面卻又必須牢牢地立基於其上；因此，處理做為詩之形成材料的現實的方法，對杜國清來說便可用鎔實鑄新一詞來加以說明：既打散現實、拆解舊有，又將其重新組合，從中得到新的存在。進而言之，由於所得到的新，具有以不再是原來的現實，故可

33 杜國清：〈超然主義詩觀〉，《詩論・詩評・詩論詩》，頁103。

說擁有超越現實的特性；因此，杜氏對待詩之形成材料、對待現實的態度，其實就是一種超現實的創造形態：

> 就創造的形態來說，可以概分為下面三種加以說明：一、順著人類的感情之流露，以表現人的思想感情為目的，以本能為美感的基礎。……二、以模倣為創造，以模倣所獲得的快感為美感的基礎。……三、利用人類固有的感情思想，將現實或自然變成為非現實或超自然的存在，以思考為美感的基礎。[34]

杜國清透過立他顯己的方式，點出創造的各種面貌，以及己身說法的獨特性。不可諱言，以表現人類情思為目的，確為創造的類型之一；而將模仿視為創造，也是既存的一種實際狀況。然而對杜氏來說，所謂的創造只有在將現實、自然等外在舊有轉變為非現實、超自然之新存在的過程中，才算真正成立。換言之，所謂的鎔實鑄新，在杜國清看來就是一種對舊有現實、自然的改變；因此，將現實鎔鑄成一新的存在、詩之核心，此種行為便是一種超現實的創造行為。然而，在杜氏肯定對待現實，要採取一種超現實的態度來加以鎔鑄、處理時，筆者所要繼續追問的，便是在超越、鎔鑄的過程中，該以何種具體途徑，來達到使詩順利出現的目的？對此疑問，

34 杜國清：〈詩是什麼〉，《詩論・詩評・詩論詩》，頁25。

杜國清的回答是必須以詩人的心靈，做為使現實鎔鑄成新、做為超越現實的唯一工具：

> 但是只有材料的堆積並不能建立起詩的世界。現實的材料必須經過詩人心靈的點化才能成為美的東西。詩人的心是靈魂的觸角，經常伸向現實探索有趣的東西。這個觸角的感覺本能，叫做感受性或感受力。詩人的心靈越靈敏，感受力越纖細，越能在現實中探索到有趣的東西以滿足靈魂。[35]

唯有心靈，能將現實拆解再重新組合。對杜國清來說，詩核心亦即審美的世界，必須在現實被心靈點化之後，亦即在經過了審美觀照之後，才能成立。而在點化的過程中，需要注意的重點是，必須憑藉心靈的感受力，找出現實材料中有趣的事物，才能進一步形成審美世界，並且用具有美感趣味的東西來滿足人類靈魂的內在渴求。由此可知，以現實為材料的詩，必須被心靈點化過，才能獲得滿足人類靈魂之內在需求的功能；反過來說，鎔實鑄新的結果，便是產生出超越現實、超越舊有，又能夠滿足人類之內在需求的詩。

而在了解杜國清對待外在現實舊有的態度，以及轉變此種材料的過程與結果之後，進一步要討論的是，杜氏之所以會如此對待現

---

35 同前註，頁17。

實，其背後所潛藏的更為龐大的思想體系，究竟為何？

> 唐朝詩人李賀所說的「筆補造化天無功」，這句話實在道出了詩人創造的本質：所謂筆補造化，是說詩人用筆創造出造化亦即自然所沒有的東西，以補既有的自然之不足或不圓滿、不完美，因此詩人的創造是超越自然的，是補足自然，使自然更為完美的工作。可是沒有自然，補足自然、超越自然的工作是不可能的。人類之所以創造，是因為覺得造化自然不夠完美；正因為自然不夠完美，才容有詩人或藝術家從事創造的餘地。詩人補造化之不足的創造，是不同於造化本來的創造；不是自然的模仿，也不是現實的反映而已，而是有所增麗，有所補足的，所以說天無功。李賀這句話，就詩人的創作而言，可以說是超自然主義的創造觀。[36]

在杜國清心目中，詩的創作就是一種超現實、超自然的行為：因為杜氏提出，所謂的創造若無法產生出相異於自然中舊有的一切既存、一切現實，創造的工作就尚未完成；一直要等到詩人創造出超越自然、超越現實的新存在，所謂的創造才告一段落。而之所以一

36 杜國清：〈詩與現實〉，《詩論・詩評・詩論詩》，頁44。

定要以產生新存在創造的要務，是因為杜國清認為自然和現實，等等舊有的一切都是不完美，都是有待改進、有待完善；因此，創造的動機，便是人類對舊有既存的不滿，而順此動機開展下去，主動地鎔鑄、變貌，當然是杜氏對待詩之材料的處理手法之一。故可說，杜國清之所以認為必須要重新鑄造現實，便是因為對創作所抱持的態度是一種超自然、超現實的觀念，因此在實行的方法上，當然呈現出變舊創新、鎔鑄現實的局面。

總之，在以外在舊有現實為詩材料的層次上，杜國清提出以鎔實鑄新來代表對外在現實的主動重建、創新，形成一高於舊有現實的新存在，當然可視為以變貌為總綱的杜氏詩方法論的其中一種表現。換言之，因為將舊有的現實視為不完美的存在，故而才由人來加以進行改造；此種變貌現實的行為，即為對現實的主動鎔鑄，也是使詩、使藝術得以創造成形的具體方法之一。

（二）提煉自我

在以變舊創新為綱領，處理詩核心之材料時，除了主動出擊的鎔實鑄新以外，杜國清還提出了與詩人主體有關的「提煉自我」，作為變舊創新的兩大路徑。詩之核心除了來自被心靈點化後的現實舊有，也同時源於自我的層面；但值得注意的是，此種自我不是日常的、舊有的自我，而是被外在現實所刺激而生的一種精神活動：

而當舊有自我因為被動地接受刺激後，而轉變為精神活動的創造自我時，一旦再加上藝術手法的處理，便可成為具有審美價值的藝術形象，進而成為具有滿足內在之功能的詩：

> 「詩是表現自我」這句話，意思是說，自我構成詩的表現內容。這點值得進一步探究。按照前面的觀點，自我該是指詩人的心靈而言，而表現自我，亦即表現詩人心靈因外界事物而引起的精神反應。這種精神活動，在創造的過程中紀錄下來，而構成詩的表現內容。這種自我，是創造的自我，而與生活中的自我或現實中的自我不同。這個差別是許多關於詩與自我的爭論的關鍵所在。現實的自我是詩的表現對象，創造的自我才是詩的表現內容。[37]

其中，杜國清特別指出，詩與自我的關係之所以常令人感到迷惑，是因為對於自我其實可以有兩層解釋：第一，專指現實中舊有的自我，包含了實際的情感、思想等等來自生活的具體產物。第二，自我也可以是心靈因為外在事物而產生的精神反應，亦即抽象的精神結晶，是經過創造後的自我，是新的自我。而杜氏強調，只有因外

37 杜國清：〈詩與自我〉，《詩論・詩評・詩論詩》，頁54。

在世界而產生的創新的精神自我，才是詩所要表現的目標。進而言之，精神自我與將外在現實鎔鑄之後得到的新關係不同；杜國清認為，因心靈受到外在刺激而產生的精神自我，是一種經過審美觀照後的思想、情感：

> 詩不是詩人感情的自然流露或思想的直接告白。詩人日常生活中的思想感情，需要經過意識化的處理，亦即在創作時經過藝術手法的點化，才能變成藝術作品中的思想感情。[38]

但與詩人在處理外在現實時相同的是，對於內在的舊有自我、日常生活中既存的情思，杜國清仍然主張以心靈意識來加以改造，用審美觀照的手法加以點化，成為美感經驗、審美感受的一部份。換言之，以心靈意識對原有自我進行藝術的改造，便是提煉自我的實際手段。而在自我提煉的過程中，所依照的規範，與鎔鑄現實時相同：端看是否將原始自我的情思改造成具有滿足人類內在需求的功能：

> 詩創作的藝術，在於如何將表現對象加以藝術手法的處理，使之變成具有審美價值的內容。現實的自我，只是詩的表現對

---

38 杜國清：〈超然主義詩觀〉，《詩論・詩評・詩論詩》，頁105。

> 象，這個自我的感情，是創作前個人的感情，只是創作的一部分素材，必須經過藝術手法的點化，才能成為作品的感情，亦即藝術的感情，或者艾略特所說的「意味深長的」感情。……寫詩，不外乎以詩人獨特的感受性，將生活中的自我的精神活動，點化或轉換成具有審美特質的藝術形象而已。[39]

換言之，以藝術手法點化舊有自我、原始情思之目的，便在於將此既存的內在情思，提煉成不只能使自己感動，也能夠讓其他人在閱讀理解之後同樣獲得滿足的詩。也就是說，透過心靈意識的改造，舊有的情感、思想原本只單獨屬於自我，但因將其提煉成因外在事物而產生的精神反應，此種精神自我便具有了更多的客觀性，能夠讓他人更容易進入詩人的自我世界。基於此種理由，杜國清強調內在的自我情思可以做為詩的形成來源，但必須經過藝術手法、審美觀照的點化，即經由心靈感受的提煉，才可將自我的情思，變成詩的情思，變成不僅屬於自己又能屬於他人、不僅感動自我又可滿足他者的更高層次的新存在；然而，將原始情思提煉成因外在刺激而產生的精神反應，所獲得的新存在，不是漂浮於空中的美麗樓閣，而是切實奠基於外在事物的刺激和內在原有的情思之上：

39 杜國清：〈詩與自我〉，《詩論・詩評・詩論詩》，頁54。

> 寫詩只是以自我的一切感受為創作材料，藉著藝術手法，超越自我，將自我的模糊的感情變貌、變相、變性、變質，而終於變成與詩人的原始感情異貌、異色、異趣、異質的藝術形象。寫詩是一種獻身的工作，獻出自我及其一切的思想感情。詩人的心，是獻給詩神的工作坊；其產品雖有詩人的標記，一旦成為優越的藝術，必然是經過詩神點化的神品。[40]

進而言之，提煉自我與鎔實鑄新，皆是對既存舊有一方面依賴但另一方面又超越的創造方法；而這種依賴自我又超越自我的創造行為，對杜國清來說當然也是一種變貌的模式，其最終目的，都是為了破除原始自我的限制性，使其成為更客觀的詩核心的形成材料。也就是說，經過提煉之後的自我，不再是僅屬於一人的精神反應，而是屬於詩、屬於美、屬於藝術的更為客觀的人類情思。

總之，提煉日常生活中的情感與思想，使其成為因外在刺激而出現的精神反應，為杜國清所提出的提煉自我的具體進路。而所得到的精神反應，已是作為詩材料之一的新存在；但這種新存在必須依賴舊有的原始情思及外在事物的刺激，才能出現。故可知，提煉

40 杜國清：〈超然主義詩觀〉，《詩論・詩評・詩論詩》，頁105。

自我，即為一種既依賴原始自我又超越舊有情思的變貌手段。

（三）小結

變貌創新，為杜國清詩創作論的第一階段；其所探討的重點是如何藉由變化原貌的手段，得到使詩能藉以形塑的材料。而針對不同的材料來源，杜氏提出了相應的處理方法。

而不論是對外在現實的鎔鑄，或是對內在情思的提煉，杜國清皆強調必須以心靈作為展開行動的主角，進行變貌的藝術活動，對現實或自我進行審美觀照，並得出既超越所立足之基礎但又與被超越物緊密相關的新存在，以滿足人類靈魂的內在需求。至於同屬變

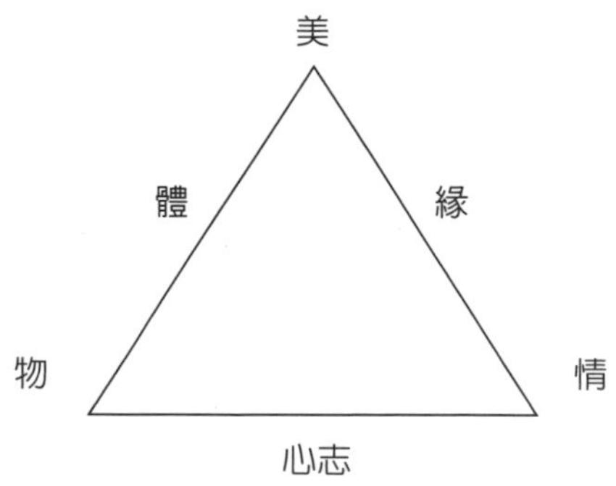

貌創新的二種攝取詩核心之材料的方法，其中的差別在於鎔實鑄新是向外的改造，提煉自我則是向內的開創；前者是主動地依照詩人

想要改變既存實有的欲望而進行，而後者則是被動地因為外在事物的刺激而產生。

二、內在加工

既然杜國清在獲得詩之材料時，認為不論是鎔實鑄新或提煉自我，都必須依賴心靈的力量才能順利進行，故而在杜氏詩創作論的第二階段裡，所要專注的重點，便是如何於人的內在進行心靈的加工，將從既存現實、原始自我中經變貌而創出的新存在，進一步形塑成詩之核心。

（一）知感均重

在分別從現實與自我獲得材料之後所進行的內在加工裡，杜國清所踏出的第一步是「知感均重」；亦即使用知性或感性作為二次處理那些經過初步鎔鑄、提煉之材料的兩條路徑：

> 一首好詩是一個金字塔，建立在詩人心志的感受性上，而在審美上以知性和感性的均衡發展，為藝術美的最高表現。圖示如下：[41]

41 杜國清：〈人間要好詩〉，《詩論・詩評・詩論詩》，頁85。

根據前述，不論是從現實或自我取材，都必須依靠心靈意識的感受能力，方能從舊有既存中提煉出、鎔鑄出詩人所需要的新關係、新存在。而當材料皆已齊備之後，下一步要做的便是以此完成詩之核心。在此步驟中，杜國清提出仍然需要依靠心靈的幫助，由此開出知性、感性等兩種進路，並以體物和緣情為實際的發用之道；其目的皆在於使詩之核心、使審美感受能夠順利成形。故而，杜氏特別強調，內在加工，必須同時使用知性、感性等兩種力量：

> 詩人在創作時，同時訴諸知覺、感覺和情感。詩人將思考情緒化，將情緒思考化，而且根據感覺予以直接把握。思考像乾燥的岩石，詩人從思考的岩石中感覺出玫瑰的芳香；情緒有如激流，詩人從情緒的激流中觸覺到翡翠的晶瑩。[42]

就普遍的實況而言，人類的內在世界概可區分成知覺、感覺和情感等三大領域；而在此三者之中，其實又可再歸納成知性與感性兩大主軸。杜氏認為，當詩人使用各種方法在創作使詩核心得以出現之前，必定同時發揮知性與感性的作用，達到互相融合、互相補足的

42 杜國清：〈詩是什麼〉，《詩論・詩評・詩論詩》，頁32。

均衡境界；換言之，感性的情緒需要知性的思考來調節，而知性思考也需感性情緒的滋潤。但問題在於，知感交融，畢竟是一高遠的境界，在達到均衡互補的層次之前，杜氏提出可以分從知、感兩端入手，各自針對其相應的材料發揮作用，最後再殊途同歸地均衡互補，使詩成形。

首先，杜國清認為若以感性為法則，則所針對的材料主要是源於自我的精神反應；而在處理此種源於自我的材料時，依據感性所發揮的作用，在杜氏看來可用「緣情」兩字概括；換言之，在知感均重的階段裡，杜國清以緣情作為感性在處理源於自我的材料時所運用的實際方法：

> 所謂「詩緣情」，做為詩的一種表現方法，這個「緣」字有「因」和「循」兩種解釋。做為「因」解釋，感情是詩的緣由，也就是說詩人有感才寫詩；詩是感情的自然流露而不是無病呻吟。做為「循」解釋，也就是說寫詩離不開感情，詩人沿著感情的脈絡，抒寫心中的感情；詩是感情的記錄。前者指寫詩的動機；後者指寫詩的技法。……一如《詩經》《大序》上所說的，「情動於中而形於言」，詩人必須情動在先，然後才能形之於言。詩人緣情而言志，寫詩也就是忠實地記錄自己的感情。不矯飾、不浮誇、不虛偽，這是詩人

> 在寫作上應有的態度。這種在表現上的抒情主義，可以說明「詩言志」的詩觀在感性方面的特徵。[43]

杜國清提到，所謂的「緣」共有「因」與「循」兩重意義。當解釋成「因為」時，欲強調的是緣情之法，以人類的內在情感為出發點，也就是說有情有感之後，才有詩創作的可能；而將「緣」解釋成「循」時，則暗示了由內在情感出發之後，所依循的道路，仍是情感的路線，由內而外地表現出心中的情感。換言之，緣情在杜氏詩創作論中所代表的意義，在於揭示了兩個重要的觀點：第一，詩的起源，是內在的情感，而非外在的事物；第二，在使詩核心得以成形的過程中，其中一種方式即為順著內在情感的曲折，由內而外地表現。故可知，之所以用緣情之法處理從自我中所得到的材料，其理在此：從日常舊有自我的情思所提煉出的精神反應，雖然一方面也起於外在事物的刺激，但究其根本，此種精神自我仍然是一種內在的存有；故而在處理此種內在存有的材料時，必須也從人類的內在著手，方能使精神自我得到第二度的錘鍊。如此一來，便可知緣情之法，確為杜國清在處理源於自我之詩材料時所運用的最佳法則；而由於不論是詩的創作起點，或是具體錘鍊的實施，皆與情感

43 杜國清：〈人間要好詩〉，《詩論・詩評・詩論詩》，頁83。

有關，因此緣情之法當然是屬於內在加工中感性的一環。若順著緣情的路徑持續發揮感性的作用而前進，杜氏提出其最終的目標，當為表現出因生死大限而帶來的哀愁之感：

> 詩中的哀愁是詩人基於感性所捕捉與塑造的藝術情緒；這種詩情表現出萬人共通萬物交感的生哀死愁，正是詩的極致。[44]

凡存在，必有毀滅；因此生命的有限，死亡的可期，在杜國清看來是所有生命共有的現象。於是，因面對生死而產生的哀愁，便是所有生物中最有普遍性的一種感受，也是最為極致的感受；換言之，由感性出發，經由緣情的手段，所能達到的最高境界，也就是把源於自我而經外在刺激所產生的精神反應，錘鍊成眾生因共感生死大限而有的哀愁，讓讀者能夠因此得到安慰，解決自身因生死問題而有的痛苦。

其次，除了以感性處理源於自我的材料，內在加工的另一種進路，即在於以知性的力量，對那些從現實中鎔鑄而來的新關係，進行第二度的製造；而此種方式，在杜國清看來可用「體物」一詞加以說明：

44 杜國清：〈詩的本質〉，《詩論・詩評・詩論詩》，頁35。

作為「詩言志」的另一個表現方法，「賦體物」可以說明這種詩觀在知性方面的特徵。「賦」原是另外一種文體，其作者古稱「騷人」。所謂「賦者古詩之流」，而辭賦家也稱他們的作品為「詩」。因此，「賦」可以看成是廣義的詩。……所謂「體物」，亦即對物之特性和性情的理解。凡生天地間的一切都是物。……詩人要表現心中感情的方式，必須藉助於物象或景物，亦即，以萬物作為表達感情的「客觀的相關物」（objective correlatives）。天地間萬物，都是寫詩的素材。詩人要將宇宙間客觀存在的景物或景象，作為表現主觀感情的媒介物，必須能夠「體物」，對物的特性和性情能有深切的了解，……而在客觀的物與主觀的情之間，建立起相應的關係。「體物」亦即建立情與物之間的這種相應關係。詩人能善於體物，洞察萬物的本性和真情，才能表現出藉物抒情、情景相融、景物交織的作品。這種體認是詩人的精神所呈現的知性的一面，是詩人表現感情而不至於濫情的一個創作技法。[45]

45 杜國清：〈人間要好詩〉，《詩論・詩評・詩論詩》，頁84。

所謂的「體」，指的是一種知性的作用，即運用人類的知性去理解、分析所觀察之對象的所有特質。而至於「物」，則泛指天地間一切外在的存有。綜合以上所言，可知杜國清繼承了傳統中國文學裡的「賦體物」概念又有所發展；與原始觀點不同的是，杜氏所強調的意涵在於，當詩人以知性的態度對所欲觀察之對象進行特質上的理解之後，進一步要做的，是將這些理解後的物象，作為表達詩人內在的媒介物，亦即認同艾略特所說的客觀相應物之理論。[46]

換言之，在鎔鑄現實以得出超越舊有的新關係之後，進入內在加工的程序時，知性力量所處理的項目，即在於整理、離析這些新關係，找出與詩人之內在相應相合的妥善配對。由此可知，以知性體察物象，是在鎔鑄現實之後的第二步驟，是針對從現實中得到的詩材料，於內在加工時所必須歷經的過程；而其目的與緣情相同，都是為了表達出詩人之內在而採取的創作手段，而這也代表了從現實中得到的新關係，是為了表現出人類的內在情思而存在的。反過來說，杜國清對體物之法的說明，僅強調其二度錘鍊材料的一面，並提出所體之物是為了表現詩人之內在而存在，這便代表了體物和緣情一樣，皆以詩人的內在情感為創作的動機，只不過在實施的方式上有所不同而已：緣情是由內向外，而體物則是由外向內；其最

46 艾略特（Thmas Stearns Eliot）著、杜國清譯：《艾略特文學評論選集》（臺北：田園出版社，1969年3月），頁465。

初的源頭卻並無差別。此外，知性的力量除了能對從現實中鎔鑄而來的新關係進行二度錘鍊之外，杜氏更主張以之作為詩創作方法的監督機制：

> 反諷是一種批判的精神，是人的精神中知性的一面。這種知性的批判精神，不僅表現在成熟詩人創造的內容上，同時也表現在創造的過程中。它是隨時督導與修正詩人的創造意志與創造行為的一種理性的力量；是詩人的藝術良知的自覺，也是詩人的藝術美感的判斷者。[47]

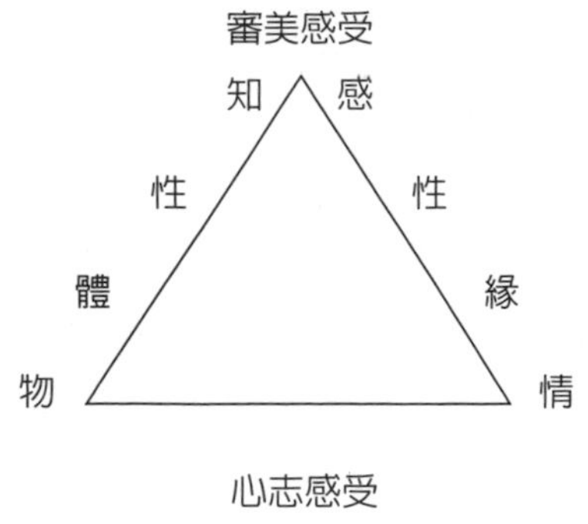

換言之，知性的作用除了二度錘鍊材料、以反諷使人得到滿足，在創作論中更具有監督、修正創作行為的重責大任。由此可知，由感

47 杜國清：〈詩的本質〉，《詩論・詩評・詩論詩》，頁35。

性所產生的緣情手法，其最高境界是凝結出最具感染力的哀愁，是詩方法的積極開創；而知性所兼負的使命，則是擔任消極防範的任務，確保創作行為的無誤，避免太過傾斜於感性的層面，而形成濫情、脫序等種種有害詩核心出現的情形。

總體來說，知性與感性，皆為杜國清在獲得材料後所進行的內在加工中，用來二度鍾鍊材料的重要力量；而從感性而生的緣情之法，和基於知性而起的體物之道，則分別再度加工了由現實鎔鑄而來的新關係，以及從自我提煉出來的精神反應，最後再以之表現出詩人的審美世界；差別在於，基於感性的緣情之途，是由內到外的直接呈現，而立足於知性的體物之舉，則是在從內而外的過程中，間接地使用了物象來達成目的。故可說，知感均重，可說是以人類的內在力量為主要創作手段的詩創作方法；知性、感性雖然各有負責的領域，各有著重的要點，但在杜氏看來，知性、感性的最佳狀態，該是均衡並重、互相圓滿：用知性的力量，使得由緣情而生的內在情感能夠節制地流露；以感性的影響，讓所體察之外在物象能夠沾染主體的獨特魅力。因此，筆者認為以知感均重之法來進行內在加工，或可用源於杜氏但又有所增改的金字塔圖，總括如下：

（二）想像發用

想像發用，為杜國清於內在加工時所經歷的第二階段；而想像力，則為詩人用來進行內在加工的，最後一種心靈力量：

> 詩是一種精神活動的表現。作者藉著思考，想像出一個美的世界，將它用文字寫下來而成為詩作品。[48]

想像力在杜國清詩創作論中最大的意義，就在於憑藉想像，就可形成詩之核心、審美世界。在此之前，所提到的心靈力量，例如感受力、知性或感性的能力，都各自發揮了專屬的作用，使得舊有的現實、自我，紛紛蛻變成超越既存的新關係或精神反應，並沿著由內向外或由外向內的雙重軌跡，表現出詩人的內在世界；但是，以上這些心靈力量的作用，卻沒有一項是足以統合眾端，進而完整地形塑出詩之核心、審美世界——而筆者認為，在杜氏的詩論中提到的所有概念裡，只有想像，才具有交通內外、連結物我的功能，能肩負起統整大局的任務：

> 在創作時，詩人的想像力透過感官，將內部世界的精神或感情，投射到外界的相應或相關物，使之與詩人的內部情緒密接混合，而形成一個詩的宇宙。這個詩的宇宙，是主觀化的

48 杜國清：〈詩是什麼〉，《詩論・詩評・詩論詩》，頁28。

> 外界，也是客觀化的自我。自我的內在經驗與外在世界的合一，也是中國傳統詩觀中，情與景的合一②[49]。[50]

當所有的材料，都已從舊有的現實及自我中提煉鎔鑄（即變舊創新之意），而以詩人的內在世界作為出發點（緣情的其中一種意義），或直接向外開展（緣情的第二種意義），或先以知性篩選出適合匹配的外在事物，再以之表現內在的情思（即所謂的體物），其目的都是為了表現出詩人的內在情思與精神世界；但此一繁複的運作最後要能成功，必須確保內外之間、物我之間的溝通橋樑是暢行無阻的，因此杜國清才提出使用想像，讓自我客觀化、外在主觀化，自我與外在、經驗與現實能夠合而為一，形成想像的世界，形成詩的宇宙。

進而言之，內在加工的第一步驟，是知感均重地改造經過初步提煉的材料，而此階段的重點是放在如何使詩人的內在世界被徹底表現；但主體自我的情思，分別經由內向或外向的方式獲得表現之後，下一步所要做的，便是讓已經凝立的心靈世界，變得更加開闊，讓他人也有機會進入詩人的自我，享受美的世界。因而，在想

49 本文收錄於《情劫集》（臺北：《笠》詩刊社，1990年3月）時，曾於此處加註說明，見該書頁132：參照拙譯劉若愚著『中國文學理論』，中文版（台北：聯經，一九八一），頁七十五到八十一。

50 杜國清：〈萬物照應，東西交輝〉，《詩論・詩評・詩論詩》，頁97。

像的發用上，杜國清特別指出交通內外、物我合一的重要。故可知，內在加工雖然是以內在為主要創造力量的詩方法，但也沒有偏廢客觀化的原則。

至於想像要如何將物我、內外等等不同的概念連結融合，其具體的步驟可用「異端結合」來解釋：

> 為了創造最佳的詩句，詩人往往訴諸「暴力」將「最異質的概念結合在一起」：
>
> 「纏繞著白骨的、金髮的手鐲」
>
> （A bracelet of bright hair about the bone）
>
> 唐恩（John Donne, 1572-1631）的這個名句是個典型的例子。「白骨」和「金髮」在聯想上的突然對照，亦即兩種極端不同的概念之聯結，產生了具有強烈效果的一種新的意義。「死」和「美」的密切結合是「最富於詩的氣氛的」。這種詩的技法有人稱之為「聯想的風暴」。詩句所掀起的「聯想的風暴」使讀者的大腦受到衝擊，腦波裡的磁場受到破壞而必須重新調整出一個新的秩序。經過一場風暴之後，人的腦髓產生出一種清新之感；那是一種詩的感動的快感。[51]

51 杜國清：〈詩是什麼〉，《詩論・詩評・詩論詩》，頁16。

為了使主體客觀化，所以詩人必須選擇適切的外在事物，來表達內在的情思與精神世界；但在挑選的過程中，由於又必須兼顧到主體自我的獨特，所以杜國清提出最好的方法莫過於將最相異的內外配對加以結合：譬如杜氏所引之例證中，金髮、白骨和手鐲，都是即為平凡的外在事物；但當詩人因為內在的某種獨特意念而將此三者並列重組之後，便產生了一種新的存在——使用外在常見的物象，是力求客觀化，讓他者有機會進入主體世界的證明，因為金髮代表美、白骨意指死亡，是相當常見的情形；但是當金髮與白骨並列時，卻又會產生一種新奇的感受，讓人覺得陌生，並進一步想要探索其背後的意義究竟為何？而這種新奇與陌生，便是詩人主體自我的獨特展現。換言之，想像力之所以能使內外、物我達到交通融合的境界，其奧秘在於藉由想像，詩人能夠調動外在物象與內在情思，使其形成複雜而多重的組合，進而製造出既熟悉又陌生的矛盾感受，讓主客體之間互相搭起連接的橋樑，塑造出想像的世界，並使人因矛盾而產生秩序重整的清新，讓人獲得感動的力量；故可知，此種由異端結合而產生的想像世界，即是一能使人獲得內在滿足的審美新感。

此外，藉由異端結合的作用，除了可形成一滿足人類內在的新美感，也能夠以此創造出超越現實、超越自然的效果：

> 想像力從事概念的結合時，盡可能「將最異質的東西以暴力結合在一起」……，事實上是寫詩的一大技法。將這種技法進一步加以理論化時，以下的假設是可能的：
>
> 1. 兩種異質的概念就像電學上的兩極，一相碰立即放出美麗的火花。兩極的性質越相異，電差越大，火花越激烈。
> 2. 假設陽極代表生，陰極代表死；當兩極聯結在一起時，兩極之間形成緊張的對立。這兩極之間的世界亦即超自然的世界。[52]

藉由比喻，杜國清以物理現象中的電流反應，說明異端結合的想像作用，如何形成超現實、超自然的世界。首先，如白骨代表死、金髮暗示生，這些概念與物象的常見組合若僅僅是單一的存在，那麼就像陽極或陰極的獨存一樣，無法產生能量與火花；然而，一旦將其並列組合，就像陰、陽兩極相觸一樣，會立刻產生強大的電流，發揮巨大的作用，讓想像的世界、詩的世界能夠藉此運轉無礙。其次，所謂異端結合的形態，究實而論，根本無法出現在日常的現實生活中；換言之，當詩人憑藉著想像力塑造出概念與物象的相異組合，所形成的新存在，當然是超越現實、超越自然的存在。憑藉著

52 同前註，頁29。

異端結合的想像作用，所得到的新存在，不但擁有使人感到安慰滿足的力量，也是超越現實、超越自然的新存在；若與杜國清對詩本體所下的定義互相參照，便可知由異端結合所形塑的想像世界，即為詩之核心、美的世界。故可知，想像力的發用，確為使詩獲得成立的最終階段。

綜合以上所言，可知想像力，是使詩成形的第三重心靈力量，而想像發用則為內在加工的最後一個階段。藉由想像，詩人得以統合所有源於自我和現實的材料，並進一步將緣情、體物所形成的主體世界，變得更為客觀化，讓物我、內外凝結成一互相交融的整體。而想像力發用的具體策略，是憑藉著結合異端的方式，讓單一、常見的物我配對，形成異質性的複雜組合，並由此產生出滿足人內在需求的功能，以及超越現實、自然的特質，最終凝鑄成杜國清所謂的詩之核心、審美世界。

（三）小結

內在加工，為杜國清詩創作論的第二階段；拈出內在，即代表杜氏在此階段的詩方法，仍然如變舊創新般，重視心靈的作用。除了感受性之外，杜國清於內在加工中，提出了另外三種心靈力量：知性、感性和想像力；而這三種心靈力量可再細分為兩類：前二者屬於內在加工的第一層次，而後者則是第二層次的內在加工。

而若比較知感均重和想像發用的不同，可知前者所處理的層面是內外之間較為單一的對應結合，而後者則重在物我主客之繁複組構；然而，不論是使用知性、感性或想像力，皆為使那些從舊有現實、原始自我中得到的材料，獲得詩所具備之特性（如滿足內在、超越舊有）的創造方法。易言之，透過此三種心靈力量所進行的內在加工，才使得詩之核心、審美世界能夠在經過三度改造之後，順利出現。

三、改字成美

「改字成美」，為杜國清詩創作論的第三階段，意指藉由使用改正缺失後的語字，而讓審美世界獲得最後的完成。由於杜氏對語字的認定，除了將其視為詩的媒介以外，更是與詩之塑造直接相關的材料，故而當杜國清將使用語字作為詩創作論之一環時，便從語字亦為詩之材料的層次著手，利用「抽離現實」和「突破鬆散」等兩種方式，先改正語字本身的缺失，再使詩得到最後的形塑。

（一）抽離現實

「抽離現實」，是針對白話語字易於接近日常現實之缺點，所發展出的一種在詩作品層次對詩之形成作出努力的創造方法。

在經過對自我與現實的提煉與鎔鑄之後，在經過知感均重和想像發用的內在加工之後，詩之核心、審美世界其實已在人類的內在心靈中塑造成形；但當杜國清在討論語言文字時，又特別提出，當使用語字凝聚成詩作品時，除了作為詩的表現工具之外，若從改善自身之缺點出發，則更有助於詩的圓滿、有益於美感的完足；其中，前兩種從改善語字之缺點、從詩作品層次進行詩塑造的方法就筆者而言，當可視為「抽離現實」：

> 白話做為詩的表現工具時有一個缺點，就是很容易過於接近語言的現實。詩的世界是個美的世界；美的世界是個非現實的世界。使用白話容易使詩的世界接近於語言生活中的現實，因而難以保持所謂審美的距離。反之，在定形詩裡的語言，一定要適合五言或七言的格律，因此即使接近於口語的句子，大多和日常生活中的語言仍有多少的距離。這種距離越大，離開現實越遠，美的世界越可能存在。[53]

首先，杜國清舉出以白話形態出現的語字，在表現詩核心時的第一個缺點，是易於接近日常現實。語字來自現實本為常態，但由於對杜氏而言，所謂的詩核心，即是一處審美的世界，而此種審美感受又是

53同前註，頁20。

非現實的想像世界，故而杜國清認為使用白話語字作為詩的表現工具，會容易導致詩和日常現實的距離太過接近，無法突顯出審美新感的存在。在此，杜氏為了闡發說明，特用中國傳統的古典詩為例，認為中國古典詩由於對詩之形式有特殊的定形要求，故而在此種約束之下，所形成的詩句就算內容偏向口語，但仍然在形式上不同於日常生活，因而能在與現實保持距離的狀態下，維護審美世界的存在；換言之，杜國清在反覆說理的過程中，最終所要強調的，仍是他將詩核心視為審美新感的獨特詩觀。因此，要形成此種超自然的想像之美，杜氏認為在詩作品的層次上，可對語字進行抽離現實的修改：

> 詩的世界是建立在現實的世界之上，但必須是非現實的世界。因此在使用文字表現時，詩人往往將語言扭歪，使之曲折、變形，使之與實際的語言產生某種距離。例如：「惡夢驚醒惡夢又在火風冰雨中驚醒惡夢」，「美的是比裸的女神更裸的樹之曲折」，「香稻啄餘鸚鵡粒，碧梧棲老鳳凰枝」，「尋尋覓覓、冷冷清清，悽悽慘慘戚戚」等等的句子都不是自然的語言，而是經過詩人故意鍛鍊了的。這是創造詩的語言的第一個方法。但是，存心矯奇，故意彆扭的句子，讀者但覺詰屈聱牙而無美感或詩意，只是二流詩人的拙

作而已。[54]

而抽離現實的第一種具體途徑，是指透過外在使用技巧上的扭曲、變形，讓詩作品中的語字與其在日常生活中的使用狀態有所不同、保持距離。從杜國清所舉的古今詩例來看，所謂的扭曲、變形，或指語字在連接時打破組合的慣性（如第四例中大量詞彙的重複相接），或指文法位置的顛倒置放（如第三例中受詞的提前與主詞的移後），或指特殊詞語的創新使用（如前二例中的「火風冰雨」、「更裸的樹之曲折」等）；總之，不論是連接形態、文法規則或詞語內容，在杜氏認為都是可以特意鍛鍊，以求取詩作品中的語字和日常現實的距離，使得超越現實的想像之美能順利出現。然而，需特別注意的是，杜國清強調此種方法雖是改善語字缺點以形塑詩核心的方法之一，但切勿流於為創造而創造、為扭曲而扭曲的地步；因為如此一來，所得到的只是怪異而無美的句子，只是表現拙劣的二流作品。

突破日常語言的現實性以表現出詩的世界的第二個方法，是藉著想像力甚至訴諸暴力，將兩種相反的而且盡可能極端相反的概念結合在一起，以造成具有一觸即發的緊迫感的句子。……這個手法包括將一個平凡的句子安插在突破聯想習

54同前註。

> 慣的地方以造成不平凡的對照：這種對照給與人的腦髓極其強烈的衝擊。例如「好美啊」這個句子，習慣上用來形容女人或花兒或風景；如果用來讚美被分屍了的女人的大腿或者腐屍上長出來的一朵花兒，或者戰場上地雷爆炸的光景，腦髓的感受自然就不一樣。由於聯想上的突然對照使人感到驚訝，也是詩的語言所具有的一大效果。[55]

其次，杜國清提出若要突破詩作品中語字的現實性，除了在形式上使其扭曲、變形，最終得到自現實中抽離的結果外，還可運用想像力進行內容上的求奇。所謂的想像求奇，指的是在詩作品語字的內容層次，獲得一種緊迫的張力：這種張力來自於相反概念的組合，經由對照、比較而形成對聯想習慣的突破。例如文中杜氏以「美」和「屍體」為例，說明如果將日常拿來形容好花、靚女的美，轉而修飾被分屍的女子、腐屍上長出的花或戰場地雷四爆火光迸射的場景，那麼自然而然會對人類的心靈產生一種衝擊，進而感到驚訝——由驚訝而使人感到新奇，即為杜氏所提出的使人類心靈感到滿足的三昧之一；由此可知，透過語字內容上的想像求奇，亦可讓詩作品中的語字擁有美的功能，進而成為詩之核心的一部份。

---

55 同前註，頁21。

以上兩者，都是屬於當詩人在創作時，想藉由將語字抽離現實而使得詩核心獲致進一步完成的努力。而不論是形式上的扭曲變形或內容上的想像求奇，都是針對詩作品中語字可能太過接近現實的缺點來加以改善，進而使詩核心更加完滿的兩種可行路徑。

（二）突破鬆散

除了以突破語字的現實性來進行詩核心的創造，克服白話語字的鬆散，則為杜國清在詩作品層次中，從語字著手來創造詩核心的另外一種進路：

> 第三個方法是塑造意象。這點對於使用白話文寫詩時更是重要。因為白話本身就是日常生活中的語言，是鬆散的，再加上白話詩沒有格律的限制，詩人如果不訴諸意象的塑造，上述兩種以外的詩句和散文的分行幾乎就沒有分別。因此塑造意象是使白話凝聚，將散文提鍊成詩句的一個有效的方法。李白的「舉頭望明月，低頭思故鄉」是相當接近於白話的句子，可是到底還不是完全的白話。如果將它翻譯成「抬起頭來望著那明亮的月光，低下頭來想念著故鄉」，「詩意」似乎就淡多了。但是因為這兩個句子本身構成一個意象，因此

翻成白話時不致太鬆散，多少仍然能夠表達出那個意象。[56]

針對作為表現詩核心之白話語字太過鬆散的問題，杜國清認為塑造意象是一種頗為適切的解決之道。因為詩作品中的語字本就來自於現實，且在現代詩中又無格律的限制作為詩與非詩的分辨條件，故而詩的精鍊只能依靠意象來達到凝聚的效果。在古典中國詩裡，李白的〈靜夜思〉可說是相當淺白的一首作品；但杜氏認為，之所以這還能被稱為一首詩，其主要原因就在於該詩的語句仍能夠成一個完整的意象，所以即使將其翻成白話，雖然詩意的效果必然會被沖淡，但還是能表達出某種意象的存在，還是能帶有一點詩味。換言之，杜國清透過對中國古典詩句在翻譯上的表現，突顯出意象之塑造對於詩之形成的重大效果。

在優越的詩中，每一個字或每一句應該都是為了構成意象而存在的。我認為這是使白話詩純化而從詩句中排除散文因素的一個方法。事實上我們閱讀古典詩，所欣賞的往往是那些突出的意象，而將不參與或無關乎意象之構成的字句稱之為敗筆。在白話詩中因不受固定形式的限制，不參與或無關乎

56 同前註。

> 意象之構成的字句，當然應該從整首詩中剔除。當一首詩單純地表現一個意象時，這個意象本身亦即詩的世界。但是有時候詩的世界並不單純地只包含一個意象，而是由許多意象有機地構成的。[57]

進而言之，杜國清認為在優越的詩作中，每一字句都應該是為了意象的構成而存在。所謂的鬆散，通常是指在結構上擁有許多空隙，而造成張力的逸洩；因此，若是詩作中的一字一句，都能夠各自形成獨特的意象，那麼便可減少語字使用上的浪費與累贅。然而，杜氏還指出，當然單一意象成詩是可允許的情形，不過在大多數的情況裡，我們仍然需要組合多重意象以形成一首詩作品；此時就須注意，眾多獨特的意象必須有機地組合成一個完整的結構，以便順利呈現出一個協調、完整的審美世界。

> 使白話文作為詩的表現工具而不致陷於散文化的第四個方法，是追求戲劇性的構成。在一篇長詩裡，戲劇性的構成是不可缺少的骨架，而在短詩裡，是使意象活潑化、生動化的一個技法。詩作品所表現的是一個美的世界；所謂「世界」

57 同前註。

是立體的而不是平面的，是多面的而不是單面的。要使美的世界顯出多面的立體的風貌，在構成上不能不藉助於一些戲劇性的場面，以及這種場面之間的戲劇性的發展。[58]

至於第二種解決語字之易於散文化的方針，即為構築語字之戲劇性。杜國清認為，戲劇性的追求，不論對長詩或短詩皆有助益：短詩中的戲劇性，其主要作用是協助意象的活潑與生動；而在篇幅較長的詩作品中，戲劇性的作用在於作為支撐全詩的樑柱、骨架。其中，對於長詩的戲劇性，杜氏的討論較為詳細：先就詩作的整體層面來說，主要是藉由戲劇性的場面（例如衝突、對比、矛盾等等），以及意想不到的戲劇性發展（例如成敗之間的逆轉、盛衰之間的突變，真假之間的誤會等等），增進詩核心多面而立體的魅力；另外，以詩作的細部層次來說，文字之間的關係也因受到戲劇性的影響，而勢必有所改變：

就文字的關係上來說，為了表現出戲劇性的場面，詩句不可能是平鋪直敘的，也不可能止於描寫和說明，而必須是促成情節發展下去的一些要素，甚至本身擔任某些情節的發展。詩句不是描寫動作而是表現動作，不是形容表情而是造出表情。換句

58 同前註，頁22。

> 話說，舞台上的動作由詩句的暗示，在讀者的腦中動作；舞台上的表情由詩句的暗示，在讀者腦中呈現。如此，動作和表情在讀者腦中的劇場裡構成純粹的演出。一個詩行是一景，一個詩節是一幕，一個詩篇便是一齣完整的戲劇。[59]

詩作品中的語字，和其他文體中語字最大的不同，或許就在於詩句中的語字，並須具有強烈的暗示性：不論是動作、情緒，詩作品的語字都應該要以暗示的方式，例如不是描寫，而是表現；不是形容，而是製造；讓這些動作、情緒、場景等，自行呈現出詩之戲劇性的存在。換言之，詩作品中的語字不是平鋪直敘的描寫或說明，而是戲劇中的其中一環情節，是戲劇中不可缺少的關鍵；而這也符合杜國清對詩作品中語字的看法：除了作為表現詩核心的工具、媒介，本身更是構成審美世界，不可或缺的重要元素。

綜合以上所言，可知杜國清認為詩作品中的白話語字所具備的第二種缺點，是太過接近散文化的鬆散問題；然而，透過意象的凝鑄，以及戲劇性的構築，杜氏認為這兩種語字的缺陷，不但可以被克服，更可由此進一步地使審美世界、詩的核心獲得立體化與高度張力之益處。

---

59 同前註。

（三）小結

改字成美，是杜國清詩創作論中的最後部份；簡言之，杜氏認為在材料的獲得以及內在的加工之後，詩之核心應在人的內在心靈順利成形；然而，若要使其變成具體的詩作品，杜國清亦提出了相應的解決方法：例如扭曲外在、想像求奇、意象凝鑄、戲劇構成，皆為杜氏在詩創作論中針對語字所提出的使詩成形的積極做法，即所謂的「改字成美」。

四、杜國清之詩創作觀點總結

始於以變貌創新取得材料，繼而運用知性、感性、想像力進行內在加工，終於改字成美；此三者即為杜國清詩創作論的全貌。但若進一步思考杜氏的詩創作論，可發現此三者仍能再被歸納整理：簡言之，在杜國清的詩創作論中，其實主要是以具體和抽象兩種向度，來進行詩的創造。所謂的抽象，指的當然是人類的內在心靈；故可知變舊創新和內在加工，雖然所針對的項目不同，但不論是在闡發如何獲得詩的材料，或在指陳該如何進行第二、三度的加工，皆以人類心靈為方法發用的關鍵，以抽象的人類內在為方法進行的場域。至於所謂的具體，則是指外在於人的語字；而所謂的改字成美，便是從外在具體的角度所提出的詩方法。故綜合來看，可知抽象和具體，即為杜氏在規劃詩方法時，所依據的兩大進路。

至於，若以整體的角度審察杜國清的詩創作論，可知主變、求新、重內，即為杜氏在詩創作論中貫串始終的追求。首先，所謂的變，意指杜國清在詩創作論的實際運作上，不論是在取材、鍛造、內在心靈或外在語字，皆十分強調變化的重要：例如在獲得材料時以變貌對待現實與自我，在詩核心成形前以想像力推動內心概念與外在事物的異質連結，以及用抽離現實或突破鬆散來對待語字。凡此種種，皆可證明其詩創作論是以變化做為主軸。再者，所謂的新，意指超越舊有的新存在；為此，杜國清提出在材料的獲得、內在的加工、語字的改善等方面，都以求得與舊有既存不同的新奇美感為最大目標。所以心靈的感受、想像以及對語字的抽離突破，都是為了此一目標而所提出的發用之道。最後，所謂的內，指的是杜氏以人類的內在心靈，作為詩創作方法的核心：不論是經由各種方法所得出的結果，或是使各式策略得以運作的關鍵，都與人類的內心世界有關。由此可知，主變、重內、求新，可說為杜國清詩創作論中一貫的堅持。

第三節　葉維廉、杜國清詩創作論之差異辨析

對葉維廉、杜國清在詩創作論中所表現出的個別差異進行彙整，以及深入追所造成此種差異的背後根源，當為本節的探討重心。

一、尋求真全與製造新幻的個別特色

當葉維廉在討論視境時，提出了三種不同的類型，包含以理析物、以情觀物和以物觀物；[60]而杜國清在論述創造的形態時，也提出了以本能、以模仿、以思考等三種來源做為美感的基礎。[61]由此可知，葉、杜二氏皆清楚了解到對於詩的創造，可以有許多不同的方式；然而，葉維廉、杜國清卻又各自堅持，以其中的某一類型為最具價值的詩方法——其理由或可見於二人對中國唐代詩人李賀同一句話的相異解釋：葉氏認為，「筆補造化天無功」，代表的是偏重語言文字，而捨棄美感經驗的不當表現；[62]但在杜氏看來，此句卻正好說明了詩人創造的本質，即在於以超越自然的新關係，來補足自然、現實。[63]

換言之，在產生過程方面，葉維廉認為詩的核心應該是意識對外在具體事物與現象的全面感受；而在杜國清的眼中，則認為由想像而形成的超越舊有的新關係，才是詩的核心。故可知，此兩人對詩創作方法的認知差異在於，葉氏著重於詩人應對具體現象有如實的感受，但杜氏強調詩人要獨創出新關係；雖然所謂的如實感受和

60 參見本書，頁176-179。
61 參見本書，頁203。
62 參見本書，頁162。
63 參見本書，頁205。

新關係，都屬於審美感受的範圍。

詳言之，因為葉維廉以心象美感做為詩之核心，因此便傾向於認為越接近實有、越接近心象根源（即具體現象）的詩，其價值就越高。故可知，在使詩核心成立的創作論中，葉氏的主要關懷，便是該如何讓詩能夠保有如物之真全特性；尋真求全，即為葉維廉在詩創作論中不變的主旨與堅持。

但是杜國清認為，作為一種審美感受的詩之核心，必定也是想像的世界，必定是不同於舊有現實的超越之新；故可說，在詩創作論中，杜氏的終極要求，便是要經過創造的手段，從舊有的自我和現實裡新創出帶有幻想色彩的審美世界。換言之，製新造幻，便為杜國清在詩創作論中永恆的追求與嚮往。

總而言之，由於對詩核心的不同的詮解，導致在詩創作論的層次上，雖然葉維廉、杜國清都認為有許多種使詩成立的方法，但兩人最大的差別，就在於對真全之尋求與對新幻之製造的不同堅持。

二、個別差異的背後根源

之所以會在詩創作方法的實際運作中，各自尋求真全、製造新幻，就其根源而言，主要是因為葉維廉、杜國清對於主體自我的不同看法。簡言之，葉氏認為主體有限且微小，故而強調向內修整的創作方法，使詩保持經驗之真全；而杜氏則因看重自我，故而認為要以主體自我作為力量根源，向外對具體世界進行改造，進而達成詩中的新幻色彩。

（一）葉維廉：因質疑自我而向內修整

筆者認為，由於葉維廉對詩人的主體抱持消極而懷疑的看法，因此在詩的創作上，便自然會要求去修正內在的缺陷，以配合價值層次較高的外在現象，使心象美感保持住經驗物象之真全性質：

> 詩人的視境可以由其面對現象中的事物時所產生的美的感應形態來說明，……不同的感應形態產生的視境也決定了表現形態之不同。譬如第一個詩人，他置身現象之外，將現象分割為許多單位，再用許多現成的（人為的）秩序，如以因果律為據的時間觀念，加諸現象（片面的現象）中的事物之上；……相反地，第二個詩人設法將自己投射入事物之內（雖然仍是片面現象中的事物），使事物轉化為詩人的心情、意念或某種玄理的體現；……可是第三個詩人，即在其創作之前，已變為事物本身，而由事物的本身，而由事物的本身出發觀事物，此即邵雍所謂「以物觀物」是也。[64]

64 葉維廉：〈視境與表達〉，《從現象到表現》，頁321。

也就是說，詩人的視境——即主體自我觀察外物的方式——是應該被重點修整的對象；因為對葉維廉而言，主體自我是有限的存在，而如果要表現出外在具體現象的整全真實，勢必要採取一種較為廣闊的感應形態與表達方式，於是調整主體自我以配合心象美感的成立，為葉氏詩方法中必備的一項步驟。換言之，葉維廉對主體自我的要求，絕對不是將其置身於具體現象之外，也不只是片面地投身於外在現象當中，而是強調須在創作之前就與外在具體的現象合為一體，如此方能形塑出真全完整的心象，再現純粹具體的美感，讓詩無礙呈現。

從另一個角度來看，當葉維廉要求詩人避免採取置身象外或片面投注的感應型態時，其實也正暗示了，不可太過依賴自我主體。故可知，若以根源的層次來看，葉氏可說正因為對自我主體採取了質疑的態度，才進而向內修整，使詩之美感得到真全的特性。

（二）杜國清：因重視主體而向外超越

然而，杜國清因強調自我的重要，故認為應以主體作為推動詩創作進行的根本力量，並以此展開向外超越的浩大工程，讓詩獲致想像新幻的特色：

> 詩人的創造之所以超自然，是因詩人創造出自然所沒有的某種新的關係，新的現實，新的存在。這種新的關係，存在於宇宙萬物的照應中，有待詩人以直覺加以洞察，以現實的事物加以象徵表現。因此，現實只是詩人創造的材料而已，是詩人用以暗示超自然的世界的象徵物而已。[65]

外在的具體現實，不論是先人而生的自然或是因人而造的物質文明，都是詩人據以創造的材料；既然只是材料，那麼所謂的外在現實當然要接受拆解、重組等種種必要的改造，以用來創造出現實自然原本所沒有的新產物。當然，毋庸置疑的是，此種超越自然的創造行為，其前提必然是杜國清以主體自我為價值意義上的最高峯，故而才能以一己之力驅使語字而創造出超越自然現實的新存在。進而言之，之所以主體自我能夠對外在的自然現實進行改造、進行超越，其原因當與杜氏看輕外在、重視內在的思想有關：

> 唐朝詩人李賀所說的「筆補造化天無功」，這句話實在道出了詩人創造的本質：所謂筆補造化，是說詩人用筆創造出造化亦即自然所沒有的東西，以補既有的自然之不足或不圓

65 杜國清：〈詩與現實〉，《詩論・詩評・詩論詩》，頁45。

> 滿、不完美，因此詩人的創造是超越自然的，是補足自然，使自然更為完美的工作。……人類之所以創造，是因為覺得造化自然不夠完美；正因為自然不夠完美，才容有詩人或藝術家從事創造的餘地。詩人補造化之不足的創造，是不同於造化本來的創造；不是自然的模仿，也不是現實的反映而已，而是有所增麗，有所補足的，所以說天無功。[66]

杜國清認為主體自我應該被重視，且其地位應該比外在現象來得高；因為外在的現實與自然，在杜氏看來皆非完美的存在，而是有待改進的未完成品。假設宇宙現象的殘缺待補，為杜國清重視主體自我的根本前提：因為自然的不完美，所以詩人才有創造的空間；因為現實的殘破，所以詩才有出現的價值。故而當此一思維落實到詩方法的具體發用時，便會強調以主體自我為樞紐，向外對自然現實進行超越地改造。

三、小結

由於彼此對於主體自我的認識各有不同，導致在詩創作方法的具體發用中，產生了重視真全與強調新幻的偏重差異。

66同前註，頁44。

對葉維廉而言，主體是有限制的存在，因此在詩創作的實際運用上，會採取內向性的策略，修改、調整自我的感受型態；換言之，葉氏因為對主體自我的負面認定，而開展出偏重尋真求全的詩創作論。

在杜國清看來，主體自我是擁有極高地位的存在，相較之下宇宙現象只是一不完美的瑕疵品，故而在詩創作方法的具體步驟中，會採取外向性的方式，超越自然、改造現實；也就是說，基於杜氏對於主體的正面肯定，故而在詩創作論中發展出偏重製新造幻的具體策略。

故可知，因為對自我認識的見解不同，對主體抱持著不同的態度，葉維廉、杜國清才創建出各有偏重的詩創作方法。

第四節　葉維廉、杜國清詩創作論之共相歸納

葉維廉、杜國清的詩創作論，皆以內在、外在與媒介的三項聚焦，為整體上的共同架構；而交響互通，則為此三項焦點之間細部關聯的一致表現。

除此之外，對兩人來說在詩創作方法的開展中，主體自我絕對擁有存在的價值與意義：我立，詩存；然而不論是葉維廉或杜國清，在憑藉主體之我以開展出詩的創造歷程之後，皆因顧慮到個人

主體的存在會對詩的最終完成產生不良的影響，故而兩人都把減除、忘卻主體之我，當成使詩本體獲得完善發展的必要手段。

一、三項聚焦，交響互通

在詩創作論的整體架構上，葉維廉、杜國清皆以外在、內在與媒介為三大焦點，作為其立論建說的模式規範：不論是變舊創新或化外成內，都是較為偏重外在的層次；而內在加工和改造內在，則皆為與人類內在有關的詩方法；至於不管是改字成美或減字凝象，都是和詩之表達媒介相關的詩創作要求。故可知，葉、杜二人的詩創作論，在整體架構上皆總括外在、內在與媒介等三項焦點。

而除了在整體架構上擁有共同的表現，葉維廉、杜國清在詩創作論的細部關聯上，亦顯露出一致的情形，亦即所謂的「交響互通」：當葉、杜二人皆以三項聚焦的整體架構來建立各自的詩創作論時，能夠轉換順暢、循環無礙，其實就證明了在此二人的設想中，外在的舊有既存，內在的心靈世界，以及具體的表達媒介，三者之間必定擁有交流響應、互相感通的關係；換言之，因為三者之間的交響互通，詩方法才能於焉成形，而若是三者之間彼此無法交互感應，那麼所謂的內、外和媒介之間根本就無法進行交流的過程，詩之核心也就無從塑造。故可知，在詩創作論的細部關聯裡，葉維廉、杜國清皆以交響互通作為詩創作方法能運作得宜的必要關鍵。

綜合以上所言，葉維廉、杜國清在詩創作論上的共同面貌，即為一種「交響互通的三項聚焦」。

二、從有我到無我的共同交集

除了以上所提到的三項焦點之外，在使詩形成的方法中，主體之我亦扮演了重要的角色——因為就一般而言，不論是在詩創作的外在、內在或是媒介層次，使創作活動得以運作、開展的根本力量，即來自於主體自我的驅動與引導。而有趣的是，不論葉維廉或杜國清，在詩方法的初始階段，對於主體之我的存在價值，皆抱持著肯定的看法；換言之，亦即將主體之我視為詩創作方法藉以開展的立足基礎。然而，彼此的第二點共同意見，卻表現在對無我的堅持，亦即要滅除或忘卻主體自我對詩之創作所產生的種種不良影響；而之所以會在立足有我之後，轉而以無我為歸著點，是因兩人皆認為主體自我會破壞詩的最終形成。

（一）以主體自我為詩創作的開展根源

略同於在討論詩之核心時，葉維廉、杜國清皆以主體為其根源、以自我為其內涵之一的狀況，在關於詩創作方法的論述中，二人亦認為，主體自我與詩的創作，擁有極為密切的關係。

首先，葉維廉認為所謂使詩成立的方法，若就其根源處來看，即是決定於詩人的意識狀態：

> 方法或詩人之技巧這一個微妙複雜的問題是決定於詩人的意識狀態的；即是要看一個詩人，一個具有其特別的、個人的先見的詩人，如何感應當代歷史中的社會動力而定。換句話說，這個問題是決定於詩人與某類型社會所產生的微妙關係。假設我們要獲知詩人的難題的全面觀，我們必須先了解下面三個互為因果的問題：（一）當代歷史的獨特性；（二）詩人個人氣質的獨特性，（三）這兩種動力所造成的進退維谷的境遇。[67]

換言之，按照葉維廉的看法，詩之創作方法會受到心靈意識和詩人主體的宰制，而呈現出微妙複雜的變化。進而言之，當葉氏提出使詩成立的方法會受到意識、心靈等主體層次因素的影響時，其實也正代表了，主體之我，有其存在的必要：因為若是在創作方法的歷程中，缺少主體的作用，缺少心靈意識和外在時空的感應與互動，

67 葉維廉：〈「艾略特詩方法論」序說〉，《從現象到表現》，頁52。

就無從展現出詩創作的獨特。故可知，葉維廉認為在詩的創作歷程中，必須以主體作為創作方法開展的起點。

同樣地，杜國清也認為在詩成形的過程中，必須要有主體之我的存在；因為，所謂的詩之創造，就是一種有主體意志的行為：

> 其次，創造是一種有意志的表現行為。創造意味著制作；所有的藝術品都是根據作者的意志制作出來的產品。詩作品是詩人的制作意志下的產品。沒有意志的表現行為，不是創作行為。[68]

換言之，由於在創造的過程中，杜國清認為主體意志是創造行為所依據的最高準則，因此所謂的詩也就必然是詩人主體的產物；故可知，主體意志可說是創造過程中，不可缺少的一環。

進而言之，主體意志在詩的創造過程中所扮演的角色，其實就是使外在具體現實轉換成詩之核心的重要樞紐：

> 就詩的表現方式而言，詩當然是透過自我的表現。詩是詩人的創作品；沒有詩人，哪兒有詩。詩人寫詩，並不是單純地

68 杜國清：〈詩是什麼〉，《詩論・詩評・詩論詩》，頁27。

> 反映現實，或純粹客觀地描寫或敘述事實或現象，而是透過詩人的心靈，對事實或現象的一種把握或洞察。……純粹客觀的寫實，沒有詩人發揮想像力的餘地，因此不是藝術的創造。詩人對外界景物的反應，來自詩人心靈的感受性；詩人的感受性越靈敏、越洗練，越能激發詩人的想像力和精神的活動力。……沒有自我，亦即沒有心靈，也就沒有個性。沒有自我而居然能夠寫出「詩」來，那種作品看不出詩人獨特的精神活動，沒有詩人的心靈形象，因此是沒有個性的。沒有個性的作品，證明詩人的心只是一個傳聲筒或一面哈哈鏡而已。[69]

先有詩人的主體之我，才會有詩之核心。因為詩的創造在杜國清看來，必須將外在的具體現實轉變為詩的材料；而此一轉換的過程中，所憑藉的就是心靈的力量。換言之，沒有心靈感受性的發用、參與，沒有來自主體的想像力來改造外在的現實，詩就沒有成立的可能。故可知，就杜氏而言，所謂的創造絕不是客觀的寫實，所謂的藝術絕不是不帶自我個性的模擬，所謂的詩絕不是外在現實的單純攝入——在詩的創造過程中，一定要有自我、心靈、個性、感受

69 杜國清：〈詩與自我〉，《詩論・詩評・詩論詩》，頁53。

力以及想像力的存在；藉由源於自我的這種種元素，方能使詩之核心表現出詩人精神活動的獨特性，才符合杜氏對於詩核心的特殊定義。換言之，主體之我對於杜國清來說，也是創造過程中不可或缺的重要關鍵。

（二）以無我為詩創作完成前之必須手段

雖然在詩創作的開端，須以主體自我，作為詩的開展策略；但這只是一個階段性的過程而已。因為葉氏認為在有我之後，仍必須提升到無我、忘我的層次，才能使詩完全展現：

> 妄自尊大的人，以為人為的分類可以理出天機來，那知人為的分類，正是把完整的全面性分割為支離破碎的單元，專門化所給我們的是「隔閡」而非「了解」，文字所應做的是設法使我們「更」接近具體的事物。[70]
>
> 只有把自己忘去，化入萬事萬物，始可以得天機，始可以和自然合一，始可以使物象的本樣具現。詩人介入，就是妄尊自大，故作主張，讀者要與事物直接交感。[71]

70 葉維廉：〈從比較的方法論中國詩的視境〉，《從現象到表現》，頁157。
71 同前註，頁159。

對於葉維廉而言，之所以會對主體之我下達忘卻、去除的指令，其背後所代表的意義，即是認為有一比主體之我更加重要的存在——自然——更值得詩之本體去遵循、仿效。在葉氏看來，人類只是萬事萬物當中的其中一類，相比之下，包容整體外在現象、蘊含微妙運行規則的自然，當然是更為重要的存在，故而詩當然應該以自然為更高的依歸。進而言之，在以外在現象為美、以自然為詩核心之根源的前提之下，若是以人類單一、有限的眼光，拿來審視更高存在的自然，那所得到的結果當然不會是真實的全相，而只是縮限、肢解過後的片面與殘缺；因此，為了讓自然現象和外在之美的整全面貌能夠無礙地呈顯出來，葉維廉認為只有把自我忘去，方能使內外之間的隔閡消除，只有把主體之我融入更為廣大的萬事萬物當中，才能使審美經驗的本來樣貌具體呈現。

由此可知，在葉維廉看來為了使詩達到最好的呈現、最後的完成，必須忘去、減除主體之我的影響，讓心靈保持空曠，使外在現象之美整全地化為心象美感。此外，當主體之我退位之後，葉氏也認為讀者才能夠直接進入詩人所捕捉的心象美感之中，直接感應外在具體之美，達到交融無礙的閱讀。

至於在杜國清眼中，寫詩也可視為一種獻出主體之我的行為：

> 寫詩是一種獻身的工作。詩人必須克服自我，超越自我，將自我全然獻給具有永久生命的藝術。人生有限，藝術長存。詩人必須放棄區區的自我，將有限的人生全然獻給創作，以期創造出萬古長存的藝術作品，從而獲得生命的不朽。藝術家的偉大成就，來自創作時能夠「忘我」。這種超乎自我的自覺，是詩人獻身於比自我更有價值的藝術工作時的一種「忘我」的創造精神。[72]

主體之我雖然是詩創造的立足基礎，但卻非詩創造的終點；唯有藝術，才是詩的最後歸宿。換言之，在杜國清的考量中，當有限的人生和無垠的藝術相比較時，當然該以長存的藝術為詩的歸宿，故而在以主體之我為基礎、為起點之後，便該朝向下一個階段邁進：即所謂的忘我和無我，將關注的重點從主體之我，轉向更高層次的詩與藝術。也就是說，之所以杜氏在處理有關主體之我的問題時，會以無我、忘我為最高的準則，是因為杜氏將此問題放在藝術表現的層次來討論：

> 寫詩只是將個人感情轉化成藝術感情的一種苦煉，甚至苦行。……詩的表現，必須透過自我，不能不有個性；詩的創

---

72 杜國清：〈詩與自我〉，《詩論・詩評・詩論詩》，頁55。

> 作，必須超越自我，不能不泯除個性。總之，詩人的主要職責，在於創作出好詩。好詩與壞詩的分別，決定於創作時，詩人如何泯除自我，如何自覺地為所該完成的工作，全然獻出自己。[73]

杜國清認為，由於詩之核心是由審美觀照而產生的審美新感，所以在將此美感向外表達時，必須透過主體之我的協助，於是詩必然會沾染作者的個性；然而，在詩的世界中，主角畢竟是詩，故而最終的考慮焦點，便是放在如何使詩能夠完美的呈現，為此杜氏則是認為在主體之我完成階段性任務之後，便該泯除個性、超越自我，以無我為最後的依歸。換言之，雖以有我為出發點，但是在評斷詩之價值優劣時，杜國清依憑的根據卻是是否已自覺地撤除狹隘的主體之我對詩所造成的不良影響。

綜合以上所言，故可知杜國清對於主體之我的要求，是以無我為最高的規準；其原因當是為了詩的完美呈現，而不得不消除來自主體之我的個性、氣質等等較為狹隘的限制，以完成更普遍、更有包容力的詩之世界。

---

73 同前註，頁57。

三、小結

歸納以上葉維廉、杜國清在詩創作論中所有的共相，可用下表作一概括呈現：

人物 焦點	**葉維廉**	**杜國清**
外在層次	內外交化	變舊創新
內在層次	改造內在	內在加工
媒介層次	減字凝象	改字成美
詩人主體	以有我為開展策略，以無我為最後步驟	

第六章　結　論

詩之核心、組成論、功能論與創作論，是以議題為分類標準，對葉維廉、杜國清的詩學理論進行對比的論述。

至於在做為總結的本章裡，筆者將原本單獨看待的各議題，圈貫為成套的學說體系，並把「人」當成審視的角度，對葉維廉、杜國清的詩學理論做出統整性的闡釋與討論，並提出本書的研究成果。

首先，釐定葉維廉、杜國清在詩學理論方面所做出的貢獻及成果究竟為何；其次，找尋兩人在詩論體系中，最主要的相異見解表現在何處。

再者，分別從理論內部以及葉維廉、杜國清的現實際遇，試圖推測造成二人學說差異的原因。

最後，在闡述兩人對詩學理論的貢獻與建樹之餘，筆者亦從整體的角度提出有關本次書寫的種種反省，包含了葉維廉、杜國清在詩學理論建構上的不見之處，並且點出臺灣現代詩學理論尚待建設的真實處境；此外，有關本書在寫作上的不足之處，自然也需要積極反省，方能利於後續研究的開展。

第一節　葉維廉、杜國清詩學理論研究之成果探討

綜合上述分從核心、組成、功能與創作等不同層面的討論，本章的重點將放在從詩學理論的整體層次，來做全方位的統整。另外，本論文的研究成果，可約之為四點；簡言之，這四點成果都與葉維廉、杜國清自身的詩學理論成就，緊密相關。

一、葉維廉與杜國清詩學理論的成就

簡言之，葉維廉、杜國清詩學理論可說是共同開創出了以美感為主的詩學理論體系；而這樣的成就，一方面可說是突破了兩人生存的時代風氣，另一方面其多元的詩論內涵，不但可看出兩人的學術內涵之深廣，也恰好反映出因為臺灣之島嶼性質而在文化層面中所展現的多元特色。

（一）建立以審美感受為主軸的詩學理論

總結前述四章的所有看法，可知葉維廉、杜國清在詩學理論方面的重大貢獻，當是在彼此的詩論中，皆蘊含了一套以美感為主軸

的詩學看法：

首先，在葉維廉、杜國清的詩學理論中，關於詩之核心、組成與功能的推闡，皆可歸入詩本體論的範疇；而對詩之創作的詮釋，當然是屬於詩方法論的領域。因此，筆者認為在葉維廉、杜國清之言說中所蘊含的詩學理論，均以詩之本體與創作方法，作為開展的主要方向。

而所謂的詩，若根據葉維廉與杜國清詩論中所潛藏的觀點來看，即可說是詩人針對外在、內在與媒介三項焦點進行尋真或求幻地創造後，所得出的一種以知感均衡為最高表現，並具有超然不棄之間接組成型態的審美感受。

其中，由於葉維廉、杜國清皆把詩當成是一種審美感受，且審美感受又同時在詩的組成、功能與創作方法等層面扮演了具有重大意義的關鍵角色；因此筆者認為，葉、杜二人在詩學理論方面的相同見解，是以美感為共同的關注焦點。進而言之，筆者認為由葉維廉、杜國清之詩論所建構出的與詩之本體、方法等議題相關的整體論述，可用「審美感受」一詞來代表此套詩學理論的特色所在——因為「審美感受」即為葉維廉、杜國清在開創有關詩之本體論與方法論時所依循的基本主軸；換句話說，葉維廉與杜國清各自對詩之種種環節所提出的獨特見解，便可視為一種以審美感受為主軸的「美感詩學」！

（二）創造突破時代侷限的詩學理論

換個角度來看，筆者認為葉維廉、杜國清所共同追求的美感詩學，其價值意義首先表現在兩人皆能夠積極突破臺灣五、六十年代反共文學思潮的影響：

> 國民黨蔣政權移臺後，跟著為了抗共，臺灣被納入世界兩權對立的冷戰舞臺上，當時雖號稱「自由中國」（與極權的「共產中國」相異的意思），但當時政府的「恐共情結」是如此之失衡，幾近心理學所說的妄想、偏執狂（Paranoia），好像共諜林立，草木皆兵似的，肅清和有形無形的鎮壓的「白色恐怖」更變本加厲，被迫害的作家除了本土無辜的知識青年外，還有持異議的遷臺作家，在整個文化氣氛上，尤其是五、六十年代，文字的或動與身體的活動都有相當程度的管制，而作家們都在下意識地做了內化的文字檢查。[1]

此處，雖只是葉維廉對其往昔經驗的一段回憶，然而就筆者看來，

1　葉維廉：〈走過沉重的年代〉，《雨的味道》（臺北：爾雅出版社，2006年10月），頁29。

卻也正好具體而微地顯示出，國民黨政權在政爭失敗、播遷臺灣以後，在五〇年代開始對於文壇所作的種種抑制與壓迫：

> 國民黨政權退守臺灣，痛定思痛，務求武裝文化思想，抗拒赤化威脅。五〇年代的文化論述，從反共文學到戰鬥文藝，強調的無非是意識形態的正確性，對形式的要求，則不脫狹義的寫實主義。彷彿只要能夠掌握文字複寫現實的竅門，就能夠通透人生，直達真理。[2]

當政府以強大的力量迫使文壇傾向具有特定目的性的寫作方向時，僵化、刻版的風潮勢必對文人造成極大的衝擊，因此能夠從中掙脫而出，當然就需要相當大的勇氣與智慧。故而筆者認為，敢於提出以美感為主的詩學體系，對於葉維廉、杜國清所生長的五、六〇年代來說，不啻是相當大的反響與抗拒。換言之，葉、杜二氏所提出的詩論，由於與之相應的時代、政權對文學藝術是如此的嚴密控制，因此能夠提出以美感為焦點的詩學理論，不隨五〇年代國民黨的文藝政策起舞，即是葉維廉、杜國清之所以值得被注目的原因。

2 王德威：《臺灣：從文學看歷史》（臺北：麥田出版社，2005年9月），頁301。

（三）提煉綜合古今中西的詩學理論

除了突破臺灣在五、六〇年代的文化限制之外，葉維廉、杜國清的詩學理論，若從其淵源脈絡的角度來看，則正如同筆者於研究對象略說時曾提及的，可說皆表現出學術攝取層面的廣博與多元；換言之，葉、杜二氏的詩學理論可說是古今中西詩學觀點的綜合呈現。[3]

進而言之，雖然葉維廉、杜國清因為時空背景的特殊性，而得以構思出綜合古今中西的獨特詩學，但若是繼續追問，即可發現在此種繁複多元的學術淵源中，兩人依舊有其各自獨特的堅持。對葉維廉而言其詩學理論中最重要的主軸，就是對道家思想與中國古典詩的繼承和發揚：

> 我從繁音複旨衝出來，首先是頓覺自己困在這個鬱結太久了。其次，是中國古典詩，尤其是道家影響下的古典詩中所提供的「物各自然」「依存實有」「即物即真」的美感意識，幫我剔除了「因語造境」的若干毛病而復歸「因境（而且是實境）造語」的路線上；再其次，我已經較少游移於歷

3　見本書頁13。

> 史的時空，那「望盡天涯路」的時空，因為我對臺灣這個地方已經寄情日深，而慢慢的轉向對她的描模。[4]

此處葉維廉雖是針對詩藝的領域發表自評，但筆者認為道家美學與中國古典詩當然也在葉氏的詩學理論中佔有核心的位置。相對來說，杜國清詩學理論中的關鍵，則主要是受到法國詩人波特萊爾的影響：

> 對波特萊爾而言，超自然與反諷，是詩人的創造所追求的兩大效果。根據我過去二十多年來對東西詩與詩論的研究和創作心得，我覺得波特萊爾的這種詩觀，雖是至理名言，可是不能涵蓋詩的世界所當有的感性的要素。我認為，一首詩除了創造出新關係的超自然，以及在知性上含有批判性的反諷之外，感性上的抒情，也是一首好詩不可少的要素。因此，我提出詩的三昧「驚訝、哀愁、譏諷」，作為優越詩必要的特質，詩創作上的指標，以及評詩的根據。[5]

---

4 葉維廉：〈三十年詩：回顧與感想〉，《三十年詩》（臺北：東大圖書股份有限公司，1987年7月），頁5。

5 杜國清：〈詩與現實〉，《詩論・詩評・詩論詩》，頁46。

由此可知，三昧的概念，可說為杜國清詩論的核心。而據杜氏自言，此三昧中的驚訝與譏諷，是繼承法國詩人波特萊爾的觀點；而哀愁，則為杜國清從其詩學理論之根本預設——詩是為了人而存在——所演化而出的創見。換言之，杜氏詩學理論的主要內涵，是來自波特萊爾的思想。

總之，若從主要繼承的思想淵源來看，兩人所建立的詩學理論都是古今中西詩論的綜合呈現；差別在於，葉維廉是以道家思想為宗，而杜國清則可說是奉波特萊爾為圭臬。故可知，葉、杜二氏的詩學理論，是既融會古今中西的學術思潮，又各有堅持的獨特體系。

（四）呈現呼應島嶼特質的詩學理論

最後，筆者認為葉維廉、杜國清此種多元而融貫的學術養成背景，除了可看出兩人深厚的學養，恰好也與臺灣的文化特色，互相呼應：

> 島國在地理上大多位於重要的戰略要地，它們往往是個地區間甚至是洲際之間的交通樞紐，自古以來就是人類進行海外交往的必經之地，來自世界各個地區不同類型的文化在島國的土地上匯合，所以島國既是地理上的交通匯合點，也往往

> 是各種文化的交匯點。[6]

以地理的角度來觀察臺灣，可知島嶼形態的自然環境、交通位置，往往都會對該島嶼的文化產生重大的影響。故可知，對於臺灣在文化方面的特性，必然包含了混雜多方的性質，呈現出開放而綜攝的狀態：

> 因此，我們雖然強調光復五十年來，臺灣已然發展出一個迴異於日本與中國大陸的「文學傳統」，卻從來不認為它是一個「封閉性」的傳統；相反的，它的活力正在於它的「開放性」與「綜攝性」。……臺灣的文學，不論少數人的主張為何，事實上是一樣的無法自外於這樣一個充滿活力、蓬勃發展，「放眼世界」，「流行天下」的新興的社會文化。[7]

而筆者所謂的葉維廉、杜國清詩學理論可與臺灣的文化特色相互呼應，指的就是兩人的詩學理論都可說擷取了古今中西的重要文化養分，其多元而融貫的詩論表現，恰好與臺灣文化的開放性、綜攝性，暗中遙契。

---

6 陳偉：《島國文化》（臺北：揚智文化事業有限公司，1993年1月），頁1。

7 柯慶明：〈臺灣文學的未來發展〉，《臺灣現代文學的視野》（臺北：麥田出版社，2006年12月），頁404。

二、本書研究成果歸納

本書對葉維廉與杜國清詩學理論所做出的研究，就筆者個人認為，具有以下四點成果：

第一、本次研究表現出詩學理論以美感為建構主軸的可行性。就目前而言，筆者認為尚未出現，以美感為主軸的詩學理論；因此，透過對於葉維廉、杜國清詩學理論的研究，透過對於葉、杜二氏詩學理論中諸般細項（如詩核心論、詩組成論等）的縝密闡釋，可知憑藉美感來建構詩學理論的體系，的確是一條可行的道路。

第二、本次研究彰顯出葉維廉與杜國清詩學理論之價值。如同前述，葉維廉和杜國清的詩學理論擁有建立美感主軸、突破時代侷限、綜合古今中外和呼應島嶼特性等四項價值；因此，本論文的成就之一，當然就是成功將此四項價值，充分彰顯。

第三、本次研究對詩學理論的重要議題提供了可能的解釋。筆者認為，透過對葉維廉與杜國清詩學理論的研究，亦可對詩學理論的重要議題，提出許多充滿可能性的答案，例如詩的核心可以定義為審美感受，詩的組成可以是一種間接三重的組成型態，詩的功能可以同時兼顧人的內在需求與獲得更為整全的審美經驗，詩的創作過程必須涵蓋外在、內在與媒介等三項層次；最後，詩，或許還可以定義成一種功兼內外的間接審美感受。由此可知，對於詩學理論本身的拓展，本次研究的確提供了一些有益的貢獻。

第四、本次研究揭示出人與詩學理論之間的緊密關係。根據筆者的分析，葉維廉與杜國清在詩學理論建構上所表現出的種種不同，當與此二人對主體自我所抱持的相異態度、認知，密切相關（詳見次節）。因此，從本次研究的經驗裡，筆者認為文學研究的根基其實有極大程度是奠定在對人的深刻了解之上——對於人的不同看法，就葉維廉、杜國清而言，的確造成了在詩學理論上的相異表現。換言之，文學研究即可說是立足於人學研究——此亦為本論文的收穫之一。

第二節　以內部途徑審視葉、杜二氏詩學理論的差異根源

由於有關葉維廉、杜國清在詩學理論方面的見解差異，在前面四章都已有詳細的論述，[8]故而此處就不再贅墨重複，僅採取表格簡列的方式，突顯兩人在詩之核心、功能與創作論上，各自的堅持與獨特：

8 除了前四章所提及的詩論內涵之差異以外，葉維廉、杜國清詩論中的不同之處，還表現在創建方式的不同：前者的特殊處在於拉開了關注的歷程，進行了長時間的思索，換言之葉氏在思索詩論時，主要是採取近似歷時性的建構策略；而後者則是超越了單一詩社的格局限制，展現出多元融攝的結晶，故較強調以跨越文化地域的廣闊視野，來進行個人詩論的樹立。

人物／焦點	葉維廉	杜國清
詩核心之性質	整全普遍、去知性干擾的如物之真	具有驚訝、譏諷與哀愁之想像之新
詩之功能	再現經驗之真	滿足內在需求
詩之創作	尋求真全	製造新幻

而在仔細觀察、思索葉、杜二氏詩論中這種種相異之處之後，筆者認為之所以兩人的所見不同，或許是由於兩人對於主體的定義和對自我所抱持的態度有異之故：簡言之，因為杜國清重視自我、強調主體，故而在詩核心之性質、詩之功能與詩創作方法的外在層次上，杜氏才會主張詩之三昧、滿足內在、變舊求新等想法；反之，由於葉維廉認為自我是有限、主體是微小的存在，對其採取懷疑消極的態度，因此在詩核心、功能、創作等層面上，都走出了與杜氏不同的方向。

故而筆者以下將先探究葉維廉、杜國清的主體觀，再個別分析對自我的不同態度是如何造成兩人在詩之核心、功能與創作論中所表現出的重大差異。

一、葉維廉對自我主體的看法

總的來說，葉維廉對於主體性質的認定，較偏向消極的理解，認為主體是有限的存在，因此主張應盡量突破與改造；相對地，葉氏對主體所採取的態度，是較為懷疑的。

（一）主體有限

我們藉由葉維廉對現象的論述，可知在其心目中，外在現象之所以不易表達，是因為會遇到由人所產生的三種限制：

> 現象是不斷變化、不斷演進的，我們要逆轉它也逆轉不了，逆轉它就是違反自然（這也是「易經」的本義）；現象故是如此，但要表現這個萬物萬化的現象，我們起碼有三種限制——因為表現就是人為，人為就必有限制；衝破這些限制就是藝術，能使成品脫盡心智的痕跡而接近經驗的本身，就是藝術進而自然。這三種限制為（一）語言的限制；（二）感受性的限制；（三）時間的限制。[9]

9　葉維廉：〈時間與經驗〉，《從現象到表現》，頁161。

葉維廉認為，主體的限制有三，分別表現在其所使用的語言、自身對外在現象的感受性以及對於時間劃分上的限制；總的來看，不論是哪一方面的限制，其共同的意義皆表明了，對葉氏而言，主體是充滿限制的。

也就是說，當葉維廉將透過主體所進行的表現視為一種具限制性的人類行為時，其實就已表明了他認定人類主體是一有限存在的看法。進而言之，詩人的主體之我，這一有限的存在與外在的具體現象比較起來，當然不會具備太高的價值：

> 整體的自然生命世界，無須人管理，無須人解釋，完全是活生生的，自生，自律，自化，自成，自足（無言轉化）的運作。道家這一思域有更根本的一種體認，那就是：人只是萬象中之一體，是有限的，不應視為萬物的主宰者，更不應視為宇宙萬象秩序的賦予者。[10]

在具體的萬般外象當中，人類只不過是其中之一而已，既不是萬物的主宰，更不是使一切事物運行不殆的背後根源；換言之，人應該認清自己微小、平凡的地位，因為和宇宙萬象相比，人本身只是一

10 葉維廉：〈道家美學、中國詩與美國現代詩〉，《道家美學與西方文化》（北京：北京大學出版社，2002年8月），頁2。

個有限的存在。從另一方面來看，由於人是微小而有限的，因此在與具體現象和語言文字的關係中，理應降低對自我的看重，保持一種均等的和諧；而這樣的觀點，據葉維廉自言是深受中國傳統的道家思維所影響。

（二）懷疑自我

至於葉維廉對待主體的態度，首先表現為對主體之我的不信任：

> 中國詩的藝術在於詩人如何捕捉視覺事象在我們眼前的湧現及演出，使其自超脫限制性的時空的存在中躍出。詩人不站在事象與讀者之間縷述和分析，其能不隔之一在此。中國詩人不把「自我的觀點」硬加在存在現象之上，不如西方詩人之信賴自我的組織力去組合自然。[11]

葉維廉提出，西方的詩人在進行創作之時，大部分所採取的態度都是以自我的組織能力，將原有的自然現象先行拆解，再進行新的構築與規劃；由此可知，西方詩人對於自我的態度是十分的信任與倚重。然而，葉維廉認為，在他看來的中國詩人所採取的創作路徑，

11 葉維廉：〈語法與表現——中國古典詩與英美現代詩美學的匯通〉，《比較詩學》，頁36。

不會將自我的觀點強加在既存現象之上；換言之，葉氏對於自我主體所抱持的態度，是明顯屬於懷疑的看法。當然，這種懷疑自我的態度，與葉維廉認為主體有限的原因相同，都是來自於道家思想的影響：

> 道家的宇宙觀，一開始便否定了用人為的概念和結構形式來表宇宙現象全部演化生成的過程；道家認為，一切刻意的方法去歸納和類分宇宙現象、去組織它或用某種意念的模式或公式去說明它的秩序、甚至用抽象的系統去決定它秩序應有的樣式，必然會產生某種程度的限制、減縮、甚至歪曲。[12]

在葉維廉所體會的中國傳統道家思想中，認為宇宙萬物的秩序，是一種最高層次的存在，故而完全不適用所有來自於人類意念的區分與規劃；也就是說，人類對宇宙現象一切表現，都是無效而失敗的，因為其所得到的結果都擁有某種程度的扭曲與虛假。故可知，當葉氏否定了人類表現宇宙現象的可能時，也正說明了其對於主體自我的強烈懷疑。

12 葉維廉：〈無言獨化：道家美學論要〉，《從現象到表現》，頁204。

二、杜國清對主體自我的認定

杜國清對於主體性質的看法，大體上都是立基於一積極而肯定的正面角度；因此，相對於葉維廉貶低詩人主體之意義價值，杜氏則是較為看重主體之我的存在，並認為自我擁有不遜於自然現象的地位。

（一）改造外在

筆者認為，當杜國清主張現實對於詩的意義是作為其產生之必備材料時，同時也點出了詩人的獨特在於，其自我主體具有改造外在的能力：

> 這裡所謂現實，是創作的材料，包括詩人所能感受、認知、經驗、思想的一切事物，當然包括詩人的感情、知覺、意識、幻想，以及社會現象、自然景物等等詩人內心和外界的一切。……詩人不同於一般人的地方，就在於他具有將現實轉化為詩的藝術技巧。[13]

現存的一切實有，不論是自然現象、文明產物，又或者是內藏於人

---

13 杜國清：〈詩與現實〉，《詩論・詩評・詩論詩》，頁47。

類心靈的各式經驗，都只是詩產生前的原始材料而已，必須經過心靈力量的提煉與鎔鑄，方可形成詩之本體；因此，杜國清提出所謂的詩人就是擁有能夠改造外在存有之心靈力量的人。

換句話說，詩人與其他的不同的地方，在於他的心靈自我擁有轉化現實的能力；故可知，詩人自我的特質在杜氏看來，即是能夠轉化既存的現實。進而言之，所謂詩人自我具有轉化現實的性質，正代表了杜國清所謂的作者意志、主體自我，是一種超越現有自然的心靈力量：

> 只有根據作者的意志完成的作品才算是藝術品。超自然主義詩人的創作意志是什麼呢？簡單地說來，是企圖打破現實或自然的世界，以創造出非現實超自然的美的世界之一種支持力。這種意志是理智的力量，不是感情的力量。[14]

直言之，杜國清所認定的主體擁有創造出突破現實與自然的新世界的旺盛企圖；因此，只有當此一超自然或超現實的世界誕生，只有當此一改造外在的意志被貫徹實行，詩的核心才算成形，詩的創造才能完成。換言之，杜國清認為所謂的主體自我應當具備轉化現

14 杜國清：〈詩是什麼〉，《詩情與詩論》，頁27。

實、超越自然的改造能力；也就是說，改造外在，即為杜氏所認定的主體性質。

（二）看重主體

對於杜國清而言，所謂的外在具體現象，並不代表無上且不可逾越的權威；反之，杜氏極力肯定自我主體所具備的能力，因而對主體採取了重視的態度：

> 造物主的偉大在於無中生有，而詩人的創作，就形而上精神而言，也是無中生有。詩人寫詩，就像造物主創造自然一樣，都是開天闢地的神聖工作。上帝創造了宇宙自然，而詩人的創造力與造物主匹敵。詩創造的神聖性在此。……詩是詩人才情的產物，正像藝術是藝術家心血的結晶，都是人為的、不是神造的。神造自然，人創藝術。[15]

詩人的主體自我之所以能夠被看重推崇的原因，在於和造物主創生萬事萬物一樣，都擁有無中生有的能力。杜國清認為，詩人在使詩出現的過程中，就如同自然被造物主創生一般，都是一種從無到

15 杜國清：〈超然主義詩觀〉，《詩論・詩評・詩論詩》，頁104。

有、無中生有的創新；因此，杜氏將神造自然與人創藝術相提並論，從中便可看出，杜國清將詩人的自我主體，提高到與神與造物主等量齊觀的地位。

進而言之，詩人之所以能夠擁有如此崇高的地位，其根本原因在於，現實與自然本身不是完美的存在，有待於詩人來加以彌補、改進：

> 宇宙間最偉大的創造者，該是造物主，假如他存在的話，因為他創造了天地和自然的一切。詩人或藝術家如果真的有所創造，他所創造的必定是不同於天地和自然中既有的一切，換句話說，必定是超自然的東西，否則不是真正的創造。……人類之所以創造，是因為覺得造化自然不夠完美；正因為自然不夠完美，才容有詩人或藝術家從事創造的餘地。[16]

對杜國清而言，詩之所以有存在的理由，即在於詩代表了一種不同於既有現實和現存自然的新存在。而詩人之所以要寫出異於現實、超越自然的詩，就杜氏看來，是因為詩人的自我意志，發現了造物主創生萬物時的缺憾所在，故而詩人方能立足於自然現實所不及之處，展開自我主體的創造大業。由此可知，對於杜國清來說，之所

16 杜國清：〈詩與現實〉，《詩論・詩評・詩論詩》，頁44。

以會如此極力看重主體自我的地位，與其認為自然現實是有缺陷的存在，大大相關。

三、主體觀念對詩核心與功能的差異作用

承上所述，當葉維廉認為，主體具有較多的限制，自我的價值遠不如整體的宇宙現象時，對於詩之核心的特性設定，當然會朝向希望其能保持整全普遍、去知性干擾的狀態，盡可能地接近經驗物象之真全。

相對來說，正因杜國清提出主體自我擁有改造、超越現實與自然之先天缺陷的心靈力量，故而在決定詩核心究竟應具備何種特色時，同時擁有驚訝、譏諷與哀愁的想像之新，便理所當然地是杜氏的首選：換言之，詩之三昧與想像，之所以能夠成立，其根源當與看重自我主體的思想，密切相關。

另外，在自我主體對詩功能的影響上，葉維廉、杜國清也各自展開不同的論述：有限且價值較低，為葉氏對詩人主體的評價，因此葉維廉認為必須以無我、自然作為自我的內涵，方能使做為詩之核心的心象美感、審美經驗，獲得充分再現；而由於出自對主體的看重，因而在討論詩之功能時，杜國清都是站在人的角度來思索的。故此，滿足內在方會成為杜氏在詩功能論中主要論述之所在。

總而言之，筆者認為，因為對主體自我擁有不同的觀察結果，葉維廉、杜國清的詩核心論與詩功能論，才會表現出種種獨特的不同堅持。

四、自我觀念對詩創作之不同影響

整體來說，葉維廉、杜國清在詩創作論中之所以有尋求真全與製造新幻的不同特色，還是與二人對主體自我所抱持的相異觀念有關。

葉維廉認為主體自我有其先天的限制，故而在詩方法的實際運用上，便主張採取內向性的調整修正，要求集中自我的感受力於外象之上；故可知，葉氏對主體的消極認定，導致在詩創作方法上對內向性的偏重，以達成尋求如物之真的日標。

而對於杜國清來說，因為主張自我比自然現實更具價值意義，且標舉出宇宙現象並不完美的大前提，故而在詩創作的具體步驟中，便採取了外向性的超越與改造，好讓想像之新的核心特質，能徹底成形。

總之，透過以上的分析，筆者得出一個結論：由於對主體自我、對人的態度評價有所不同，因而導致了葉維廉、杜國清在詩核心論、功能論與創作論上的歧異表現；進一步來看，由此可知文學理論的型塑，與對人的思索密不可分——因為有人，才有文學；文學研究，亦即是人學研究的拓展與深化。

第三節　在外部層次找尋葉、杜二氏詩學理論的差異關鍵

然而，若要繼續追問下去，造成葉維廉、杜國清之所以會對主體自我抱持著相異看法的原因，是否和外在現實有關？兩人的生平遭遇、氣質學養，或許就是可能的答案。

筆者認為，葉維廉之所以懷疑主體，認為自我是有限而微小的存在，其根本原因，在於受到成長階段所經歷過之戰爭和遷徙的影響：

> 我詩的生命是在香港開始的，但詩的內蘊卻比這還早在心中纏繞，那就是戰爭之血與錯位之痛。一九三七年，我在日本侵略者橫飛大半個中國的炮火碎片中呱呱墮地，在南中國沿海的一個小村落裏，在無盡的渴望、無盡的飢餓裏，在天一樣大地一樣厚的長長的孤獨裏，在到處是棄置的死亡和新血流過舊血的愁傷裏，我迅速越過童年而成熟，沒有緩刑，一次緊接一次，歷經無數次的錯位，身體的錯位、精神的錯位，語言的錯位……[17]

17　葉維廉：〈走過沉重的年代——《雨的味道》代序〉，《創世紀雜誌》第149期，2006年12月，頁169。

當人生的序章緩緩開展時，迎接葉維廉誕生的除了家人的喜悅之外，同時還有日本侵華的腳印與炮火。或許就是因為這樣，成長在戰爭中的葉氏，對於死亡、飢餓的感受，格外強烈：

> 盧溝橋的殘殺是長大以後才讀到的，但我年幼心靈中的碎片又何嘗不是盧溝橋的顫慄呢。我兩個哥哥在每天忍受雞糞的臭味之後是逃過了掘山洞挖戰壕的酷刑，但我無千無萬的其他的兄弟們呢！死亡，豈是太平時代的人可以瞭解的！死亡，是天天橫陳在市街通衢沒有接受儀式的捨棄。飢餓，豈是豐衣足食時代的人可以瞭解的！飢餓，是天天在村路上的行屍。飢餓，是每一個清晨翻起垃圾尋食的野狗。[18]

自認不是成長於太平時代的葉維廉，覺得死亡就是一種沒有尊嚴且不被重視的離開；而所謂的飢餓，更代表了人類為了求生的卑微與無奈。最重要的是，當葉氏覺得，死亡與飢餓都是他童年時期隨處可見的景象，對於人的意義或重要性，自然也就不會抱持著太高的評價。此外，除了戰爭，遷徙流離也是造成葉維廉對於主體自我抱持獨特看法的原因之一：

---

18 同前註，頁170。

> 我詩的生命是從廣東南方的小村落帶著日本侵華戰爭摧殘下血跡斑斑的記憶到香港之後才發生的。中日戰爭勝利後還沒喘一口氣，國共內戰又把我們全家趕到英國殖民地的香港。[19]

在中日戰爭期間，葉維廉飽嚐死亡與飢餓的滋味，但他總算是站在自己的土地上來經歷戰爭；然而，到了國共內戰的時候，葉氏卻不得不背離家園，被迫來到陌生的土地——人的價值在足以推動時代的洪流中，不得不顯得渺小。而在此，葉維廉年輕的心靈又受到了另一次的衝擊：

> 香港，是苦中帶甜的日子，對於這個倫敦、巴黎、紐約、芝加哥的姊妹城市，對我這個剛被逐離開「親密社群」的鄉下十二歲的小孩子而言，衝擊很大：沒有表情的臉，猜疑的眼睛，漠不關心，社交的孤立斷裂，徹底的冷淡無情。彷彿是預設的成長儀式的一種試練，我第一次遭到的冷眼，或者應該說白眼，竟然來自我舅舅的一家，……也許因為母親能給

19 葉維廉：〈回憶那些克難而豐滿的日子〉，柯慶明主編：《臺大八十，我的青春夢》（臺北：國立臺灣大學出版中心，2008年11月），頁91。

他們的寄居費太低，舅母和表哥表嫂的冷漠眼色和酸言酸語如箭簇在我們心中刻下無形的傷痕。[20]

由陌生的城市所帶來的冷漠、猜疑、孤立與斷裂，當然是初到香港的葉維廉所不能迴避的衝擊；然而，來自親人的勢利、刻薄，卻也同樣在葉氏的心中留下傷痕，衝擊葉氏對人的論斷。所幸，在所有遷徙經驗中，除了被迫到香港之外，也有葉維廉自願的例子：

我雖然從香港開始，但在一九五五年考進臺灣大學的外文系，不久也參與了在臺灣的現代主義、現代詩的運動。[21]

而這一次自願的遷徙，帶給葉維廉的不是來自親人與城市的冷漠、勢利，是一場更加龐大的內在徬徨與游移；

在五十年代六十年代間在臺的詩人，大都充滿著游離不定的情緒和刀攪的焦慮。用瘂弦的一句詩來說：「激流怎能為倒影造像？」這個游離焦慮的狀態曾經是當時不少詩人的主

20 同註238。

21 葉維廉：〈走過沉重的年代——《雨的味道》代序〉，《創世紀雜誌》第149期，頁174。

> 要美感對象。政府被狂暴的戰變導致離開大陸母體而南渡臺灣，在這「剛渡」之際，它給知識份子帶來了燃眉的焦慮與游移。我們頓覺被逐離母體的空間與文化，而在「現在」與「未來」之間徬徨：「現在」是中國文化可能全面被毀的開始，「未來」是無可量度的恐懼。徬徨在「現在」與「未來」之間，我們感到一種解體的廢然絕望。[22]

出自於身為知識份子的憂心，葉維廉覺得同樣身處五、六十年代的臺灣詩人，大都對整體中國文化的毀續與否，充滿了迫切的焦慮；而這種對大格局的焦慮，當然也會延伸到葉氏對個人自我的態度選擇與價值判斷。

故可知，從日本侵華、國共內戰，遷徙香港、就學臺灣，在葉維廉自論其詩路歷程的敘述中，不難發現因為戰爭、遷徙而來的衝擊，對葉氏的詩產生了極大的影響；然而，筆者認為，同樣鮮明而強烈的經驗，難道只會對葉維廉的詩產生影響，而不會對其在主體自我的觀念上發揮作用？換言之，在大時代、大變動中成長的葉維廉，當其不斷經歷死亡、飢餓、冷漠、斷裂與徬徨的時候，難道不會興起自我渺小、無力抗衡命運的念頭？因此，筆者認為葉氏之所

22 葉維廉：〈三十年詩：回顧與感想〉，《三十年詩》（臺北：東大出版社，1987年7月），頁3。

以對於自我抱持著懷疑的態度，認為主體只是有限的存在，跟其成長經驗息息相關：正因為受到時代動盪的深刻影響，當生命飽受威脅時，理所當然地會分外感受到個人的渺小。

至於杜國清看重主體、認為自我擁有改造世界能力的原因，筆者認為當與其氣質學養有關：

> 關於艾略特對他的影響，在1988年8月上海社會科學院舉辦的「艾略特百歲誕辰紀念會」上他說：「在我的詩路歷程上影響我最大的四個詩人是：艾略特、波特萊爾、西脇順三郎、李賀。然而，我不得不承認，沒有艾略特，我或許不會認識或研究其他三個詩人，而我也許不會是今天的我。」[23]

根據杜國清自言，在其詩路歷程上影響他最深的四個詩人，是艾略特、波特萊爾、西脇順三郎和李賀；其中，要以艾略特做為認識的起點：正因為翻譯艾略特的《荒原》，杜氏才有機會觸及到西脇順三郎的世界：

23 汪景壽、白舒榮、楊正犁著：《尋美的旅人——杜國清論（一）》（臺北：桂冠出版社，1999年3月），頁61。

> 早年在臺大翻譯《荒原》，就曾參考過幾個日譯本，其中西脇順三郎的翻譯被公認是最佳的譯本，從此他對西脇有了初步的認識。[24]

而對西脇順三郎的研究，又引出了杜國清對波特萊爾的關注：

> 從西脇順三郎的《詩學》裡，他結識了法國象徵主義大師波特萊爾。西脇有篇文章專門談波特萊爾對其影響。這些都引起他對波特萊爾的特殊關注。[25]

於是，對杜國清來說，在寫詩的領域中，波特萊爾自此成為與艾略特同等重要的影響者，分別割據在杜氏的心中：

> 姊夫，到今天我總覺得我活得很真，很實在，因此也很痛苦，很醜惡，但是也很心甘情願，至少我寫詩沒有一點虛偽，對於走上寫詩的命運沒有一點後悔。在這追求詩的生活中，波特萊爾和艾略特分別佔據了我整個的心靈。[26]

---

24 同前註，頁64。

25 同前註，頁88。

26 杜國清：〈詩人的使命感：致桓夫・五十七年十二月十二日於大阪〉，見張默主編：《現代詩人書簡集》（臺中：普天出版社，1969年12月），頁312。

至於之所以會對李賀產生興趣，筆者認為應該是杜國清自身的氣質與其自有相應之處：

> 李賀「天若有情天亦老」的千古絕句，終於使我那痛遭情劫的憂魂，對唱出「世終無定世堪哀」的悲歎。[27]

因為，在杜國清眼中，唯有李賀詩中對天、對世的慨歎，方能與其自身累逢情傷的心靈，進行同頻的共振，唱出古今一如的悲感！

雖然以上所言，為杜國清在論述與其詩路歷程相關的四位詩人，但是筆者相信，從四位詩人身上所汲取的學養，以及自身的感性氣質，是導致杜氏看重自我、強調主體的原因：在杜國清景仰的四位詩人當中，除了艾略特以外，其他三位都有相當強烈的浪漫氣息，重視感性；而這樣的人格傾向，對於自我主體的存在當然是非常重視的。因此，當杜氏自言與李賀、波特萊爾在詩中擁有相通的氣質時，也就代表了杜國清相當強烈的浪漫性格：

---

27 杜國清：《情劫集》（臺北：《笠》詩刊社，1990年3月），頁121。

> 可是，杜國清本質上是屬於浪漫型的、耽美型的詩人，儘管在方法論上，他循著研究和創作路徑，從浪漫主義到現代主義，而超現實主義，最後落實到象徵主義的園地，但他在本質論的底流一直是貫串著浪漫的情愫。[28]

而筆者相信，這也就代表了杜國清之所以看重自我、強調主體，是由於先天的氣質和後天的學養所共同形塑出的成果。

故可知，由於成長於動盪的時代、不安的場域，導致葉維廉對於自我抱持有限的看法、認為主體是渺小的存在；而因為個人氣質的傾向與學習歷程的累積，使得杜國清對於自我的態度是重視的，且認為主體具有強大的能力。隨之而來的，當然就是在各自的詩論，產生了相異的看法。

總而言之，在經過分從內外角度審視兩人詩論差異關鍵的思考之後，筆者認為葉維廉、杜國清皆因對人的認識有所不同，而產生出不同的詩之定義、詩論體系。故可知，對人的定義，會影響對詩的定義；以人定詩，為葉、杜二氏詩學理論中的共通傾向。因此換個層面來看，葉維廉、杜國清的詩學理論，其實也就是二人生命境界的開顯與實踐。

---

28 李魁賢：〈論杜國清的詩〉，《愛染五夢》（臺北：桂冠出版社，1999年3月），頁244。

第四節　葉維廉、杜國清詩學理論研究之延伸思考

從與詩相關的個別議題出發，是採取以詩為主的角度，來闡釋葉維廉、杜國清所提出的詩學理論；至於以人為主的切入視角，所得到的是兩人的總體同異。而以上所述，大多屬於葉、杜二氏在詩學理論方面，已為世人所知的貢獻與建樹；但是，正如同所有的終點都隱含著下一輪旅程的方向，本節的第一個部分，也將試圖從葉維廉、杜國清的既有詩論出發，延伸可能的發展藍圖；另外，就像生死、光影的相對而存，既有所見則亦必有因此而生的不見，故而在本章的第二部分，筆者想要分別探討，葉、杜二氏詩學理論的不見之處；再者，經過了漫長的思索與書寫後，對於文學研究，手中的筆不僅未曾感到疲倦，反倒是在本書創作過程中，積澱出更多的靈光與火花，因此對於臺灣現代詩學理論在後續深究上的展望與期許，亦是本節所要呈現的目標之一；最後，筆者將全盤檢討在本書的書寫歷程中，所遇到的困難與侷限，並以此作為下一次學術探索的墊腳石。

一、葉維廉與杜國清詩學理論的可能發展

如前所述，不論是對詩核心的特質擬定、詩功能的用途選擇、詩創作的最高要求，以及對詩人主體自我的態度，葉維廉、杜國清

都展現出如同涇渭分明般的獨特堅持；然而，令筆者進一步去深思的是，如此看似截然不同的論點，在理論的深刻內蘊之中，是否含藏著能夠會通整合的可能性？

因為不管擁有再多的相異表現，葉維廉、杜國清終將審美感受作為對詩核心的共同定義；故而，筆者大膽假設，是否葉、杜二氏的詩學理論，就好比一個大圓的起訖兩端：若以詩終究屬於詩人創作的角度來看，杜國清之詩學理論可說位居此圓的起點位置；而若談到人應具有超越的追求，以達到一己境界之提升，則便可將葉維廉的詩學理論視為此圓的終點所在；但是不論起訖兩端如何遙遠，葉、杜二氏之詩學理論始終皆以審美感受的追求為核心目標與共同方向，故而看似相異、對峙，其實只是一體之兩面，可以匯通為一個圓滿的整體：

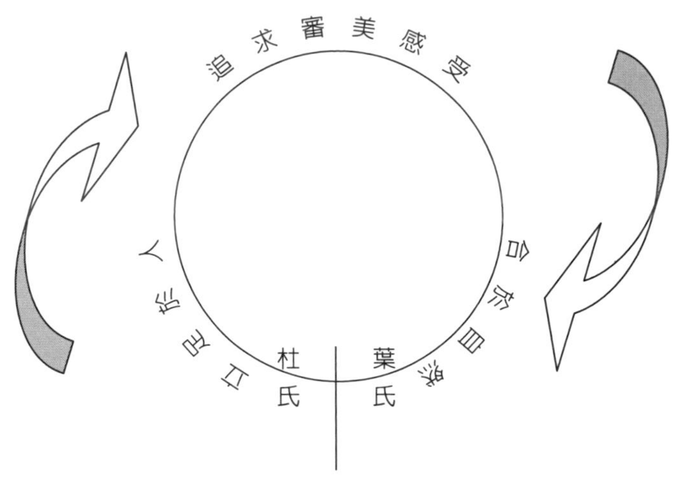

總之，筆者認為，葉維廉、杜國清的看法當可整合成一套以審美感受之追求為實踐目標，並以杜氏之學說為開展起點、以葉氏觀點為發展終點的詩學理論。因此，筆者認為以美感入詩，建立出各具特色的美感詩學，當可說是葉維廉、杜國清詩學理論給予後人的最大啟示。

二、葉維廉與杜國清詩學理論的不見之處

因其所見而有所不見，或也可說是葉維廉、杜國清於詩學理論建構上所表現出的另一共同特色。

首先，筆者認為葉維廉在詩學理論方面的不見之處，或許在於太過強調中國古典詩與道家美學的影響力：

> 史丹佛大學劉若愚教授曾在『中國詩學』中，將中國傳統的詩觀分成四派：「道學主義」、「個人主義」、「技巧主義」和「妙悟主義」。後來又在『中國文學理論』一書中，分為六類：「形上理論」、「決定理論」、「表現理論」、「技巧理論」、「審美理論」和「實用理論」。在這些不同派別不同理論的中國傳統詩觀中，葉維廉對「妙悟主義」和「形上理論」最為傾心，而以之代表「中國詩」、「中國古典詩」一般。……由於站在以中國道家美學為基礎的妙悟主義詩學觀點

> 來討論中國古典詩與英美現代詩的匯通，作者顯示出中國本位的詩觀。由於主張道家的「歸樸返真」，「回歸太和」、「無為」「天籟」、「原性」、「物各自然」、「萬物萬化」，作者顯示出「原始主義」（Primitivism）的價值觀。[29]

如同杜國清在評論《飲之太和》時所說的，葉維廉在書中的言論太過傾向中國古典詩與道家美學，筆者也認同葉氏在其整體詩論的建構上，的確有理論重心偏置的現象。而如此一來，可能會產生的問題有三：首先，當葉維廉醉心於道家美學時，無形中就削弱了對其他理論的關注：

> 葉維廉所發揮的「詩學」論題，在傳統中國美學中，是以道家美學為主幹，兼容收攝禪宗美學。如果以傳統學術發展的脈絡來看，應該是儒、釋、道思想交融互滲，各有所長又各有所融匯。……而他的「不見」，也正是由於他對神韻傳統的繼承，而忽略了或刻意降低言志傳統的歷史價值。[30]

29 杜國清：〈評介葉維廉論文集『飲之太和』〉，《笠》第113期，1983年2月，頁86。

30 陳秋宏：《道家美學的後現代傳釋——葉維廉美學思想研究》(國立臺灣大學中國文學研究所碩士論文，2006年1月)，頁212。

而除了不見道家美學以外的儒、釋各家與文學相關的思想見解，筆者認為葉維廉的第二個不見之處，還在於當其建構詩論時，慣以中國古典詩為主要取材對象，因此相對來說較為忽略現代的時空場域，較少從當下情境出發來探討詩之核心、功能、創作方法等，在其詩學理論中佔據重要地位的各式議題。最後，有所依托當然是好事，但相對來看，葉維廉詩學理論的個人特色，也就因為對道家美學和中國古典詩的高度汲取，而對於一己之獨特建樹，就顯得較少著墨。

至於在杜國清的詩論方面，筆者認為其不見之處主要是受到自身人格特質的侷限：

> 「哀愁」，表現詩的抒情性；「譏諷」顯示詩的批判性；再加上藝術上的獨創性所必然帶來的「驚訝」——這三種特質，便是我因感動而寫詩的創作生涯所追求的優越詩的「三昧」。[31]

因為特別重視自身氣質，因而由此導引出的對優越詩之三昧的追求，恰好反映出了杜氏自身人格的某種侷限性[32]。因為，除了哀愁

31 杜國清：〈詩的三昧與四維〉，《詩論・詩評・詩論詩》，頁38。

32 不過，這種侷限似乎也反映了人之存在的普遍性；因為畢竟只要生而為人，

之外，其實歡樂也可以是抒情範疇中的一環；因此若要特別強調哀愁，或許應該將同在抒情範疇中的種種情緒感受，加以比較、分析，會使理論更加周密。而在批判之時，除了偏向負面的譏諷，當然也包含了屬於正面的讚賞，因為這本亦屬於理性運作時，可能的表現之一。至於因藝術的獨創所產生的驚訝，似乎也可以有再度昇華、提升的可能性；畢竟，驚訝應該還不是由藝術之獨創性所能開展出的最終局面。

總之，葉維廉、杜國清詩學理論的不見之處，即為兩人因太過重視其所欲強調的主張，所導致的不可避免的遮蔽與障礙。

另外，除了兩人在詩論內容上的有所不見之外，在詩論的組織安排上，也有少許未盡周全之處：若是以俄國語言學者雅克慎（Roman Jakobson）的語言六面六功能模式作為審視的標準，[33]可知葉維廉、杜國清在詩論的開展上，都較為忽略有關詩與讀者方面的議題。實際上，葉、杜二氏對於詩與讀者方面的論述不是沒有，只是筆者認為在數量上與內容上，皆尚不足以成為完整的理論，故而在本書中無法建構成專章來介紹。

就一定會帶有某些先天的限制。故而，如何既能善用個體的氣質偏殊，揮灑出獨特的個人色彩，又能使一己之心靈具有淬鍊、擴展的可塑性，便是後續值得再加著墨、深究之處。

33 此處可參見古添洪：《記號詩學》（臺北：東大出版社，1999年4月），頁98-99。

三、臺灣現代詩學理論的尚待建設

在葉維廉、杜國清的詩學理論中，雖然在行文時多所涉及中國古典詩的範圍，但總體來看，此二人的詩論仍比較傾向現代詩的討論。

但是，臺灣詩學理論的研究，目前就數量上來說，古典領域遠遠大於現代領域；而在現代詩學理論的研究中，往往是附屬於單一詩人之下，成為詩人研究或詩作研究的例證，真正以現代詩論為研究核心的專著，可說相當稀少。[34]

然而，筆者認為，當某一文類的發展已累積了豐厚的作品數量時，在理論方面的建樹，應該也要有相應的成長。因此，在現代詩已於臺灣地區發展近百年的當下，有關詩學理論的研究勢必有其繼續推動的重要性：

> 本章的立論，無非在強調：新詩理論的研究與開拓不應為當代臺灣詩壇所忽視，否則理論的貧瘠，勢必使已呈羸弱之勢的新詩命脈加速停止它的跳動；在此，筆者甚至要再強調一點，關於詩壇所謂「文化霸權」（hegemony）的爭奪戰，亦非自理論的主控權下手不可，以前文分析的情況來看，目前

34 相關實例，可見王正良：《戰後台灣現代詩論研究》（國立中興大學中國文學研究所博士論文，2007年8月），頁13。

> 包括可見的將來，詩壇仍留有廣闊的理論空間，可讓有心者介入，我們不怕輝煌的理論爭奪戰，擔心的反倒是見不到論戰的硝煙，而砌不成一座國人自傲的「理論金字塔」。[35]

如同上述所言，詩學理論的開拓，的確會對詩本身的發展，產生積極而正面的作用。除此之外，由孟樊的言論讓筆者想到，葉維廉、杜國清的詩學理論，雖有小異，但整體來說都是以美感為核心的詩學體系；換言之，葉、杜二氏詩學理論所呈現出的狀態，正好可以看成是一座以美感為頂端的詩論金字塔（茲以簡圖示意如下）：

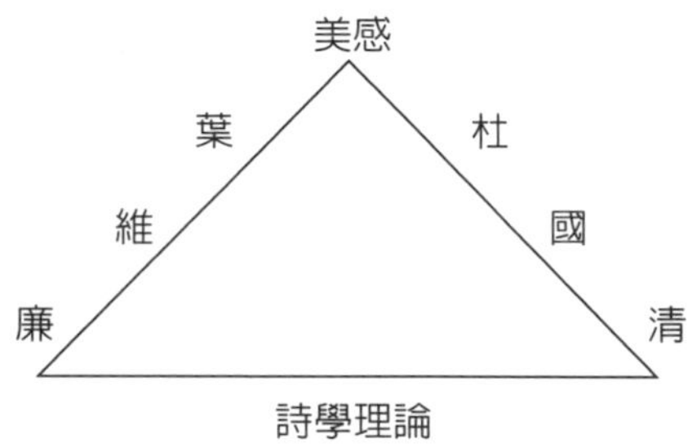

當然，葉維廉、杜國清自身的相關論述，以及筆者對兩人詩論的闡釋，都只是廣大詩論世界中的一小部分而已；因此，筆者衷心

35 孟樊：《當代台灣新詩理論》（臺北：揚智文化事業有限公司，1998年5月），頁57。

盼望臺灣現代詩學理論的建構步伐，能夠加速前進，使得一座又一座各有特色的詩論金字塔相繼矗立，促使臺灣現代詩能夠持續發展，日益精進。

四、本次研究之反省觀照

由於葉維廉、杜國清之詩學理論，就其內涵而言可說包含了古今中西等眾多學說，因此筆者在進行研究之時，首先遇到的困難便是如何對此二人詩論作出正確而全面的理解與分析。

再者，由於筆者當初所設定的研究目標，是想要替葉維廉、杜國清建立出擁有各自特色的詩學理論體系，因此在篇章份量的安排上，便會發生顧此失彼的侷限：例如，有關葉、杜二氏與歷代詩學理論之間的細微聯繫，以及在文學場域中的實際發用成效，均是本書所觀照不及之處。

最後，因為筆者立論時往往心態急切，故而有時會發生強以己意詮解他說的狀況；雖然客觀公正是理論建構的必然前提，但必須坦承的是，在實際建立葉維廉、杜國清之詩學理論體系時，常不免流露出過多的自我意見。

但是無論如何，筆者認為在本次研究中的所有失足與顛躓，都可以成為相關議題在後續深入開展時，不可或缺的警戒與提醒；進而言之，如果筆者的這些缺憾，若果真能對後人發揮出奠基導引之效，或許也可視為一種另類的功不唐捐。

參考文獻

一、古籍

南朝齊、劉勰著、范文瀾注：《文心雕龍注》，人民文學出版社，2000年10月。

唐、司空圖：《二十四詩品》，金楓出版有限公司，出版年月不詳。

宋、嚴羽著、郭紹虞校釋：《滄浪詩話校釋》，里仁書局，1987年4月。

清、何文煥輯：《歷代詩話》，中華書局，2001年11月。

清、劉熙載：《藝概》，漢京文化事業有限公司，1985年9月。

民國、王國維著、滕咸惠校注：《人間詞話新注》，里仁書局，1987年8月。

二、近人著作

王運熙、顧易生主編：《中國文學批評史新編》，復旦大學，2002年7月。

王德威：《臺灣：從文學看歷史》，麥田出版社，2005年9月。

王魯湘等編：《西方學者眼中的西方現代美學》，北京大學，1987年10月。

王曉路：《中西詩學對話——英語世界的中國古代文論研究》，巴蜀書社，2000年3月。

王夢鷗：《文學概論》，藝文出版社，1998年11月。
文學評論編輯委員會：《文學評論》第一集，書評書目出版社，1975年5月。
《文學評論》第九集，黎明文化事業股份有限公司，1987年4月。
古添洪：《記號詩學》，東大出版社，1999年4月。
《不廢中西萬古流》，學生書局，2005年4月。
朱光潛：《詩論》，開明書店，1982年4月。
《文藝心理學》，漢京文化事業有限公司，1984年3月。
《朱光潛美學文集・第二卷》，上海文藝，1989年。
《談美》，金楓出版社，1991年8月。
《西方美學史（上、下卷）》，人民出版社，1992年5月。
朱　剛：《二十世紀西方文藝文化批評理論》，揚智出版社，2002年7月。
朱耀偉編譯：《當代西方文學批評理論》，駱駝出版社，1992年4月。
伍蠡甫、林驤華編：《現代・西方文論選》，書林出版社，1999年10月。
伍蠡甫、胡經之編：《西方文藝理論名著選編（下卷）》，北京大學，2003年6月。
李子玲：《聞一多詩學論稿》，文史哲出版社，1996年8月。
李有成：《在理論的年代》，允晨出版社，2006年3月。
李癸雲：《朦朧、清明與流動－論台灣現代女性詩作中的女性主體》，萬卷樓，2002年5月。
李瑞騰：《新詩學》，台北，駱駝，1997年3月。
李魁賢：《詩的反抗》，新地出版社，1992年6月。
李魁賢：《詩的見證》，臺北縣立文化中心，1994年6月。

杜國清：《望月》，爾雅出版社，1978年12月。

《西脇順三郎的詩與詩學》，春暉出版社，1980年8月。

《心雲集》，時報出版社，1983年11月。

《情劫集》，《笠》詩刊社，1990年3月。

《詩情與詩論》，花城出版社，1993年2月。

《愛染五夢》，桂冠出版社，1999年3月。

《詩論・詩評・詩論詩》，臺大出版中心，2010年12月。

汪景壽、王宗法、計璧瑞：《愛的祕圖：杜國清情詩論》，桂冠出版社，1999年3月。

汪景壽、白舒榮、楊正犁：《尋美的旅人——杜國清論（一）》，桂冠出版社，1999年3月。

《尋美的旅人——杜國清論（二）》，桂冠出版社，1999年3月。

呂興昌編：《林亨泰全集》，彰化縣立文化中心，1998年9月。

孟樊主編：《當代臺灣文學評論大系》「新詩批評」卷，正中書局，1993年5月。

《當代臺灣新詩理論》，揚智文化事業有限公司，1998年5月。

邱燮友、周何、田博元編著：《國學導讀（四）》，三民書局，2000年，10月。

姚一葦：《詩學箋註》，臺灣中華書局，1993年8月。

金尚浩：《中國早期三大新詩人研究：郭沫若、徐志摩、聞一多》，文史哲出版社，2000年4月。

柯慶明：《文學美綜論》，大安出版社，2000年9月。

《中國文學的美感》，麥田出版社，2006年1月。

《臺灣現代文學的視野》，麥田出版社，2006年12月。
《臺大八十，我的青春夢》，國立臺灣大學出版中心，2008年11月。
旅　人：《中國新詩論史》，臺中縣立文化中心，1991年12月。
高友工：《中國美典與文學研究論集》，國立臺灣大學出版中心，2004年3月。
夏志清：《人的文學》，純文學出版社，1979年3月。
徐復觀：《中國藝術精神》，學生書局，1992年7月。
陳芳明：《詩和現實》，洪範書店，1978年9月。
《典範的追求》，聯合文學，1998年3月。
陳千武：《台灣新詩論集》，春暉出版社，1997年4月。
陳世驤：《陳世驤文存》，志文出版社，1972年7月。
陳　偉：《島國文化》，揚智文化事業有限公司，1993年1月。
陳義芝：《聲納：臺灣現代主義詩學流變》，九歌出版社，2006年3月。
陳巍仁：《臺灣現代散文詩新論》，萬卷樓圖書有限公司，2001年11月。
覃子豪：《論現代詩》，普天出版社，1971年11月。
馮友蘭：《中國哲學史》增訂本，臺灣商務印書館，1999年12月。
陸耀東編：《現代詩學》，湖南人民出版社，2000年1月。
葉維廉：《三十年詩》，東大圖書股份有限公司，1987年7月。
《比較詩學》，東大圖書股份有限公司，2007年9月。
《秩序的生長》，志文出版社，1971年6月。
《秩序的生長》，時報出版社，1986年5月。
《從現象到表現》，東大圖書股份有限公司，1994年6月。
《道家美學與西方文化》，北京大學出版社，2002年8月。
《愁渡》，仙人掌出版社，1969年10月。

《歷史、傳釋與美學》，東大圖書股份有限公司，2002年8月。
張　健：《古典到現代》，三民書局，1996年4月。
張漢良：《現代詩論衡》，幼獅文化，1981年2月。
張漢良、蕭蕭編：《現代詩導讀－理論、史料、批評篇》，故鄉出版社，1982年4月。
張默主編：《現代詩人書簡集》，普天出版社，1969年 月。
黃維樑：《中國詩學縱橫論》，洪範出版社，1986年11月。
楊　牧：《一首詩的完成》，洪範出版社，1989年2月。
楊昌年：《現代詩的創作與欣賞》，文史哲出版社，1995年2月。
楊　辛、甘　霖、劉榮凱著：《美學原理綱要》，北京大學出版社，1989年11月。
聞一多：《聞一多論新詩》，武漢大學出版社，1985年4月。
劉聖鵬：《葉維廉比較詩學研究》，齊魯書社，2006年12月。
瘂　弦、簡政珍主編：《創世紀四十評論選》，爾雅出版社，1994年9月。
廖棟樑、周志煌編：《葉維廉作品評論集》，文史哲出版社，1997年11月。
彰化師範大學國文系主編：《現代詩的語言與教學》，國立彰化師範大學國文系，2001年11月。
蔡英俊：《中國古典詩論中「語言」與「意義」的論題——「意在言外」的用言方式與「含蓄」的美典》，學生書局，2001年4月。
潘麗珠：《現代詩學》，五南出版社，1997年9月。
蕭　蕭：《現代詩學》，東大圖書股份有限公司，2006年7月。
《臺灣新詩美學》，爾雅出版社，2004年2月。
簡政珍：《語言與文學空間》，漢光出版社，1991年6月。
《詩的瞬間狂喜》，時報文化，1991年9月。

《詩心與詩學》，書林書局，1999年12月。
《放逐詩學》，聯合文學出版社，2003年11月。
《臺灣現代詩美學》，揚智文化事業股份有限公司，2004年7月。
龔鵬程：《文學散步》，漢光文化，1985年12月。
龔顯宗：《廿卅年代新詩論集》，鳳凰文庫，1982年8月。

三、翻譯著作

西脇順三郎著、杜國清譯：《詩學》，田園出版社，1969年3月。
Thmas Stearns Eliot（艾略特）著、杜國清譯：《艾略特文學評論選集》，田園出版社，1969年3月。
　　　　　　　　　　　　　　　　：《詩的效用與批評的效用》，純文學出版社，1972年4月。
Chadwick Charles著、張漢良譯：《象徵主義》，黎明文化，1973年8月。
劉若愚著、杜國清譯：《中國詩學》，幼獅出版社，1977年6月。
《中國文學理論》，聯經出版公司，1981年9月。
Georg Wilhelm Friedrich Hegel（黑格爾）著、朱光潛譯《美學》第二卷，里仁書局，1981年5月。
Ferdinand de Saussure（費爾迪南・德・索緒爾）著：《普通語言學教程》，弘文館出版社，1985年10月。
Rene Wellek（韋勒克）著、梁伯傑譯《文學理論》，水牛出版社，1987年6月。
荻原朔太郎著、徐復觀譯：《詩的原理》，臺灣學生書局，1989年1月。
Wladyslaw Tatarkiewicz（達達基茲）著、劉文潭譯：《西方六大美學理念史》，聯經出版社，1989年10月。

Susanne K.Langer（蘇珊・朗格）著、劉大基譯：《情感與形式》，商鼎出版社，1991年10月。

M. H. 艾布拉姆斯 著，袁洪軍、操鳴 譯：《鏡與燈-浪漫主義理論批評傳統》，中國社會科學出版社，1991年12月。

Malcolm・Bradibury、James・Macfarlane編：《現代主義》，上海外語教育，1992年6月。

Jonathan Culler（卡勒）著、李平譯：《文學理論》，牛津大學出版社，1998年11月。

Theodor Adorno（阿多諾）著、王柯平譯：《美學理論》，四川人民出版社，1998年10月。

Walter Benjamin（班雅明）著、張旭東與王斑譯：《機械複製時代的藝術作品・啟迪》，香港牛津大學，1998年。

Theodor W.Adorn著、王柯平譯：《美學理論》，四川人民出版社，2001年3月。

R. Wellek（韋勒克）、A. Warren（沃倫）著、劉向愚等譯：《中國文學理論》，江蘇教育出版社，2005年8月。

斯托洛維奇著、凌繼堯譯：《審美價值的本質》，2007年1月。

四、博碩士論文

王正良：《戰後台灣現代詩論研究》，國立中興大學中國文學研究所博士論文，2007年8月。

吳佳馨：《1950年代台港現代文學系統關係之研究：以林以亮、夏濟安、葉維廉為例》，國立清華大學臺灣文學研究所碩士論文，2008年8月。
陳秋宏：《道家美學的後現代傳釋——葉維廉美學思想研究》，國立臺灣大學中國文學研究所碩士論文，2006年1月。
陳信安：《葉維廉的山水詩》，佛光大學文學系碩士論文，2007年6月。
孫瑋騂，《杜國清及其《玉煙集》研究》，國立高雄師範大學國文研究所碩士論文，2008年6月。
蔡欣純：《論杜國清現代詩創作、翻譯與詩論》，國立臺灣師範大學台灣文化及語言文學研究所碩士論文，2009年6月。

五、單篇論文

王澤彪：〈論三十年代現代主義詩學〉，《中國現代文學研究叢刊》1期，1995年。
朱　天：〈超然不棄，交響照應——杜國清詩學理論之象徵意義詮釋〉，《第五屆全國研究生文學符號學學術研討會論文集》，2009年5月。
朱雙一：〈臺灣新世代和舊世代詩論之比較〉，《當代詩學年刊》1期，2005年4月。
伍曉明：〈符號世界中的詩學：評《記號詩學》〉，《中國論壇》324期，1989年3月。
宋邦珍：〈邵雍「以物觀物」詩學觀之析論〉，《人文及社會學科教學通訊》12卷6期，2002年4月。
杜國清：〈評介葉維廉論文集『飲之太和』〉，《笠》第113期，1983年2月。
李豐楙：〈山水・逍遙・夢——葉維廉後期詩及其詩學〉，《創世紀詩雜誌》，107期，1996年7月。

林亨泰：〈現代詩的基本精神－論真摯性〉，林亨泰全集《文學論述卷1》，彰化縣立文化中心，1998年9月30日。

〈談主知與抒情〉，林亨泰全集《文學論述卷4》，彰化縣立文化中心，1998年9月30日。

〈談現代派的影響〉，林亨泰全集《文學論述卷4》，彰化縣立文化中心，1998年9月30日。

俞兆平：〈哲思與詩語——葉維廉詩學理論述評之一〉，《現代中文文學評論》，第4期，1995年12月。

紀　弦：〈從自由詩的現代化到現代詩的古典化〉，《現代詩導讀2－理論、史料、批評篇》，故鄉出版社，1982年。

柯慶明：〈中國古典詩的美學性格——一些類型的探討〉，《中國美學論集》，南天書局，1989年5月。

孫玉石：〈我的愛卻是絕對的白色——淺論杜國清的愛情詩〉，《笠》，第206期，1998年8月。

孫瑋騂：〈情智交織的美的世界——杜國清詩觀探析〉，《當代詩學》，第4期，2008年12月。

陳千武：〈知性不惑的詩〉，《林亨泰研究資料彙編》下冊，彰化縣立文化中心，1994年6月。

陳秀玲：〈給青年詩人的信－評楊牧《一首詩的完成》〉，《書評》63期，行政院文建會，2003年4月。

陳秉貞：〈台灣現代詩史的見證者——林亨泰詩論探究〉，《台灣人文》第4號，2000年6月。

章亞昕：〈人文的詩心與貫通的詩學——論簡政珍的詩與詩論〉，《明道文藝》298期，2001年1月。

楊正犁：〈杜國清詩學的詩體闡釋〉，《文論報》（河北省文學藝術聯合會），1993年11月6日。

葉維廉：〈走過沉重的年代——《雨的味道》代序〉，《創世紀雜誌》第149期，2006年12月。

蔡奉杉：對〈台灣後現代詩的理論與實際〉講評，《世紀末偏航－八0年代台灣文學論》，時報出版社，1990年12月。

潘麗珠：〈1981~2001台灣的現代詩研究略論——以中文研究所博碩士論文為例〉，《國文天地》218期，2003年7月。

鄭雪花：〈試析邵雍「以物觀物」的詩歌理念〉，《孔孟月刊》37卷5期，1999年1月。

簡政珍：〈意象的「發現」與「發明」〉，《創世紀》138期，2004年3月。

附錄：葉維廉、杜國清詩學理論文章詳細出處彙編

作者／時間	葉維廉	杜國清
1959年	〈論現階段中國現代詩〉	
1960年	〈艾略特的批評〉	
------	〈靜止的中國花瓶——艾略特與中國詩的意象〉，《大學生活》7卷4期，頁4。	
1961年	〈詩的再認〉	
1965年6月	〈「艾略特詩方法論」序說〉，《創世紀詩刊》22期，頁17。	
1969年10月	〈《愁渡》前言〉（臺北：仙人掌出版社），頁1。	
1969年	〈中國現代詩的語言問題〉	
1970年2月	〈時間與經驗〉[1]，《文學季刊》10期，頁27。	
1970年10月	〈嚴羽與宋人詩論〉，Tamkang Review, Ⅰ-2，頁183。	

1　原為〈現象・經驗・表現〉（《文學季刊》10期，頁21-35）當中的頁27-29。

作者 時間	葉維廉	杜國清
1971年2月	〈視境與表達〉[2]，《大學雜誌》38期，頁63。	
1971年3月	〈維廉詩話〉[3]，《幼獅文藝》33卷3期，頁13。	
1971年5月	〈從比較的方法論中國詩的視境〉，《中華文化復興月刊》4卷5期，頁8。	
1972年8月		〈詩是什麼〉，《笠》第50期[4]，頁114。
1975年5月	〈語法與表現——中國古典詩與英美現代詩美學的匯通〉[5]，文學評論編輯委員會：《文學評論》第一集（臺北：書評書目出版社），頁367。	
1977年8月	〈「出位之思」：媒體及超媒體的美學〉	
1978年12月		〈詩的三昧與四維〉[6]，《望月》（臺北：爾雅出版社），頁235。
1979年10月	〈無言獨化：道家美學論要〉，《中外文學》8卷5期，頁26。	
1983年11月		〈詩的本質〉[7]，《心雲集》（臺北：時報出版社），頁11。
1984年7月	〈秘響旁通——文意的派生與交相引發〉，《中外文學》13卷2期，頁4。	

2 原題為「視境與表現」。

3 原題有多加「漏網之魚」四字。

4 本文最早題為〈「雪崩」序〉，見《笠詩刊》第50期；但其後杜氏曾就部份文句進行修改，定稿首見《望月》（臺北：爾雅出版社，1978），頁1；而收錄於《詩情與詩論》中的文章，即依此版本。

5 原題之主、副標題為前後倒置。

6 此處所收錄僅為本文第一部分，第二部份見於《詩情與詩論》。

7 本為序言，故無題目。

作者／時間	葉維廉	杜國清
1984年8月		〈詩與現實〉，《笠》第123期，頁4。
1985年6月	〈中國古典詩中的一種傳釋活動〉，《聯合文學》1卷8期，頁168。	
1986年5月	〈語言的發明性〉，《秩序的生長》（臺北：時報出版社），頁251。	
1987年4月	〈言無言：道家知識論〉，文學評論編輯委員會：《文學評論》第九集（臺北：黎明文化事業股份有限公司），頁1。	
1987年12月		〈人間要好詩〉，[8]《笠》第142期，頁6
1990年4月		〈萬物照應．東西交輝〉，《笠》第156期，頁66。
1992年2月		〈詩與自我〉，《笠》第167期，頁132。
2002年12月	〈道家美學、中國詩與美國現代詩〉[9]，《中外文學》31卷7期，頁142。	
2004年8月		〈超然主義詩觀〉，《笠》第242期，頁62。
------------		〈詩與象徵〉[10]，《笠》第242期，頁67。

8　原題為「詩人在亞洲開發中的角色」。

9　本文第二部份，見《中外文學》31卷8期，2003年1月，頁253。

10　原題為〈「玉煙集」自序〉。

新銳文學21　PG0849

新銳文創
INDEPENDENT & UNIQUE

真全與新幻
——葉維廉和杜國清之美感詩學

作　　者　朱　天
主　　編　楊宗翰
責任編輯　王奕文
圖文排版　彭君如
封面設計　陳佩蓉

出版策劃　新銳文創
發 行 人　宋政坤
法律顧問　毛國樑　律師
製作發行　秀威資訊科技股份有限公司
114 台北市內湖區瑞光路76巷65號1樓
電話：+886-2-2796-3638　傳真：+886-2-2796-1377
服務信箱：service@showwe.com.tw
http://www.showwe.com.tw
郵政劃撥　19563868　戶名：秀威資訊科技股份有限公司
展售門市　國家書店【松江門市】
104 台北市中山區松江路209號1樓
電話：+886-2-2518-0207　傳真：+886-2-2518-0778
網路訂購　秀威網路書店：http://www.bodbooks.com.tw
國家網路書店：http://www.govbooks.com.tw

出版日期　2013年1月　初版
定　　價　380元

Printed in Taiwan

國家圖書館出版品預行編目

真全與新幻：葉維廉和杜國清之美感詩學 / 朱天著. --
初版. -- 臺北市：新鋭文創, 2013.01
面；　公分
ISBN　978-986-5915-33-9（平裝）

1. 中國詩 2. 比較詩學 3. 審美

821　　101021272

讀者回函卡

感謝您購買本書，為提升服務品質，請填妥以下資料，將讀者回函卡直接寄回或傳真本公司，收到您的寶貴意見後，我們會收藏記錄及檢討，謝謝！
如您需要了解本公司最新出版書目、購書優惠或企劃活動，歡迎您上網查詢或下載相關資料：http:// www.showwe.com.tw

您購買的書名：________________________________

出生日期：________年________月________日

學歷：□高中（含）以下　□大專　□研究所（含）以上

職業：□製造業　□金融業　□資訊業　□軍警　□傳播業　□自由業
　　　□服務業　□公務員　□教職　□學生　□家管　□其它_____

購書地點：□網路書店　□實體書店　□書展　□郵購　□贈閱　□其他

您從何得知本書的消息？

□網路書店　□實體書店　□網路搜尋　□電子報　□書訊　□雜誌
□傳播媒體　□親友推薦　□網站推薦　□部落格　□其他________

您對本書的評價：（請填代號　1.非常滿意　2.滿意　3.尚可　4.再改進）

封面設計____　版面編排____　內容____　文／譯筆____　價格____

讀完書後您覺得：

□很有收穫　□有收穫　□收穫不多　□沒收穫

對我們的建議：________________________________

____

____

____

請貼
郵票

11466
台北市內湖區瑞光路 76 巷 65 號 1 樓
秀威資訊科技股份有限公司 收
BOD 數位出版事業部

（請沿線對折寄回，謝謝！）

姓　名：＿＿＿＿＿＿＿＿ 年齡：＿＿＿＿ 性別：□女　□男

郵遞區號：□□□□□

地　址：＿＿＿＿＿＿＿＿＿＿＿＿＿＿＿＿

聯絡電話：(日)＿＿＿＿＿＿＿＿ (夜)＿＿＿＿＿＿＿＿

E-mail：＿＿＿＿＿＿＿＿＿＿＿＿＿＿＿＿